जन्नत
और अन्य कहानियां

खुशवंत सिंह

अनुवाद
एन. अकबर

पेंगुइन बुक्स
पेंगुइन रैंडम हाउस इम्प्रिंट

पेंगुइन रैंडम हाउस
यूएसए | कनाडा | यूके | आयरलैंड | ऑस्ट्रेलिया | सिंगापुर
न्य ज़ीलैंड | भारत | दक्षिण अफ्रीका | चीन

पेंगुइन रैंडम हाउस इंडिया प्रा. लि.,
चौथी मंजिल, कैपिटल टावर -1, एम जी रोड,
गुड़गांव-122002, हरियाणा, भारत

पेंगुइन
रैंडम हाउस
इंडिया

हिंदी का प्रथम संस्करण पेंगुइन बुक्स इंडिया, यात्रा बुक्स द्वारा प्रकाशित, 2005

10 9 8 7 6 5

इस पुस्तक में व्यक्त विचार लेखक के अपने हैं, जिनका यथासंभव तथ्यात्मक सत्यापन किया गया है, और इस सम्बंध में प्रकाशक एवं सहयोगी प्रकाशक किसी भी रूप में उत्तरदायी नहीं है।

ISBN 9780144000418

टाइपसेटः यात्रा बुक्स, नई दिल्ली

मुद्रक : मणिपाल टेक्नॉलजीस् लिमिटेड, भारत

www.penguin.co.in

FSC www.fsc.org MIX Paper | Supporting responsible forestry FSC® C043100

जन्नत और अन्य कहानियां

खुशवंत सिंह हिंदुस्तान के मशहूर लेखक और कॉलमिस्ट हैं। वे *योजना* के संस्थापक–संपादक, और *इलस्ट्रेटेड वीकली ऑफ़ इंडिया, द नेशनल हेराल्ड* और *द हिंदुस्तान टाइम्स* के संपादक रह चुके हैं। उन्होंने अनेक पुस्तकें भी लिखी हैं, जिसमें उपन्यास *'ट्रेन टू पाकिस्तान', 'डेल्ही'* और *'द कंपनी ऑफ़ वीमन'*, दो खंडों में लिखा श्रेष्ठ ग्रंथ *'ए हिस्ट्री ऑफ़ द सिख्स'*, और अनेक अनुवाद तथा सिख धर्म तथा संस्कृति, प्रकृति और ज्वलंत समस्याओं पर कथा–इतर साहित्य शामिल है। वर्ष 2002 में उनकी आत्मकथा, *'ट्रुथ, लव एंड ए लिटिल मैलिस'*, पहली बार प्रकाशित हुई।

1980-1986 तक खुशवंत सिंह सांसद भी रहे। 1974 में उन्हें पद्म भूषण से सम्मानित किया गया, जिसे उन्होंने 1984 में भारतीय सेना के स्वर्ण मंदिर में घुसने के विरोध में वापस कर दिया था। खुशवंत सिंह का निधन 2014 में हुआ, जब वे अपनी ज़िंदगी के 99 साल पूरे कर चुके थे।

एन. अकबर अंग्रेज़ी के प्राध्यापक हैं। वे कई वर्षों से अनुवाद कार्य से जुड़े हुए हैं।

नैना,
मेरी आंखों का तारा

क्रमिका

लेखक की कलम से

1962 में भारतीय ज्योतिषियों ने समवेत स्वर में भविष्यवाणी की कि 3 फ़रवरी को शाम 5:30 पर संसार में सारा जीवन समाप्त हो जाएगा, क्योंकि उस पल आठ ग्रह एक सीध में आ जाएंगे। हवन कुंडों में मंत्रोच्चारों के बीच टनों घी जला दिया गया। स्कूल–कॉलेज बंद रहे, बसें, ट्रेनें और हवाई जहाज़ ख़ाली रहे। लोग घरों में ही रहे, ताकि प्रलय के वक्त परिवार के साथ रहें।

तीन फ़रवरी आई और चली गई। कुछ नहीं हुआ। पूरी दुनिया हम पर हंसती रही।

मुझे उम्मीद थी कि इस अनुभव से हिंदुस्तानियों का ज्योतिषी और भविष्य बताने के ऐसे ही दूसरे तरीकों—हस्तरेखा शास्त्र, अंकशास्त्र, रत्न शास्त्र, टैरो कार्ड और जाने क्या–क्या—पर से विश्वास उठ जाएगा। मेरी उम्मीदों पर पानी फिर गया। भविष्यवाणियों के साथ ही धर्मांधता और कट्टरपन बढ़ गया। वैयक्तिक प्रगति के लिए धार्मिकता मोहरा बन गई। हिंदुस्तान धूर्तों और दोगले चरित्रों का देश बन गया।

जब इस अविवेक और धर्माभिमान को लेकर मेरे सब्र का पैमाना छलक गया, तो दो साल पहले मैंने इन कहानियों को लिखना शुरू किया।

जन्नत

पुणे, 1982

मैं यहां जिस वजह से आई वह मेरी नीले रंग की चमड़े की जिल्द चढ़ी नोटबुक, मेरी 'डियर डायरी' में आंशिक रूप से दर्ज है जिसमें हाई स्कूल और उसके बाद कॉलेज में गुजारे दो वर्षों के दौरान मैं अपनी दिन भर की गतिविधियां और विचार लिख लिया करती थी। फिर मुझे ये बचकाना लगने लगा, और वैसे भी, वयस्क होने के बाद मैंने जो कुछ किया वह लिखने लायक था भी नहीं। वो पूरा दौर एक तरह से बर्बादी में ही गुजर गया। अब मैं तीस साल की हूं, अभी भी अविवाहित और अमेरिकी हूं–कम से कम मेरा पासपोर्ट तो यही दर्शाता है। लेकिन हालात इतने बदल गए हैं कि मुझे अपनी डायरी की तरफ़ वापस आना ही पड़ा। बर्बाद वर्षों को मैं पूरी तरह भुला चुकी हूं। और अब मैं वहां हूं जहां मुझे अपने बचपन में होना चाहिए था–भारत में।

मैं अपने मां–बाप की दूसरी औलाद और इकलौती बेटी हूं। मेरे पिता यहूदी हैं, और मेरी मां जो कि उनसे दस वर्ष छोटी हैं, एंगलिकन हैं। दोनों को ही अपने–अपने धर्म में कोई खास रुचि नहीं थी। हमारे विशाल मकान के दरवाज़े पर एक *मेजूज़ा* था और हमारे सिटिंग रूम के *कॉर्निस* पर एक *मेनोरा* हुआ करता था। साल में एक बार,

यौम किपर पर, हम अपने पिता के साथ सिनागॉग जाते थे और मेरी मां यहूदी कसाई से मांस लाती थीं। और साल में एक बार क्रिसमस पर हम मास के लिए चर्च जाते थे, अपने लिविंग रूम में क्रिसमस का पेड़ रखते थे और शराब, भुनी टर्की और क्रिसमस के हलवे की दावत पर दोस्तों को बुलाते थे। जहां तक धर्म का सवाल है, बस हम इतना ही करते थे।

मेरे पिता पोलिश नस्ल के एक विशालकाय आदमी थे। वो गहरे, अमेरिकी लहजे में अंग्रेजी बोलते थे। मेरी मां एक सभ्य वंश से थीं। वो छोटी सी बेहद आकर्षक महिला थीं–बाल सुनहरी, आंखें नीली और छातियां ऐसी जिन पर छुरियां चल जाएं। मेरी कभी समझ में नहीं आया कि मेरे बदशक्ल पिता से उन्होंने क्यों शादी की। वो एक विशाल यहूदी डिपार्टमेन्ट स्टोर में चीफ़ सेल्स मैनेजर थे, और मेरी मां बोर्ड ऑफ डायरेक्टर्ज़ के एक सदस्य की पर्सनल सेक्रेटरी थीं जो उन्हें अपनी हमबिस्तर बनाना चाहता था। ये शख्स हाथ धोकर उनके पीछे पड़ गया तो उन्होंने उसे अपनी हद में रहने को कहा, और बोर्ड के एक अन्य सदस्य की सेक्रेटरी बन गईं। साथ ही उन्होंने मेरे पिता से भी शादी करने का वादा कर लिया जो काफ़ी समय से उन पर डोरे डाल रहे थे।

ये शादी शुरू से ही नाकाम रही। मेरे पिता अय्याश थे। वो अकसर कामकाज के सिलसिले में न्यूयॉर्क से बाहर रहते थे और चालू किस्म की औरतों को चलाने से कभी बाज नहीं आते थे। इस तरह की औरतों की कहीं कोई कमी नहीं थी। वो लापरवाह भी थे और अपने कोटों के दामन पर और जेबों में अपनी अय्याशी के सुबूत छोड़ देते थे। उनके घर लौटने पर हमेशा ज़बरदस्त झगड़े हुआ करते थे। जब तक मैं चार साल की हुई, मेरे मां–बाप की शादी लगभग टूट चुकी थी। वो बिरले ही एक–दूसरे से बात करते थे। मेरे पिता अय्याशी करते रहे; मेरी मां ने भी आशिक तलाश

लिए। आखिरकार मेरी मां ने तलाक के लिए मुकद्दमा दायर कर दिया, और उन्हें मकान, बच्चों की परवरिश और एक भारी गुजारा भत्ता मिला। मेरे पिता घर छोड़कर चले गए ओर मेरी मां अपने आशिकों को घर पर दावत देने लगीं।

मैं अपनी मां और बाप दोनों पर गई हूं। अपने पिता की तरह, मैं लंबी हूं; और मुझे अपने सुनहरी बाल, गहरी नीली आंखें और विशाल वक्ष अपनी मां से मिले हैं। मुझे स्कूल में सबसे सुंदर लड़की चुना गया था और लड़के मेरे पीछे पड़े रहते थे। मैं तब सोलह बरस की थी जब मैंने अपना कुंवारापन स्कूल बेसबाल टीम के कैप्टन पर न्यौछावर कर दिया। हमारी मुलाकातें कुछ महीनों तक चलती रहीं। फिर उसे टहलाने के लिए और लड़कियां मिल गईं और मैं भी खुशी–खुशी दूसरे लड़कों से मिलने लगी।

हाई स्कूल के दौरान और फिर कॉलेज के जमाने में, जहां से मैंने सेक्रेटरी का कोर्स किया, यही सब चलता रहा। एक पब्लिशिंग हाउस के मालिक की सेक्रेटरी की हैसियत से मुझे एक अच्छी नौकरी मिल गई। मैं खुद किराए का मकान ले सकती थी, लेकिन पता नहीं क्यों मैं मां के साथ ही रहती रही। तब तक मेरा भाई कॉलेज की पढ़ाई पूरी करके शिकागो में नौकरी पर लग चुका था। मेरी मां अब भी जब चाहतीं, अपने शरीफ दोस्तों को बुला लेती थीं। मैंने भी अपना रास्ता अख्तियार कर लिया, और अपने प्रेमियों को रात गुजारने के लिए घर पर बुलाने लगी। मैं और मेरी मां कभी एक–दूसरे के रास्ते में नहीं आईं। कभी–कभी तो मकान के उनके भाग में उनके दोस्त होते थे और मेरे भाग में मेरे। कभी–कभी बीयर या कॉफी या खाने के लिए कुछ लेने को रसोई में हमारा आमना–सामना होता, तो वे पूछती थीं, 'कैसा चल रहा है, बेटे?' मैं जवाब देती, 'बढ़िया', और फिर हम अपने–अपने दोस्तों के पास वापस चली जाती थीं।

मैं जब हाई स्कूल में थी, तभी से मैंने शराब पीना शुरू कर दिया था। बाद में मैंने कोकीन और चरस पीना भी शुरू कर दिया। अकसर मैं इतने नशे में होती थी कि पता ही नहीं चलता था कि मेरे बिस्तर पे कौन लड़का है। कभी–कभी तो हम छह इकट्ठा शराब और चरस पी रहे होते थे। हम अपने कपड़े उतार देते थे और साथी बदल–बदल कर सैक्स करते थे। ऐसा आमतौर पर शनिवार की शाम को होता था ताकि रविवार को नशे के असर से छुटकारा हासिल कर सकें। कई साल तक ऐसा ही चलता रहा और फिर मुझे अपने अंदर एक खालीपन का अहसास होने लगा। मौजमस्ती के प्रति मेरा जोश मद्धम पड़ने लगा। मुझे अपनी अय्याशी और जो कोई भी चाहे उसे अपना शरीर मुहैया करा देने के लिए खुद से नफरत होने लगी। कभी–कभी मुझ पर उदासी छाने लगती थी। कई बार तो मैंने खुदकुशी के बारे में भी सोचा।

फिर एक घटना ने मुझे यकीन दिला दिया कि मुझे अपने जीने का ढंग बदलना ही होगा वरना मैं पागल हो जाऊंगी।

एक शाम मकान के अपने भाग में मैं अकेली थी, और बिस्तर पे लेटी कुछ पढ़ रही थी। मेरी मां के पास उनका एक प्रेमी आया हुआ था। उनकी आवाजें तेज़ होती चली गईं; मैंने अपनी मां को चिल्लाते सुना, 'निकल जा मेरे घर से, वरना मैं पुलिस को बुला लूंगी।' कुछ ही क्षण बाद सुर्ख आंखें लिए एक तगड़ा, अधेड़ उम्र का आदमी लड़खड़ाता हुआ मेरे कमरे में आया। उसने अपनी पैंट उतारी और अपना तना हुआ लिंग मेरे सामने कर दिया। 'मेरा लिंग तुम अपनी योनि में लोगी, डार्लिंग?' कहता हुआ वो मेरी तरफ बढ़ा। 'तुम्हारी मां मुझसे खफा है और ये ले ही नहीं रही है। तो... 'इससे पहले कि वो और आगे बढ़ता, मैंने अपनी किताब फेंककर उसके लिंग पे मारी और चिल्लाई, 'भाग जा, साले, हरामज़ादे, वरना अपने हाथों से तेरा गला घोंट दूंगी मैं।' किताब ठीक उसकी गोलियों पर

जाकर लगी। वह दर्द से दोहरा हो गया और ये चिल्लाता हुआ लड़खड़ाता बाहर निकल गया, 'साली रंडियो। मैं तुम दोनों को जल्दी ही सबक सिखाऊंगा।' मैंने अपने बैडरूम का दरवाज़ा बंद किया और बिस्तर पर वापस आ गई, लेकिन सो नहीं सकी। मुझे महसूस होने लगा कि अगर मैंने इस जीवनशैली को ख़त्म नहीं किया, तो ख़ुद ख़त्म हो जाऊंगी।

यह लगभग उसी समय की बात है कि मैंने भारत को खोजा। मुझे ठीक से याद नहीं कि ऐसा किस तरह हुआ, अलावा इसके कि मेरी एक सहेली ने मुझे बताया कि वो मैनहटन में मेरे घर से कुछ दूरी पर रामकृष्ण सैंटर में कोई भाषण सुनने गई थी। वो वक्ता से बहुत ज़्यादा प्रभावित थी। मैंने उससे कहा कि जब वो अगली बार वहां जाए, तो मुझे भी साथ ले चले।

वो एक बड़ा कमरा था जिसमें लगभग सौ कुर्सियां थीं। लगभग आधे श्रोता भारतीय थे, और बाकी अमेरिकी सहित विभिन्न राष्ट्रीयताओं के कॉकेशियन थे। मैंने अभी तक जितनी भी धार्मिक सभाओं में भाग लिया था ये उन सबसे भिन्न थी।

एक कालीन के ऊपर बिछी सफ़ेद सूती चादर और एक अगरबत्तीदान जिससे सुगंधित धुएं के गोले उठ रहे थे, के अलावा मंच बिल्कुल खाली था। सफ़ेद शर्ट और पाजामा पहने एक युवक आया। उसके छोटे–छोटे बाल थे और वो इतना साफ़–सुथरा दिखाई दे रहा था जैसे अभी–अभी नहा कर आया हो। उसने हाथ जोड़ कर सभी का अभिवादन किया और धीरे से झुककर कहा, 'नमस्ते'। कुछ श्रोताओं ने 'नमस्ते' कहकर जवाब दिया।

वो सफ़ेद चादर पर पद्मासन लगाकर बैठ गया और उसने अपनी आंखें बंद कर लीं। कुछ देर वो ख़ामोश बैठा रहा, फिर उसने हाथ उठाए और गहरे, गूंजदार स्वर में पुकारा, 'ओम्'। श्रोताओं में से कुछ ने उसकी आवाज में आवाज मिलाई। ये एक छोटा, दो अक्षर

वाला शब्द नहीं था, बल्कि एक लम्बा ओ–ऽ–म् था जो पूरे हॉल में गूंज गया। मुझे इसका अर्थ नहीं पता था लेकिन ये बड़ा संतोषदायक लगा।

'मित्रों,' उसने शुरुआत की, 'भाषणों की शृंखला में आपने मुझे विभिन्न विषयों पर बात करते सुना है। आज मैं इस विषय पर बात करूंगा कि जीवन के प्रति हिंदुओं का क्या दृष्टिकोण है। पश्चिम के लोग जीवन को बिल्कुल भिन्न दृष्टिकोण से देखते हैं। यहां आपको भौतिक सफलता प्राप्त करने की प्रेरणा मिलती है, और इसी को मनुष्य जीवन का सबसे बड़ा उद्देश्य समझा जाता है। आपके बीच कड़ी प्रतिस्पर्द्धा होती है, आप कड़ी मेहनत करते हैं ताकि जीवन पर्यन्त आपको सांसारिक सुख प्राप्त होते रहें। आपके जीवन तनाव से भरे होते हैं, जिससे छुटकारे के लिए आप में से अनेक लोग मनोचिकित्सकों से परामर्श करते हैं। आप अपनी चिंताओं को उच्च जीवन शैली–शराब, नशाख़ोरी और स्वच्छंद सैक्स में डुबोने का प्रयास करते हैं। आप समझते हैं कि उच्च जीवनशैली ही जीवन का एकमात्र उद्देश्य है। परंतु शीघ्र ही आप अपने अंदर एक खोखलापन महसूस करते हैं और स्वयं से पूछना आरंभ कर देते हैं, 'क्या पृथ्वी पर जीवन का उद्देश्य बस यही कुछ था?'

उस शख़्स की बातों ने मुझे बहुत प्रभावित किया। ऐसा लगता था जैसे वो मेरा मन पढ़ रहा हो। उसने लगभग उन्हीं शब्दों का इस्तेमाल किया था जिनका इस्तेमाल मैं अपने जीवन के बारे में सोचते समय करती थी। वो आगे बोला, 'मित्रों, जीवन में धन कमाने और अच्छा समय व्यतीत करने के अतिरिक्त भी कुछ है। जीवन का उद्देश्य जानने के लिए आपको अपने भीतर झांकना होगा। स्वयं से पूछिए, मुझे क्यों पैदा किया गया है? इस संसार का अर्थ क्या है? मृत्यु के उपरांत मुझे कहां जाना है? इन प्रश्नों पर ख़ामोशी से और एकांत में सोचिए, अपने मस्तिष्क को सारे विचारों से खाली करके इन पर

ध्यान कीजिए। सत्य आपके अंदर है। ईश्वर आपके अंदर है।' उसकी कही हुई सारी बातें मेरी समझ में नहीं आईं, लेकिन मैं सोचने पर मजबूर हो गई।

ऐसा लगने लगा कि मौजमस्ती करने, शराब पीने, नशा करने और मर्दों के साथ सोने में कोई मज़ा नहीं है। मैं पहले से भी ज़्यादा विचलित हो गई। मैंने सैंटर में होने वाले सभी भाषणों को सुनना नियम बना लिया, और वहां मेरी मुलाकात कुछ भारतीयों से हुई। मैंने उनसे उनके देश में स्थित मैडिटेशन केंद्रों के बारे में पता किया। उन्होंने मुझे आश्रमों के बारे में बताया जहां पुरुष और स्त्रियां समुदायों में रहते थे, और एक साथ प्रार्थना और ध्यान करते थे। वहां शराब पीना, धूम्रपान करना और सैक्स वर्जित था। भोजन शाकाहारी है, क्योंकि पशुओं को मारना पाप समझा जाता था। ये सात्विक जीवन शैली मेरे लिए एक गुत्थी के समान थी। मैं इसे आज़माना चाहती थी, कम से कम एक–दो महीने के लिए।

रामकृष्ण सैंटर की भारत में कई शाखाएं थीं, लेकिन ये मैडिटेशन से ज़्यादा सामाजिक कार्यों से संबंधित थीं। मैं जिन भारतीयों से मिली, उन्होंने मुझे विभिन्न आश्रम सुझाए–पांडिचेरी में अरविन्द आश्रम, पुट्टापार्ती में सांई बाबा आश्रम, पुणे में ओशो समुदाय, पंजाब में राधा स्वामी और गंगा किनारे कई अन्य स्थान। मैंने उनमें से कई को चिट्ठियां लिखीं और जवाब में मुझे उनकी शर्तों सहित छपी हुई पुस्तिकाएं मिलीं। वहां भोजन और निवास अमेरिकी स्तर से बहुत सस्ता था, और पांच डॉलर प्रतिदिन से अधिक नहीं था। मैंने इन स्थानों की सही जगह जानने के लिए भारत का मानचित्र देखा, और फिर हिमालय में हरिद्वार के पास गंगा के पश्चिमी तट के करीब वैकुंठ धाम का चयन किया। मुझे ये नाम वैकुंठ धाम, यानी धरती की जन्नत पसंद आया। उनके भेजे कैटलॉग में मुझे इसका चित्र भी पसंद आयाः एक छोटे से मंदिर के साथ बड़ा सा आंगन, जिसके

चारों तरफ एक बरामदा था जिसमें रहने वालों के कमरे, एक बड़ा सा मैडिटेशन हाल, और एक लंबी मेज़ तथा लकड़ी की बेंचों से सुसज्जित एक डाइनिंग रूम था। लेकिन मुझे सबसे अधिक पसंद वो वाक्य आया जो उन्होंने 'निवास का किराया' के आगे लिखा था। वहां लिखा था, आप जितना अधिक से अधिक चाहें दें या जितना कम से कम दे सकें दें।

मैंने फैसला कर लिया। मैंने अपनी मां से कहा कि मैं दो महीने की छुट्टी पर भारत जा रही हूं।

'लेकिन आखिर भारत ही क्यों?' उन्होंने पूछा। 'भिखारियों और हर तरह की बीमारियों और अजीब से लोगों से भरा देश।'

'वहां कुछ ऐसा है जो दुनिया के किसी दूसरे देश में नहीं है। अगर मुझे वो नहीं मिला तो मैं पहले ही लौट आऊंगी,' मैंने जवाब दिया।

मैंने एक अंग्रेजी–हिन्दी शब्दकोश खरीदा और काम चलाने के लिए कुछ हिंदी शब्द और वाक्यांश सीख लिए।

भारत पहुंचने से पहले वहां के बारे में थोड़ा सा अंदाजा करने के इरादे से मैंने न्यूयॉर्क–लंदन–दिल्ली के रास्ते पर एयर इंडिया से जाने का फैसला किया। कैनेडी एयरपोर्ट के इकोनॉमी क्लास काउंटर पर मुझे भारतीयों की एक लंबी लाइन में लगना पड़ा। डैस्क पर बैठे एक आदमी ने मुझे देखा तो वो मुझे पंक्ति के अंत से डैस्क पर ले गया, उसने मेरा बैग चैकइन किया और मुझे बोर्डिंग पास दे दिया। 'मैडम, इकोनॉमी क्लास भर चुका है; हम आपको बिज़नेस क्लास दे रहे हैं। आपकी यात्र मधुर हो।' कालों के बीच श्वेत होना काम आ गया।

हीथ्रो एयरपोर्ट पर स्टॉप शानदार महाराजा लाउंज में बीता, जहां मुझे नाश्ता पेश किया गया और मैं शॉपिंग आर्केडों में घूमती रही। दिल्ली के लिए उड़ान में कुछ नए यात्री शामिल हो गए, और मैंने

उनमें से कुछ से बातचीत शुरू कर दी। वे ये जानने को उत्सुक थे कि मैं क्या करने भारत जा रही हूं। जब मैंने कहा, 'कुछ नहीं, बस यूं ही घूमने और जीवन के उद्देश्य पर चिंतन करने,' तो ये बात सारे जहाज़ में फैल गई और मैं सब की बातचीत का विषय बन गई। देहरादून का रहने वाला एक यात्री मुझसे बातचीत करने मेरे पास आ गया।

'मैं कभी वैकुंठ धाम गया तो नहीं हूं लेकिन उसके बारे में बहुत कुछ सुना जरूर है। मेरे घर से ज़्यादा दूर नहीं है। सुना है कि बड़ा खूबसूरत आश्रम है और पहाड़ों में जहां से गंगा गुजरती है वहां बसा हुआ है। कहा जाता है कि आश्रम के मुखिया बहुत विद्वान आदमी हैं। वो नित्य प्रार्थना और मैडिटेशन सख़्त अनुशासन के साथ चलाते हैं। आप वहां कैसे जाएंगी ?'

'ट्रेन? बस, कार? कुछ कह नहीं सकती। जिस होटल में मेरा तीन–चार दिन ठहरने का इरादा है उसके ट्रैवल एजेंट से पूछूंगी,' मैंने जवाब दिया।

'मैं आपको अभी बता सकता हूं,' उस आदमी ने कहा। दिल्ली में टैक्सी किराए पर लेना। हरिद्वार तक पहुंचने में आपको पांच घंटे लगेंगे। उसके बाद गंगा के किनारे–किनारे आपको पहाड़ों के घुमावदार रास्तों पर जाना होगा। दो घंटे में आप वैकुंठ धाम पहुंच जाएंगी। दिल्ली से सवेरे ही निकलना, दोपहर तक आप अपनी मंज़िल पर होंगी। टैक्सी के आपको दो हज़ार रुपए से ज़्यादा नहीं लगेंगे।

मैंने जल्दी से इसका हिसाब डॉलर में लगाया। ये मेरे बजट के अंदर था। मैं पहले ही ले मैरीडियन होटल में तीन दिन ठहरने का पैसा अपने ट्रैवल एजेंट को दे चुकी थी। मैंने नई दिल्ली के अन्तर्राष्ट्रीय हवाई अड्डे पर इमिग्रेशन, कस्टम और टैक्सियों के बारे में तरह–तरह की अफ़वाहें सुन रखी थीं। लेकिन मुझे कोई समस्या नहीं हुई।

एयर इंडिया के एक अधिकारी ने मुझे इमिग्रेशन की कतार से पास कराया, मेरे वीज़ा पर मुहर लगवाई और मुझे देहरादून वाले मेरे सहयात्री के हवाले कर दिया जिसने मुझसे वादा किया था कि वो मुझे अपनी कार में ले मैरीडियन होटल पर छोड़ देगा। एक अजनबी देश में इससे ज़्यादा आसान और खुशनुमा स्वागत और क्या हो सकता था। हमारा विमान आधी रात के कुछ देर बाद पहुंचा था; दो घंटे बाद मैं होटल के एयर–कंडीशंड कमरे में गहरी नींद सो रही थी, दरवाजे पर 'डू नॉट डिस्टर्ब' की तख्ती लगाए।

पता नहीं मैं कितनी देर सोती रही थी। मेरी घड़ी अभी भी न्यूयॉर्क का समय दिखा रही थी। जब मैं जागी तो बाहर दिन खिला हुआ था। मैंने सोचा कि मुझे अपनी मां को बता देना चाहिए कि सुरक्षित पहुंच चुकी हूं। होटल के ऑपरेटर ने नंबर मिलाया, तो मैंने अपनी मां की गुर्राहट सुनी, 'कौन है?'

'मैं हूं, मॉम। मैं दिल्ली में हूं।'

'ये कौन सा वक्त है फोन करने का?' वो चिल्लाईं। 'पता भी है, रात के दो बज रहे हैं।'

'सॉरी, मॉम। यहां तो सुबह हो रही है। आप सो जाइए' उन्होंने फोन पटक दिया। ऐसा नहीं लगता था कि उन्हें मेरी कमी महसूस हो रही है।

मेरा होटल का कमरा अमेरिका के किसी होटल के कमरे जैसा था। बाथरूम में शैंपू की कई बोतलें, टूथब्रश, टूथपेस्ट का एक ट्यूब और एक शेविंग किट भी मौजूद थी। टॉयलेट सीट के चारों तरफ कागज़ का रिबन था। कमरे में स्विस एल्प्स की तस्वीरें लटकी थीं और बैडसाइड टेबल पर गिडियन बाइबल थी। ये सब उस भारत से बिल्कुल भिन्न था जिसके बारे में मैंने सोचा था। मैंने जल्दी से स्नान किया, नए कपड़े पहने और कुछ खाने के लिए बाहर निकल पड़ी–नाश्ता, खाना, जो भी मिल जाए। मैं नीचे रिसेप्शन पर पहुंची

तो पता चला कि बारह तो कब के बज चुके हैं। इसलिए मैंने कॉफी शॉप में सूप, सैंडविच और कॉफी ली। फिर मैं शॉपिंग आर्केड में घूमने लगीः आभूषण, कालीनों, शॉलों, एंटीक, दवाइयों की दुकानें। मैं एलीवेटर से टॉप फ्लोर पर पहुंची जहां एक बड़ी सी बार और रेस्टोरेंट था।

विशाल खिड़कियों से मैंने शहर का दिलकश दृश्य देखा, एक चौड़ी सी सड़क के अंत में जिस पर फूलों भरे पेड़ों और पानी की टंकियों की कतारें थीं, पेरिस की आर्क डी ट्रायोमफी जैसी दिखाई दे रही इमारत (जो वहां इंडिया गेट कहलाती थी) से लेकर सचिवालय और प्रेज़ीडेंट के महल तक, जिसके बारे में मुझे गाइड बुक से पता चला कि वो राष्ट्रपति भवन कहलाता है। उसे देख कर मुझे वाशिंगटन के कैपिटल हिल की याद आ गई। कारों, बसों, टैक्सियों और तिपहियों, जिन्हें मैंने पहले कभी नहीं देखा था, की कतारें सड़क पर दोनों तरफ रेंगती दिखाई दे रही थीं। दिल्ली साफ–सुथरा, सुव्यवस्थित, और जहां मैं खड़ी थी, वहां से शांत भी दिखाई देता था। ये निश्चित रूप से वो भारत नहीं था जिसकी मैंने कल्पना की थी।

मैं वास्तविक तस्वीर के थोड़ा करीब तब आई जब मैं एक एयर–कंडीशंड बस में शहर का भ्रमण कर रहे सैलानियों के एक दल में शामिल हुई। हम कई प्राचीन स्मारकों और शोर व भीड़ भरे बाज़ारों से गुजरे। मैंने पहले कहीं भी इतने सारे लोग नहीं देखे थे। जिधर भी नजर जाती थी लोग ही लोग दिखाई देते थे। ये उस भारत जैसा था जैसा मैंने सोचा था।

मैंने दिल्ली की सड़कों पर पैदल घूमते दो दिन और गुज़ारे। मैं जहां भी जाती थी भिखारी मेरे पीछे लग जाते थे। जैसा कि मेरे दोस्तों ने मुझे समझाया था, मैं उन्हें कुछ भी नहीं देती थी। अकसर फुटपाथों पर लोग मुझे रगड़ मारते हुए निकल जाते थे, और दो बार तो मेरे नितम्ब भी छुए गए। मुझे ऐसे लोगों से और

बैग छीनने वालों से होशियार रहने की सलाह दी गई थी। अपना बैग तो मैं चिपकाए रखती थी, मगर चूतड़ कैसे बचाती। लेकिन मैं इससे परेशान नहीं हुई। इस तरह मैंने भारत को करीब से महसूस कर लिया।

पहली मार्च, 1980 को सवेरे लगभग सात बजे मैं दिल्ली से वैकुंठ धाम के लिए चली। मेरा ड्राइवर रंग–बिरंगी पगड़ी पहने एक नौजवान सिख था। वो थोड़ी–बहुत अंग्रेजी बोल लेता था और जरूरत से ज्यादा स्मार्ट बनने की कोशिश कर रहा था। मैंने यात्रा के शुरू में ही उसे उसकी औकात जता दी। 'नज़रें सड़क पे रखो;' मैंने उससे कहा। 'मुझे कुछ जानना होगा, तो पूछ लूंगी। मुझे ज़्यादा बातें करना पसंद नहीं।'

'बहुत अच्छा, मैडम,' उसने कहा। 'हम हरिद्वार के आधे रास्ते पर एक जगह रुकेंगे। मैडम वहां गर्मागरम कॉफ़ी पी सकेंगी। मैं थोड़ी देर आराम कर लूंगा।'

ऐसा ही हुआ भी। हम दिल्ली से निकल कर अल्लम–गल्लम, गंदी सी बस्तियों से गुज़रते रहे। ट्रैफिक बहुत ज्यादा था–कारें, बसें, ट्रैक्टर, बैलगाड़ियां, साइकिलें–ड्राइवर लगातार हॉर्न बजाता रहा। जो ग्रामीण इलाका मैंने देखा उसने मुझे प्रभावित नहीं किया: चिल्ले की तरह समतल, बीच–बीच में हरे गेहूं और आम के बगीचों की हरियाली; मैंने इतना धूल भरा इलाका कहीं नहीं देखा था। धूल और शोर से बचने के लिए हमने कार के शीशे चढ़ा रखे थे और एयर–कंडीशनर चला लिया था। मैंने उससे उन बस्तियों के नाम नहीं पूछे, क्योंकि मेरे लिए उनका कोई अर्थ नहीं था। ढ़ाई घंटे बाद हमारी कार चीता प्वाइंट नाम के एक फास्ट–फूड ज्वाइंट की पार्किंग में रुक गई।

'मैडम, मैं नाश्ता करके आधे घंटे में आता हूं,' ड्राइवर ने मुझसे कहा।

मैंने एक एस्प्रेसो और चीज़बर्गर का ऑर्डर दिया। हालांकि

एस्प्रेसो में कॉफी कम झाग ज्यादा थे और चीज़बर्गर वैजीटेरियन था, लेकिन मुझे दोनों ही चीजें अच्छी लगीं। मैंने बिल अदा किया और वहां के सुव्यवस्थित चमन में टहलने लगी जिसमें तरह–तरह के फूल और बत्तखों, टर्की, तोतों और कई तरह के जल–पक्षियों के पिंजरे थे। मैंने रैस्ट रूम में जाकर मुंह धोया और फिर लॉन में एक कुर्सी पर बैठ गई। वो जगह एक लोकप्रिय स्टॉप लगती थी।

आधे घंटे बाद हम फिर से चल चुके थे। जब दूर पहाड़ियां नज़र आने लगीं तो देहाती इलाका भी ऊबड़–खाबड़ दिखाई देने लगा। यहां खेत कम और जंगल ज़्यादा थे। थोड़ी–थोड़ी देर बाद गहरे लाल रंग के फूलों से लदे पेड़ दिखाई दे जाते थे। मुझे लग रहा था जैसे ये जंगलों की ज्योति है। फिर शायद मैं सो गई। मेरी आंख तब खुली जब ड्राइवर ने घोषणा की, 'हरिद्वार, मैडम। पावन नगरी। हर की पौड़ी वो सीढ़ियां हैं जो गंगा माता के पास ले जाती हैं, संसार का पवित्रत्म स्थान।'

एक संकरे भीड़–भाड़ वाले बाज़ार से गुज़रने के बाद, मुझे नदी की झल्कियां दिखाई दीं। फिर, मेरे बाईं तरफ पहाड़ की दीवार और दूसरी ओर एक चौड़ी घाटी जिसमें नदी बह रही थी, और घने जंगलों भरी पहाड़ियां। हम टेढ़ी–मेढ़ी, धूल भरी सड़क पर ऊपर बढ़ते चले गए, और बहुत से मंदिरों और राख मले गेरुवे कपड़े पहने साधुओं के पास से गुजरते रहे। लगभग तीन बजे हम मेन रोड से मुड़े, और घने जंगलों भरी पहाड़ियों से गुजरते लगभग गंगा के किनारे तक पहुंच गए जहां ज़मीन का एक समतल टुकड़ा था जिसमें सब्ज़ियां और बूटियां उगी हुई थीं और एक विशाल सफ़ेद दीवार थी जिसमें एक गेट लगा हुआ था।

'मैडम, वैकुंठ धाम,' ड्राइवर ने विजयी भाव से घोषणा की, और अंदर प्रवेश कर गया।

ये बिल्कुल वैसा ही था जैसा पुस्तिका में दिखाया गया था–मंदिर,

आंगन, कमरे। बस पुस्तिका में चारों तरफ फैले ऊंचे पहाड़, नीचे गंगा तक जाता रास्ता, देवदार और फर के पेड़ों की महक बिखेरती हवा और चट्टानों और पत्थरों के ऊपर से गुज़रती नदी की आवाज नहीं थी। मुझे लगा कि ये जगह मुझे पसंद आएगी।

मैंने ड्राइवर को उसका पैसा दिया, और साथ में सौ रुपये टिप भी। वो खुश हो गया। इसलिए और भी कि उसे हरिद्वार और उससे आगे तक की सवारियां मिल गईं। मैं रिसेप्शन काउंटर की ओर बढ़ गई।

'यस मैडम,' डैस्क पर बैठे आदमी ने कहा। 'आप न्यूयॉर्क की मारग्रेट ब्लूम होंगी। आपको एक कमरा चाहिए था। कमरा आपके लिए दो महीने के लिए रिज़र्व कर दिया गया है। शाम की प्रार्थना छह बजे शुरू होती है। प्रार्थना के बाद रात का खाना। मुझे विश्वास है कि आपके पास शराब या सिगरेट नहीं होगी—उन पर पाबंदी है। मैं आपको आपका कमरा दिखाता हूं। स्वामी जी आपसे कल मिलेंगे, प्रातःकाल की प्रार्थना के बाद।

मुझे मेरे कमरे ले जाया गया। वहां एक चारपाई थी जिसपर बिस्तर, तकिया और चादरें थीं; एक कुर्सी, एक मेज़, एक लाइट, एक पंखा, दीवार पर दो तस्वीरें—एक तस्वीर भगवान शिव की जिनके गले में अनेक कोबरा लिपटे हुए थे और उनके सिर पर बंधे बालों के जूड़े से गंगा निकल रही थी, और दूसरी तस्वीर गेरुवा कपड़े पहने एक गंजे आदमी की थी, जो शायद स्वामी जी थे। वहां कोई आईना नहीं था। बाद में मुझे पता चला कि ऐसा इसलिए था कि स्वामी जी का मानना था कि अपने चेहरे को देखने और उसकी प्रशंसा करने से इंसान में घमंड और दिखावा आता है और ये दोनों ही घोर पाप हैं।

'लू नहीं है? मेरा मतलब बाथरूम नहीं है?' मैंने पूछा।

'मैडम, वो बाहर हैं, उस दरवाजे से,' उस आदमी ने आंगन की

पश्चिमी दीवार में एक दरवाजे की ओर इशारा करते हुए कहा। 'महिलाएं और पुरुष अलग–अलग। दो यूरोपियन–स्टाइल, बाकी इंडियन। साबुन या शैंपू इस्तेमाल करना चाहें तो वाशरूम भी हैं। लेकिन साबुन व शैंपू गंगा में ले जाने की इजाज़त नहीं है।'

उसके जाने के बाद मैंने दरवाजा बंद किया और चारपाई पर पसर गई। ये कोई बहुत आरामदेह बिस्तर नहीं था, लेकिन मुझे बुरा नहीं लगा। हालांकि मैं थकी हुई थी, लेकिन मैं सो नहीं सकी और सोचती रही कि मैंने खुद को किस चक्कर में डाल लिया है। फिर लोगों के प्रार्थना के लिए इकट्‌ठा होने की आवाजें आने लगीं। मैंने उन्हें एक स्वर में जाप करते सुना और फिर वो कुछ गाने लगे जिसका मुझे सिर्फ आखरी शब्द समझ आ रहा था, 'हरे।' ये बड़ा शांतिदायक था। गायन अचानक थम गया और फिर बरामदे से पदचापों की आवाजें सुनाई देने लगीं। मैं समझ गई कि रात के खाने का समय हो गया है। मैंने हिम्मत जुटाई और डाइनिंग रूम में दाखिल हो गई। वहां लगभग सौ पुरुष और स्त्रियां थीं, जिनमें भारतीय वेष–भूषा में लगभग एक दर्जन गोरे भी थे। मेरा गर्मजोशी से स्वागत किया गया। 'नमस्ते' मैंने मुस्कुरा कर जवाब दिया, और दोनों हाथ जोड़ दिए।

एक बहुत छोटी सी औरत, जो साढ़े चार फुट से ज़्यादा नहीं रही होगी, खड़ी हुई और कहने लगी, 'बहन, तुम मेरे पास बैठो।' मैं बेंच पर उसके पास बैठ गई।

'मेरा नाम पुतली है, जिसका अर्थ होता है कठपुतली। मैं गुजरात से हूं। और तुम ?'

'मेरा नाम मारग्रेट ब्लूम है, मैं न्यूयॉर्क से हूं।' हमने हाथ मिलाया; उसका हाथ तीन साल के बच्चे के साइज़ का था, और सिल्क की तरह मुलायम था।

पीतल की प्लेटों में भोजन परोसे जाने से पहले एक जर्मन शिष्य

द्वारा संस्कृत में एक छोटी सी प्रार्थना पढ़ी गई। पुरुषों और महिलाओं की एक टोली मेज़ के चारों तरफ घूमती हुई चम्मच भर–भर कर चावल, दाल और दो सब्जियां बांट रही थी, और ये सब एक ही प्लेट में दिया जा रहा था। वहां चम्मच या कांटे नहीं थे। जिंदगी में पहली बार मैंने उंगलियों से खाना खाया। मुझे बड़ा अटपटा लग रहा था लेकिन मैंने खुद को ये सोचकर दिलासा दिया कि मैं जल्दी ही सीख जाऊंगी। मीठे में हमें पेड़ा दिया गया। मैंने अपने सामने रखे पानी के गिलास को हाथ नहीं लगाया। मुझे इसके बारे में पहले ही सावधान कर दिया गया था। पुतली ने मेरी हिचकिचाहट को भांप लिया और कहा, 'गंगा जल, बहन, पवित्र गंगा का पानी; ये स्वच्छ और पवित्र है।'

मैंने सिर हिला कर मना कर दिया। 'मैं भोजन के साथ पानी नहीं पीती हूं,' मैंने झूठ बोल दिया।

हाल के छोर पर बने बेसिनों में हमने हाथ धोए और कुल्ला किया। कई पुरुषों और स्त्रियों ने आकर मुझे अपना परिचय दियाः जर्मन, ऑस्ट्रेलियन, अमेरिकन, इंग्लिश और भारतीय। पुतली मुझे अपनी खोज समझ रही थी। वो मुझे हाथ पकड़ कर मेरे कमरे तक लाई।

'तुम्हें अकेले रहना बुरा नहीं लगता? मुझे तो रात में अकेले डर लगता है। रात को मैं डॉरमिटरी में अन्य महिलाओं के साथ सोती हूं।'

'नहीं,' मैंने जवाब दिया। 'मैं हमेशा से अकेले कमरे में रही हूं। मुझे अच्छी नींद आ जाती है।'

'ठीक है। मैं तुम्हें सवेरे जगा दूंगी। हम सब सूर्यास्त के समय गंगा में डुबकी लगाने एक साथ जाते हैं। ये आश्रम का रुटीन है। सभी इस पर अमल करते हैं।'

मैंने पुतली को गुडनाइट कहा और सोने लेट गई। बेआराम बिस्तर और लकड़ी जैसे तकियों के बावजूद, मुझे गहरी और शांत नींद

आई। आश्रम का घंटा बजा तो मुझे लगा जैसे मैं अभी भी सपना देख रही हूं। फिर दरवाज़े पर हल्की सी दस्तक हुई और पुतली ने पुकारा, 'मारग्रेट बहन, स्नान का समय हो गया है।'

मैंने उसके अंदर आने के लिए दरवाजा खोला। 'स्नान क्या होता है?' मैंने पूछा।

'पवित्र डुबकी। लेकिन पहले संडास।'

'वो क्या?'

'अरे, वही, टॉयलेट। वहां तुम साबुन से नहा भी सकती हो। नदी पर साबुन ले जाने की इजाज़त नहीं है।' उसके एक हाथ में छोटी सी फ्लैशलाइट और दूसरे में पानी का लोटा था। 'तुम अपना टॉयलेट पेपर साथ ले लेना। और एक तौलिया भी। मैं तुम्हें रास्ता बता दूंगी।'

अभी अंधेरा घुप्प था। आसमान में सफ़ेदी आना शुरू ही हुई थी। हमारे ऊपर सुबह का तारा चमक रहा था। आंगन की मद्धम सी रोशनी में टॉयलेट आती–जाती भुतहा आकृतियां दिखाई दे रही थीं। अपने साथ लाए टॉयलेट रोल से मैंने एक टुकड़ा फाड़ा, उसे अपने ड्रेसिंग गाउन की जेब में ठूंसा और कंधे पर तौलिया डाल लिया। पुतली की फ्लैशलाइट के पीछे–पीछे मैं टॉयलेट पहुंची। मैं बाहर निकली तो वो मेरे इंतजार में बैठी फ्लैशलाइट से खेल रही थी, और उसकी रोशनी से अंधेरे में दायरे और लहरिये बना रही थी। मैं उसके साथ आश्रम से निकल कर नदी को जाने वाले फुटपाथ पर हो ली। आसमान में अब ज़्यादा सफेदी आ चुकी थी। बड़ा हसीन नज़ारा था। विशालकाय पहाड़, एक वो जिस पर हम चल रहे थे, और दूसरा सामने की तरफ। और हल्की नीली रोशनी के फैलाव के बीच, चट्टानों और पत्थरों के ऊपर से शोर मचाती समतल इलाकों की तरफ बढ़ती नदी। इस नज़ारे का आनन्द लेने को मैं थोड़ी देर को ठिठक गई। मैंने दोनों हाथ आसमान की तरफ उठाए और चिल्लाई, 'ये जन्नत है।'

17

'ठीक कहा,' पुतली बोली। 'इसीलिए इसे वैकुंठ कहते हैं। चलो रोशनी फैलने से पहले स्नान से निबट लें। फिर बहुत से पुरुष आ जाएंगे। कुछ के दिमाग गंदे होते हैं।' रास्ते के अंत पर गंगा दो भागों में विभाजित हो गई थी–दूसरी ओर मुख्य धारा और हमारी तरफ एक बड़े द्वीप जैसे भाग में बंटी, उथली, धीमे–धीमे चलती धारा। पानी में कुछ गज़ आगे की तरफ कुछ आदमी थे। पुतली ने अपनी फ्लैशलाइट, लोटा और तौलिया जमीन पर रखे और साड़ी पहने–पहने पानी में उतर गई। 'ऊ..., बहुत ठंडा है। हरिओम्, हरिओम्। आ जाओ, बहन' उसने कहा।

मैंने अपना ड्रेसिंग गाउन उतारा और कुछ देर नंगी खड़ी रही और फिर जल्दी से पानी में उतर गई। पानी एकदम बर्फीला था। मैंने अपने बाजुओं, जांघों, पेट और छातियों को रगड़ा और फिर गर्दन तक पानी में उतर गई। मैं चिल्लाई, 'अगर मैं और यहां रुकी, तो जमकर मर जाऊंगी,' और अपने तौलिये की तरफ दौड़ गई।

पुतली कमर की गहराई तक नदी में रही, उसने चुल्लू में पानी लिया और उसे उगते सूरज पर चढ़ा दिया। थोड़ी देर बाद वो भी कांपती हुई बाहर निकल आई।

'मारग्रेट बहन, तुम्हारा शरीर बहुत सुंदर है,' उसने कहा और अपने नन्हें–नन्हें हाथों में मेरी ठंड में जमती छातियों को ले लिया। 'कितनी बड़ी और खूबसूरत हैं। एक बेचारी मेरी हैं।'

उसने अपनी साड़ी खिसकाई, मेरे हाथ लिए और अपनी छातियों पर रख दिए। 'इतनी छोटी हैं, कच्चे आमों जैसी।'

'इनमें तो कोई खराबी नहीं हैं,' मैंने उससे कहा, 'छोटी हैं मगर सुडौल हैं। बेहतर होगा कोई सूखी साड़ी पहन लो वरना ठंड लग जाएगी।'

हमने तौलियों से खुद को इतना रगड़ा कि हमारे शरीर सुर्ख पड़ गए। इससे बड़ा आराम मिला। उसने एक सूखी साड़ी पहन

जन्नत

ली; मैंने अपना ड्रेसिंग गाउन पहन लिया। पुतली ने जो हरकत मेरे साथ की थी उस पर मुझे कुछ अजीब सा महसूस हुआ। लेकिन जल्दी ही, मैंने सारे डर अपने दिमाग से झटक दिए—आखिर वो बच्ची ही तो थी।

आश्रम वापस जाकर हम मंदिर में गए। वेदी पर भगवान शिव की एक सुंदर संगमरमर की मूर्ति थी जिसके सिर से गंगा निकल रही थी। वो रंगीन रोशनियों के तेज से चमक रहा था और अगरबत्ती और ताजा फूलों की खुशबुओं में नहाया हुआ था।

मंदिर में घंटियां गूंज रही थीं और मद्धम सुर में मंत्रोच्चारण हो रहा था। बड़ा मोहक दृश्य था। पूजा के बाद हमें आधे घंटे तक योग के आसन कराए गए जो बड़े तकलीफदेह थे क्योंकि मैं कई आसन कर ही नहीं पा रही थी।

योग का टीचर मेरे पास आया और कहने लगा, 'धीरे-धीरे जल्दी करो तो कामयाब हो जाओगी।' मैं उसकी बात का अर्थ नहीं समझ पाई। इसके बाद आधे घंटे तक मैडिटेशन किया गया। 'अपने दिमाग को सारे विचारों से खाली कर लो और अपनी आंखों के बीच एक बिंदु पर ध्यान केंद्रित करो,' टीचर ने निर्देश दिया। पूरी कोशिश के बावजूद भी मैं न तो अपने दिमाग से विचारों को निकाल सकी और ना ही एक बिंदु पर ध्यान केंद्रित कर सकी।

मैडिटेशन के बाद एक आदमी ने दिन भर के कामों की ज़िम्मेदारी पढ़ कर सुनाई—किसे किचन-गार्डन में काम करना है, किसे सब्जियां काटनी हैं, खाना बनाना है, खाना बांटना है, बर्तन धोने हैं। 'हम अमेरिका से आई बहन मारग्रेट को इन कामों की आदत डालने के लिए थोड़ा समय देंगे,' उसने कहा। मुझे खड़ा होने के लिए कहा गया ताकि सब लोग मुझे देख सकें। मैंने कर्त्तव्यपूर्वक अपने हाथ जोड़े और कहा, 'नमस्ते। मुझे खुशी है कि मैं आप लोगों की संगत में हूं।' हमने पूरी, सब्ज़ी और हर्बल टी का नाश्ता किया। उसके

19

बाद से संध्या की प्रार्थना तक के लिए हमें कुछ भी करने के लिए आज़ाद छोड़ दिया गया।

तीसरे दिन, रिसेप्शनिस्ट ने आकर मुझसे कहा कि नाश्ते के बाद स्वामीजी मुझसे मिलना चाहेंगे। पुतली ने मुझे बताया था कि स्वामी जी बारी–बारी से, महीने में कम से कम एक बार, आश्रमवासियों को बुला कर उनका हालचाल पूछते थे। आज्ञा के अनुसार मैं उनके कमरे में गई, और उनके पांव छू कर फर्श पर बैठ गई। स्वामी जी बिल्कुल मेरे कमरे वाली तस्वीर जैसे दिखते थे। मैं उनकी आंखों की सम्मोहन शक्ति से प्रभावित हुए बिना नहीं रह सकी।

'तुम न्यूयॉर्क की मारग्रेट ब्लूम हो,' उन्होंने कहा। 'मैं जानना चाहता हूं कि तुम यहां क्यों आई हो, और क्या तुम्हें यहां वो मिल रहा है जिसकी उम्मीद लेकर तुम आई थीं।'

मैंने उन्हें सब कुछ बता दिया–कि मैं अपनी अय्याशी भरी जिंदगी से ऊब चुकी हूं। मैंने उन्हें बताया कि मेरे मां–बाप में बहुत समय पहले तलाक हो चुका था और वो भी इसी तरह रहते थे जैसे कि मैं। 'वो सब बेकार और बेमकसद था। मैं बहुत व्यथित हो गई थी, इसीलिए मैंने उस ज़िंदगी से नाता तोड़ने का फैसला कर लिया। मैं कोई ऐसी जगह ढूंढ़ने लगी जहां मैं स्वयं को पहचान सकूं। तभी मुझे वैकुंठ धाम के बारे में पता चला। जो कुछ मैंने पिछले दो दिन में देखा है, उससे मुझे लगता है कि मेरा चुनाव ठीक था।'

'बढ़िया, बढ़िया,' उन्होंने अपने हाथ रगड़ते हुए कहा। 'और तुम यहां कितने समय रहना चाहती हो?'

'जब तक मैं अपने दिमाग और शरीर में इकट्ठा हो चुकी सारी गंदगी से मुक्ति न प्राप्त कर लूं। हां, अगर आप मुझे तब तक यहां ठहरने की आज्ञा दें। मैं आपके नियमों का पालन करूंगी और जितने समय यहां रहूंगी अपना खर्चा देती रहूंगी। मैं दस डॉलर प्रतिदिन दे सकती हूं। ये बहुत नहीं है, लेकिन मैं इतना ही दे पाऊंगी।'

'तुम जितना दे सकती हो, वही काफी है, पैसा महत्वपूर्ण नहीं है,' उन्होंने कहा। 'अगर कोई समस्या हो तो आकर मुझसे मिलने में झिझकना मत। मैंने सुना है कि पुतली तुम्हारी देखभाल कर रही है। वो बहुत अच्छी लड़की है लेकिन उसकी कुछ समस्याएं हैं। शायद तुम उनका हल निकालने में उसकी सहायता कर सको।'

मैंने उनके पांव छुए और जाने की आज्ञा ली। जैसे ही मैं अपने कमरे में पहुंची, पुतली दौड़ती हुई आ धमकी, वह बहुत उत्तेजित थी। 'तो तुम स्वामीजी से मिल लीं। क्या पूछा उन्होंने, और तुमने क्या कहा ? बताओ, बताओ।' मैंने उसे बताया, और फिर उससे पूछा कि वो वैकुंठ धाम क्यों आई।

'एक के बाद एक समस्याएं ही समस्याएं थीं, बहन। मैं कॉलेज के पहले साल में थी जब मेरे मां–बाप ने मेरी शादी एक धनी गुजराती व्यापारी के बेटे से कर दी। मैं शादी के लिए तैयार नहीं थी। उस आदमी को बस सैक्स चाहिए था। पहली रात में उसने मेरा बलात्कार किया। फिर दूसरे और तीसरे दिन भी। मुझे सैक्स से नफरत है। मर्दों से नफरत है। मैं अपने मां–बाप के घर वापस चली गई और उनसे कह दिया कि अगर उन्होंने मुझे उसके पास वापस भेजा तो मैं आत्महत्या कर लूंगी। उनकी समझ में नहीं आया कि मेरा क्या करें। वो मुझे डॉक्टरों, मनोचिकित्सकों, साधुओं के पास—जहां भी इलाज की उम्मीद हो सकती थी—लेकर गए। मैं इन सबके पास भी नहीं जाना चाहती थी। फिर मैंने यहां के बारे में सुना और अपने मां–बाप को मना लिया कि वो कुछ समय के लिए मुझे यहां भेज दें। वो भी खुश हुए कि मुझसे छुटकारा मिल गया। मुझे यहां तीन साल से ज्यादा हो चुके हैं। मैं यहां से कभी वापस नहीं जाना चाहती। मैं वैकुंठ धाम में ही जीना–मरना चाहती हूं।' पुतली बहुत भावुक हो रही थी। वो रोने की कगार पर थी। मैंने उसका सिर सहलाया और उसे शांत रहने की सलाह दी। अपने रहस्य एक–दूसरे को

बताने से हम और करीब हो गए।

मैंने महसूस किया कि अगर मुझे कुछ समय वैकुंठ धाम में ठहरना है तो मुझे अपने जीने के ढंग में थोड़ा सा बदलाव लाना होगा। सबसे पहली बात ये कि मेरे अमेरिकी परिधानों की वजह से मुझे योगासन करने में बहुत दिक्कत आ रही थी– स्कर्ट में शीर्षासन करके देख लीजिए। फिर, नंगी टांगों पर मच्छर और मक्खियां आते थे। आश्रम की कुछ गोरी महिलाएं साड़ी पहनती थीं, कुछ सलवार–कमीज़ पहनती थीं। मुझे साड़ी तो बहुत पसंद नहीं आई, मुझे लगा कि मेरे लिए सलवार–कमीज़ ज्यादा मुनासिब रहेगी। मैंने अपने जितनी लंबी एक जर्मन से पूछा कि उसने अपना सलवार–कमीज़ कहां से लिया। 'यहीं से।' उसने बताया। 'सड़क पर कुछ आगे जाओगी तो कुछ दुकानें मिलेंगी जो हमारे आश्रम और आसपास के गांवों की जरूरतों को पूरा करती हैं। वहां तुम्हें अपनी जरूरत का सारा सामान मिल जाएगा।'

मैंने पुतली को साथ चलने के लिए कहा। उसने साफ इनकार कर दिया। 'मारग्रेट बहन, मैंने आश्रम से बाहर कभी न निकलने की सौगंध ली है। मैं जब जाऊंगी तो मेरे पैर पहले बाहर निकलेंगे, और चार आदमी मुझे कंधों पर उठाए हुए होंगे।'

पुतली की कुछ बातें मेरी समझ से बाहर थीं।

मैं अकेली ही चल पड़ी। दुकानों में सभी प्रकार का सामान भरा हुआ था। नमक, काली मिर्च, मसालों, चीनी और चाय से लेकर अगरबत्ती, सिंदूर, मोमबत्तियां, माचिस और मच्छर मारक। वहां खुरदुरे सिल्क और सूती कपड़ों के थान भी थे। मैंने देखा कि उनके पास रेडीमेड सलवार–कमीज़ भी थे। मैंने एक कमीज़ अपने सीने से लगाकर देखा लेकिन वो बहुत छोटा था।

दुकानदार मेरी तरफ आया। 'ठीक है, मेमसाब, मैं दर्जी को बुलाता हूं।' उसने किसी को आवाज़ दी और दुकान के पीछे से एक आदमी

निकल आया जिसके हाथ में इंचटेप था और कान में एक पेंसिल फंसी हुई थी। उसने कागज के एक टुकड़े पर मेरा नाप लिख लिया। 'कपड़ा चुन लीजिए,' दुकानदार ने कहा।

मैंने गेरुवा रंग का सूती कपड़ा चुना क्योंकि मुझे लगा कि वो मेरे बालों के सुनहरी रंग के साथ मेल खा जाएगा। वैसे भी दुनिया से उकता चुके लोगों के बीच ये सबसे लोकप्रिय रंग था। मैंने चार जोड़ी कपड़ों का पैसा दे दिया, और दुकानदार ने कहा कि कपड़े अगले दिन मुझे पहुंचा दिए जाएंगे। मैंने कुछ मच्छर मारक लोशन और अगरबत्तियां भी लीं, जिनमें से कुछ मैं पुतली को देना चाहती थी। धीरे-धीरे मैं आश्रम के रुटीन की आदी होने लगी। मैंने वहां पढ़े जाने वाले कुछ मंत्र भी याद कर लिए। पुतली ने मुझे सूर्य की प्रशंसा में पढ़ा जाने वाला गायत्री मंत्र सिखा दिया जो वो हर सवेरे गंगा में डुबकी लगाते समय पढ़ा करती थी। धीरे-धीरे मेरे जोड़ भी खुलने लगे और मुझे लगा कि मैंने पद्मासन में महारत पा ली है।

दिन गर्म होते चले गए, तो मैं दोपहर में देर तक पंखे के नीचे नंगी लेटकर सोने लगी। मैंने सूर्यास्त से पहले गंगा में एक और डुबकी लगाने चलने के लिए पुतली को मना लिया—आश्रम के बाहर वही एकमात्र जगह थी जहां जाने को वो तैयार रहती थी।

पुतली के लिए वैकुंठ धाम मां के गर्भ की तरह था जिसमें उसे सुरक्षा का अहसास होता था, और गंगा तक का रास्ता वो नाल थी जिससे उसे पोषण मिलता था। मुझे उससे आगे जाना होता, तो मैं अकेली जाती थी। कभी-कभी मैं बस से आसपास की बस्तियां —लक्ष्मण झूला, ऋषिकेश, हरिद्वार आदि देखने, फोटाग्राफी करने और किताबें व धार्मिक पुस्तिकाएं खरीदने चली जाती थी। जो मैं पढ़ती थी वो बहुत कम मेरी समझ में आता था, लेकिन इससे कोई फर्क नहीं पड़ता था। बरसों बाद मुझे सुकून मिला था। मुझे शराब या

धूम्रपान की कमी नहीं खल रही थी, और सैक्स की तो याद तक नहीं आती थी।

लगभग एक महीने बाद मैंने सोचा कि मुझे आश्रम तक आने वाली एकमात्र सड़क के साथ लगे ग्रामीण इलाकों और बस्तियों में घूमना चाहिए। मैं दवाइयों में काम आने वाली जड़ी–बूटियों और वन्यजीवन पर काम कर रहे एक जर्मन युगल के साथ लग गई। हम पास के जंगलों में दूर तक चले जाते थे। वो बूटियों को उठा–उठा कर थैलों में रख लेते थे। मैंने कई प्रकार के हिरन, हाथियों की ताजा लीद और घाटी में दौड़ते एक–दो तेंदुए भी देखे। इतने प्रकार की चिड़ियों को देखकर तो मैं चकित रह गई। आश्रम वापस आने पर मैंने पुतली और अन्यों को जब बताया कि मैंने क्या कुछ देखा, तो उनका एक ही जवाब था, 'सच?' मुझे महसूस हुआ कि भारतीय लोग प्रकृति और वन्यजीवन में ज़्यादा रुचि नहीं लेते हैं।

मैंने पाया कि आसपास के गांव और शहर बड़ें अजीबोगरीब थे, जहां छोटे–छोटे मंदिरों के इर्द–गिर्द कुछ दुकानें हुआ करती थीं। आसपास राख मले साधु होते थे। एक बार मैं लगभग दो दर्जन ऐसे आदमियों के पास से गुजरी जो मादरजाद नंगे थे, ये लोग धूल भरी रोड पर पैदल जा रहे थे और उनके लिंग टांगों के बीच लटक रहे थे।

मैंने बस में अपने पास बैठे आदमी से पूछा कि ये कौन लोग हैं। 'नागा,' उसने जवाब दिया, 'नंगे साधु।'

'वो तो मैं देख ही रही हूं,' मैंने कहा, 'लेकिन क्यों?'

उसने अपना सिर हिला दिया। 'पता नहीं।'

भारतीय कुछ भी जानने को उत्सुक नहीं लगते थे। वापस आश्रम आने पर मुझे जर्मन युगल ने नागा साधुओं के समुदाय के बारे में बताया और ये भी कि उनके द्वारा धार्मिक उत्सवों में बड़ी तादाद में इकट्ठा होने से प्रशासन को कितनी मुसीबत का सामना

करना पड़ता था। मैं सोचने लगी कि क्या औरतों को देखकर उनका लिंग खड़ा होता होगा लेकिन मैंने अपनी उत्सुकता अपने तक ही रखी।

*

जून में बेतहाशा गर्मी पड़ने लगी। हिमालय के ऊंचे पहाड़ों पर भी धूप में घूमना बड़ा मुश्किल हो गया था। कभी–कभी आंधियां चलने लगती थीं, एक बार सारा दिन और सारी रात तेज़ बारिश और ओले गिरते रहे। रात भर बिजली चमकती रही और पहाड़ बिजली की गरज से गूंजते रहे। फिर ये सब बंद हो गया और दिन पहले जैसे गर्म हो गए। दिन भर कोयल के कूकने की आवाज़ आती रही। फिर मैंने ब्रेन–फ़ीवर चिड़िया की आवाज़ सुनी, जिसे मॉनसून का अग्रदूत कहा जाता है। जून के तीसरे हफ़्ते तक आसमान में एक बादल तक नहीं था। मैं और पुतली शाम के समय नदी पर ज़्यादा समय गुज़ारने लगे। पानी बर्फ़ीला था और उथले पानी में लेट कर शरीर के ऊपर से पानी को गुज़रने देने में बड़ा मज़ा आता था। हफ़्ते में एक बार मैं आश्रम के बाथरूम में अपने शैंपू की बोतल और एक मग ले जाती थी। पुतली मेरे बाल रगड़ती थी और फिर ठंडे पानी के मग डाल–डाल कर उन्हें धो डालती थी, और सारे समय बोलती रहती थी, 'तुम्हारे बाल कितने सुंदर हैं, जैसे सुनहरी धागों से बने हों। और ज़रा मेरे देखो, काले और बेजान, चूहे की पूंछ की तरह लटकते हुए।'

'नादान मत बनो,' मैं उसे प्यार से डांटती थी। 'तुम्हारे बाल बिल्कुल स्वस्थ हैं।' मुझे अब तक यकीन हो चुका था कि पुतली को लगातार विश्वास दिलाए जाने की ज़रूरत है।

फिर जून के आख़री सप्ताह में मेरे दोस्त जर्मन युगल ने मुझसे पूछा कि क्या मैं उनके साथ हरिद्वार जाना चाहूंगी। उन्होंने एक

टैक्सी कर ली थी जो लंच के बाद उन्हें ले जाने और सूर्यास्त के समय होने वाली दर्शनीय गंगा आरती के बाद उन्हें वापस लाने वाली थी। मैं इस विचार से खुश हो गई। मैंने पुतली को भी साथ ले चलने की कोशिश की लेकिन वो टस से मस नहीं हुई।

'तो मैं आज शाम नहाने के लिए गंगा नहीं जाऊंगी। मैं तो बस तुम्हारी वजह से जाती हूं,' उसने मुंह बिसूरते हुए कहा।

'तुम्हारे लिए हरिद्वार से कुछ लेकर आऊं?' मैंने उसकी नाराज़गी दूर करने के इरादे से पूछा।

'जो तुम चाहो,' उसने कंधे उचकाते हुए जवाब दिया।

ये एक निर्णायक दिन था, एक तरह से इतना महत्वपूर्ण जिसके बारे में मैं कल्पना भी नहीं कर सकती थी।

जब हम वैकुंठ धाम से चले तो बड़ी सख़्त गर्मी थी। हरिद्वार पहुंचने के एक–दो घंटे बाद गर्मी और बढ़ गई। हमने टैक्सी को स्टैंड पर छोड़ा और ड्रावइर से कहा कि जैसे ही आरती पूरी होगी हम वापस चले आएंगे। वहां, मैं और जर्मन जोड़ा अलग–अलग रास्ते हो लिए। उनके पास कैमरा था और वो फ़ोटो लेने चाहते थे, मैं बाज़ार में घूमना चाहती थी। पुतली के लिए ख़रीदने लायक मुझे कुछ नहीं मिला। आख़िर मैंने कांच की एक दर्जन रंग–बिरंगी चूड़ियां और एक स्कार्फ़ ले लिया जिस पर हर जगह राम–राम छपा हुआ था। फिर मैं घाटों पर चली गई और हर की पौड़ी की तरफ़ बढ़ गई जहां आरती होना थी।

मैं बहुत से मंदिरों के पास से गुज़री जिनमें से कोई भी ख़ूबसूरत नहीं था। मैंने बहुत सी स्वस्थ गायें, साधुओं की टोलियां और तीर्थ यात्रियों के जत्थे देखे। एक अलग–थलग स्थान पर धधकती आग के इर्द–गिर्द राख मले चार–पांच साधु बैठे चिलम पी रहे थे। बीच में एक नवयुवक था, जो बड़ा ही सुंदर था, और एक लंगोट के अलावा कुछ नहीं पहने था जिसने बस उसके गुप्तांगों को ढका हुआ

था। वो एकदम सीधा बैठा हुआ था, और हर बार अपनी बारी आने पर वो चिलम में दम मार लेता था।

हमारी आंखें मिलीं, उसकी आंखें हिरन जैसी सुंदर थीं। उसकी नज़रों से आकर्षित होकर मैं उसकी तरफ़ बढ़ गई। लगता था जैसे मैं सम्मोहित हो गई हूं।

'औरत, आओ,' उसने कुटिल मुस्कान के साथ कहा, और अपने गुर्गों को हाथ का इशारा करके वहां से जाने को कह दिया। मैं जाकर उसके पास बैठ गई। उसने अपनी चिलम में एक–दो कश मारे और मेरी तरफ़ बढ़ा दी। 'पीकर देखो,' उसने आदेश दिया। मैंने उसके हाथ से चिलम ली, उसी की तरह हाथों से चुल्लू बनाया और कश खींचा। वो गांजा था, काफ़ी कुछ उस पॉट जैसा जो मैं घर पर पिया करती थी। मैंने इन चीज़ों को काफ़ी अर्से से नहीं छुआ था, इसलिए उसका मेरे ऊपर तेज़ असर हुआ। मेरा सिर चकराने लगा।

'पसंद आया?' उसने पूछा। 'साधु को पैसा दो।'

मैंने अपना पर्स खोला और उसे सौ रुपए का नोट दिया। उसने रोशनी के सामने करके उसकी जांच की और फिर अपनी लंगोट में डाल लिया। वो अपने मुंह पर वही कुटिल मुस्कान लिए लगातार मेरे बालों और वक्ष को घूरता रहा। फिर, उसने बड़े सहज भाव से अपनी लंगोट खोली और अपने तने लिंग को बाहर निकाल लिया। 'पसंद आया?' उसने पूछा। 'सौ रुपए और दो, तो इसे तुम्हारे अंदर डाल दूं।'

मैं जानती थी मैं ऐसा नहीं कर सकती। मैंने अपना सिर उसकी गोद में झुका दिया, और उसके लिंग को चूमते हुए दृढ़ता से कहा, 'नहीं, आज नहीं। मुझे अभी जाना है।' मैं खड़ी हो गई, मेरे कदम लड़खड़ा रहे थे, और फिर बिना पलट कर देखे, मैं हर की पौड़ी की तरफ़ बढ़ गई।

आसमान में काले बादल भर गए थे। तेज़ हवाएं चलने लगी थीं। मेरे पवित्र स्थान तक पहुंचते–पहुंचते तूफ़ान आ चुका था। बिजली कड़क रही थी, और फिर बारिश शुरू हो गई। मुझे लगा कि आरती बारिश की नज़र हो जाएगी और इसलिए मैंने फ़ैसला किया कि सीधे टैक्सी स्टैंड पर पहुंच कर अपने जर्मन दोस्तों का इंतज़ार करूं। जब जक मैं टैक्सी को ढूंढ़ती मैं पूरी तरह भीग चुकी थी और ठंड से कांप रही थी। आधे घंटे बाद जर्मन जोड़ा आ गया। वो भी बुरी तरह भीगे हुए थे, और अपने कैमरों को शर्ट में छुपाए हुए थे। 'क्या बारिश है!' आदमी बोला। 'जितनी जल्दी हो सके हमें सूखे कपड़े पहन लेने चाहिए।'

बारिश लगातार हो रही थी। रास्ते भर मैं ठंड से कांपती रही। रास्ते में हम देसी शराब की एक दुकान से गुज़रे। मैंने ड्राइवर से गाड़ी रोकने को कहा। 'मुझे व्हिस्की या रम का घूंट नहीं मिला, तो मुझे निमोनिया हो जाएगा,' मैंने अपनी सफ़ाई देने के लिए जर्मन जोड़े से कहा। वो दोनों कुछ नहीं बोले। मैंने जिन की बोतल ख़रीदी क्योंकि वो पानी जैसी दिखाई दे रही थी। मैंने दुकानदार से कहा कि वो बोतल से लेबल हटा दे। उसने पास रखी बाल्टी में बोतल को डुबोया, और फिर उसे बाहर निकाल कर सफ़ाई से उसका लेबल छुड़ा लिया। लगता था कि वो इस काम का आदी था। मैंने एक चुस्की ली और बोतल जर्मनों की तरफ़ बढ़ा दी। 'नहीं, शुक्रिया,' उन्होंने कहा, 'ये नियमों के ख़िलाफ़ है।' नियम जाएं भाड़ में, मैंने ख़ुद से कहा, मैं एक अजनबी देश में ठंड से नहीं मरना चाहती। जिन पेट में पहुंचते ही मुझे बेहतर महसूस होने लगा और फिर रास्ते में मैंने कुछेक घूंट और लिए।

वैकुंठ धाम पहुंचते–पहुंचते दस बज चुके थे। पुतली के अलावा सभी सोने जा चुके थे। वो मेरा इंतज़ार कर रही थी। 'मारग्रेट बहन, मैं तो चिंता से मरी जा रही थी। ज़रा अपने कपड़े तो देखो, कैसा पानी टपक रहा है इनसे।'

मैं अपने कमरे में गई और भीगे कपड़े उतार दिए। पुतली ने मुझे तौलिया से रगड़ा और ड्रेसिंग गाउन पहनने में मेरी मदद की।

'तुम्हे चाहिए कि फ़ौरन लेट जाओ। मैं देखती हूं कि तुम्हारे लिए किचन से खाने को कुछ ला सकूं।' मैंने इनकार कर दिया। 'मुझे कुछ नहीं खाना है। बस ये कपकपाहट किसी तरह रुक जाए।'

आज रात मैं तुम्हें अकेले नहीं सोने दूंगी। तुम्हें मदद की ज़रूरत पड़ सकती है,' उसने आदेशात्मक लहजे में कहा।

थोड़ी देर बाद वो अपनी चारपाई और बिस्तर घसीट लाई और उन्हें मेरे पलंग के पास लगा लिया। थोड़ी देर वो ख़ामोश लेटी रही, फिर उसने मेरी नब्ज़ देखने के लिए अपना हाथ बढ़ाया।

'बुख़ार तो नहीं है, लेकिन तुम अब भी कांप रही हो। तुम *ओम् आरोग्यम्* पढ़ो, तो तुम्हें बेहतर महसूस होगा।'

मैंने ऐसा ही किया। 'ओम् आरोग्यम्,' मैंने किटकिटाते दांतों के साथ बार–बार पढ़ा।

'मैं थोड़ी देर तुम्हारे साथ लेट कर तुम्हारे शरीर को गर्म कर देती हूं,' पुतली ने कहा और खिसक कर मेरे पलंग पर आ गई और मेरे पास लेट गईं। मैंने उसके लिए जगह बना दी। मैं अभी भी कांप रही थी और उसका गर्म शरीर अच्छा लगा तो मैंने उसे बांहों में ले लिया। वो मेरे और करीब सिमट आई और उसने अपना सिर मेरी छातियों में धंसा दिया। फिर उसने उन्हें चूमना शुरू कर दिया। मैंने अपने ड्रेसिंग गाउन का सामने का भाग खोल दिया ताकि वो सीधे मेरे शरीर तक पहुंच सके। वो एक के बाद एक मेरी छातियों को चूम रही थी, और एक बच्चे की तरह उन्हें चूसे जा रही थी। मुझे अच्छा लग रहा था। और मैं उत्तेजित हो गई थी। मैंने उसके होंठ चूमे, फिर मैं उसके पूरे चेहरे को चूमने लगी। मैं एक–एक कर उसकी नन्हीं–नन्हीं छातियों को अपने मुंह में ले रही थी। पुतली पर तो जैसे शैतान सवार हो गया था, वो मेरे बाज़ुओं, कंधों, कमर

और कूल्हों को कचोटे डाल रही थी। 'मारग्रेट बहन, मेरे ऊपर लेट जाओ। मैं तुम्हें चाहती हूं। तुम्हें प्यार करती हूं मैं।'

'जानम, मेरे विशाल शरीर के नीचे तुम कुचल जाओगी।'

'मुझे कुचल कर मेरा गूदा बना डालो। मुझे चाटो,' वो कराहने लगी। वो ऐसी तितली की तरह पड़ी थी जिसे पिनों से तख़्ते में लगा दिया गया हो। मैं उसके ऊपर पसर गई। उसने अपने पैरों से मेरे कूल्हों को समेट लिया, और उनमें अपने नाख़ून गड़ा कर, मुझे अपने से और करीब करने लगी। पता नहीं कितनी देर ये खेल जारी रहा। हमारे शरीर की आग बुझने का नाम नहीं ले रही थी। हम तब तक अपने शरीर एक दूसरे से टकराते, रगड़ते रहे, एक दूसरे को जंगली जानवरों की तरह भंभोड़ते रहे, गुर्राते और कराहते रहे जब तक कि हम ठंडे नहीं पड़ गए। मैं बुरी तरह से थक गई थी। मुझे लग रहा था कि छोटी सी पुतली तो अधमरी हो चुकी होगी।

'तुम ठीक हो ना, मेरी जान?' मैंने पूछा।

'मैं ठीक हूं। तुम्हारे साथ हूं, तुम्हारे बिस्तर पे,' उसने जवाब दिया।

हम एक दूसरे के पास लेटे रहे। फिर मुझे नींद आ गई। मुझे अपनी बांहों में पुतली का होना पता ही नहीं चल रहा था। करीब दो घंटे बाद मुझे लगा कि वो फिर से मेरे पूरे शरीर को चूम रही है। मेरे पैर के अंगूठों से लेकर मेरी टांगों, जांघों, जांघों के बीच, पेट और छातियों तक को वो चूमती चली गई।

'फिर से मेरे होंठों को चूमो,' उसने मांग की। आधी नींद में भी मैंने उसका कहना माना। जल्दी ही एक बार फिर हम उसी रुटीन से गुज़र रहे थे। लेकिन इस बार समय कहीं ज़्यादा लगा। हम हर काम में ज़्यादा समय लगा रहे थे, ज़्यादा महारत से कर रहे थे, और जो थोड़ी बहुत ताकत हम में बची थी अब वो भी निचुड़ चुकी थी।

हमें पता ही नहीं चला कब दिन निकल आया। बारिश अभी भी

हो रही थी, इसलिए गंगा स्नान का तो सवाल ही नहीं था। हमारी सवेरे की प्रार्थना, योगासन और मैडिटेशन भी मिस हो गए। हम नाश्ता भी नहीं कर पाए। और सबसे महत्वपूर्ण बात ये कि हमारी अनुपस्थिति सबकी नज़रों में आ गई।

शायद जर्मन युगल मेरे लिए परेशान थे, और उन्होंने सब को बता दिया कि पिछली रात को मेरी तबीयत ख़राब थी। लगभग लंच के समय किसी ने मेरे दरवाज़े पर दस्तक दी और पुकारा, 'मारग्रेट बहन, तुम ठीक तो हो? दोपहर के खाने का समय हो रहा है।'

'मैं ठीक हूं' मैंने अपनी सुस्ती को झटकते हुए जवाब दिया। 'बस अभी आती हूं मैं।' मेरा शरीर अकड़ रहा था, मेरी गर्दन, बाज़ुओं और पीठ पर नाख़ूनों के निशान थे। पुतली ज़्यादा मज़बूत और चौकन्ना थी। लेकिन हम दोनों ही बेतरतीब दिखाई दे रहे थे। हम दोनों ने अपने तौलिये और कपड़े उठाए और बाथरूम की तरफ़ भागे। कुछ ही देर में वापस आकर हम औरों के साथ दिन के भोजन में शामिल हो चुके थे।

मैंने इससे ज़्यादा कुछ नहीं कहा कि मैं भीग गई थी और कांपने लगी थी। पुतली तो बुरी तरह सफ़ाई दे रही थी। 'मारग्रेट बहन को बुख़ार था,' उसने ज़ोर से कहा। 'मैंने उनकी नब्ज़ देखी थी। मैंने उन्हें दो एस्पिरिन दीं और उनका शरीर दबाया। वो पूरी बात बता नहीं रही हैं, मैं जानती हूं उनकी तबीयत कितनी ख़राब थी। रात भर हम सो नहीं सके, इसीलिए देर से उठे।'

किसी ने कोई टिप्पणी नहीं की। किसी को उसकी बात का यकीन नहीं था। पिछली रात जो कुछ हुआ था वो हमारे चेहरों पर साफ़ लिखा था। और आश्रमवासियों ने हमारे चेहरों पर जो कुछ पढ़ा वो उन्हें पसंद नहीं आया।

मैं जानती थी कि हमारी कारगुज़ारी की ख़बर स्वामी जी तक पहुंचने में ज़्यादा समय नहीं लगेगा। उनके बारे में कहा जाता था

कि वो एक कठोर अनुशासन प्रिय इंसान थे और आश्रम के नियमों का ज़रा सा भी उल्लंघन सहन नहीं करते थे। मैं नहीं जानती थी कि उन्हें कितना बताया जाएगा लेकिन मैं हर बात की अपराधी थीः मैंने गांजा पिया था, एक आदमी के लिंग को चूमा था, आधी बोतल जिन पी थी और लेस्बियन सैक्स किया था। शायद वो कोई बहाना सुनने को तैयार नहीं होते और मुझे फ़ौरन ही वैकुंठ धाम छोड़ देने का आदेश दे देते। इस सांसारिक स्वर्ग में मेरे दिन पूरे हो चुके थे। पुतली का क्या होगा? वो कमज़ोर थी और उसका कोई ऐसा भी नहीं था जिसके पास वो जा सकती। वो जल बिन मछली की तरह हो जाती, कुछ देर तड़पती और फिर ठंडी पड़ जाती।

हमने अपनी दिनचर्या फिर से शुरू कर दी लेकिन अब उसमें से मज़ा जा चुका था। रुक–रुक कर हो रही बारिश ने नदी जाने का रास्ता फिसलवां बना दिया था। अब गंगा भी साफ़–सुथरी नहीं रही थी। बारिश से उसमें ढेरों कीचड़ आ गई थी। अब मुझे प्रार्थना में भी आनंद नहीं आ रहा था, मैं मशीनी ढंग से योगासन करती थी और मैडिटेशन के दौरान मुझे उस विलासी साधु, शराब की दुकान और पुतली के साथ गुज़ारी बेलगाम रात के ख़यालात सताते रहते थे।

ये एक कुत्ते द्वारा अपनी उल्टी की तरफ़ वापस जाने जैसा था, जैसे एक सूअरी, धुल जाने के बाद, उसी कीचड़ में फिर लोट लगाना चाहती हो जिससे उसे निकाला गया था। मैं आख़िर इस नतीजे पर पहुंची कि मैं इसी लायक हूं कि मुझे वैकुंठ धाम से निकाल दिया जाए।

फ़ैसले का दिन आने में ज़्यादा समय नहीं लगा। कुछ ही दिन बाद एक सुबह को, रिसेप्शनिस्ट ने मेरे कमरे आकर मुझसे कहा कि उसी दिन शाम को ठीक चार बजे स्वामी जी मुझसे बात करना चाहेंगे। मैं समझ गई कि बस मामला ख़त्म। मैंने ये जानते हुए स्वामी

जी के निजी कक्ष में हाज़िरी दी कि आज मुझे आश्रम से निकल जाने की सज़ा सुना दी जाएगी। मैंने उनके पांव छुए और उनके पलंग के पास फ़र्श पर बैठ गई। उन्होंने मेरे सिर पे हाथ रखा और मुझे आशीर्वाद दिया। 'मारग्रेट बेटी, क्या तुम्हें वैकुंठ धाम में वो मिला जिसकी तलाश में तुम आई थीं?' उन्होंने पूछा।

'जी हां, स्वामी जी। मैं यहां बहुत ख़ुश रही हूं। मैं जानती हूं मैंने पाप किया है और मुझे उसकी सज़ा मिलनी चाहिए।'

'पाप बहुत कठोर शब्द है। अपने लिए इसका इस्तेमाल मत करो। तुमने यह फ़ैसला नहीं किया है कि तुम कैसी ज़िंदगी जीना चाहती हो। एक तरफ़ तुम्हारी पाश्चात्य जीवनशैली है जिसकी तरफ़ बहुत से भारतीय भी भाग रहे हैं, और दूसरी तरफ़ हमारा प्राचीन भारतीय समाज है, जिसे तुम पुरातनपंथी कह सकती हो, जिसका हम इस आश्रम में पालन करते हैं। तुम्हारा तरीका बेचैनी भरा है, जिसमें तुम हर काम में लगातार उन्नति करते हो, ज़्यादा से ज़्यादा पैसा कमाते हो, ज़िंदगी का आनंद लेने के लिए तुम उसे ख़र्च करते हो – शानदार खाना, शराब, बेलगाम सैक्स। सिर्फ़ ज़िंदगी का आनंद लेने के लिए तुम ख़ूब मेहनत करते हो। अंत में तुम नशे के आदी हो जाते हो, मनोचिकित्सकों के चक्कर लगाते हो। जब तक मन की शांति ढूंढ़ने का ख़्याल आता है, तब तक बहुत देर हो चुकी होती है।

'हमारा तरीका इसका ठीक उल्टा है। फल की चिंता किए बिना कर्तव्य पूरी क्षमता के साथ करो। दूसरों की सफलता से ईर्ष्या मत करो। आनंद की तलाश में रहो, ऐश की नहीं। अपने शरीर को शराब, ड्रग्स और ज़रूरत से ज़्यादा खाने द्वारा नष्ट मत करो। और सबसे महत्वपूर्ण बात ये कि जीवन के उद्देश्य के बारे में चिंतन करो, तभी तुम्हें मन की शांति मिलेगी। जैसा कि मैंने कहा, ये दोनों तरीके एक दूसरे के बिल्कुल उलट हैं। दोनों को मिश्रित नहीं किया जा सकता। तुम्हें दोनों में से किसी एक को ही चुनना होगा। तुम अपनी

जीवनशैली से तंग आ चुकी थीं, इसलिए आध्यात्मिक रास्ते को आज़माना चाहती थीं। दो महीने तक तुम उस पर चलती रहीं लेकिन इसके सत्य से संतुष्ट नहीं हो पाईं। तुम अपने पुराने रास्ते पर वापस जाने की इच्छा को दबा नहीं पाईं।'

हमारे बीच काफ़ी देर ख़ामोशी रही, फिर मैंने पूछा, 'आप चाहते हैं मैं आश्रम से चली जाऊं?'

'मेरे ख़्याल से तुम्हारे लिए यही बेहतर होगा।'

'पुतली का क्या होगा? वो मेरी आदी हो चुकी है।'

'ये तुम्हारे चले जाने के पक्ष में एक और बात है। किसी इंसान या चीज़ के साथ ज़रूरत से ज़्यादा लगाव का अंत दुख ही होता है। तुम पुतली की चिंता मत करो। उसके जाने के लिए कोई जगह नहीं है। मैंने अपनी ज़िंदगी भर उसकी देखभाल की ज़िम्मेदारी ले ली है। मैं तुम्हारे प्रति उसके लगाव को समाप्त करने की कोशिश करूंगा। इसमें थोड़ा समय तो लगेगा, लेकिन तुम फ़िक्र मत करो, सब ठीक हो जाएगा।'

'मैं कब जाऊं? मैं नहीं चाहती कि मेरे जाते समय पुतली मेरे आसपास हो।'

'मैं इस बारे में सोच चुका हूं। कोई जल्दी नहीं है — तीन दिन, चार दिन, एक सप्ताह। जब भी तुम जाना चाहो। पुतली को इस बातचीत के बारे में मत बताना। जब तुम जाना चाहोगी तब मैं पुतली को अपने पास बुला लूंगा और तुम्हारे जाने के बारे में उसे बाद में बताऊंगा।'

मैंने अपने अंदर उमड़ रही भावनाओं को किसी तरह काबू में किया। फिर मैंने अपने बैग में से सौ डॉलर का एक नोट निकाल कर कहा, 'स्वामी जी, मेरे ऊपर एक अंतिम अहसान कर दीजिए। ये पैसा पुतली को मेरी तरफ़ से अलविदाई तोहफ़े की हैसियत से दे दें।'

34

मैं भारी मन से स्वामी जी के पास से वापस आई। बिना किसी को बताए मैंने रिसेप्शनिस्ट से कहा कि वो मेरे लिए तीन दिन के अंदर दिल्ली के लिए टैक्सी मंगा दे और इस बारे में स्वामी जी को बता दे। मैं पुतली के साथ बे–इन्तहा ख़ुश थी। उसका पलंग मेरे कमरे से हटा दिया गया और बाकी के दिन हमने इस तरह गुज़ारे जैसे कुछ हुआ ही नहीं हो।

योजना के अनुसार, जब मेरी टैक्सी आई तो पुतली स्वामी जी के पास थी। मेरे पास बस एक बैग था जिसमें मैंने मेरे पास जो भी थोड़े–बहुत कपड़े थे ठूंसे, और बिना किसी को गुडबाई कहे मैं कार में सवार हो गई। मैं सोच रही थी कि जन्नत से निकाले जाने पर आदम और हव्वा को भी ऐसा ही महसूस हुआ होगा।

जन्म कुंडली

मदन मोहन पांडेय हर तरह से एक अटपटा नौजवान था। देखने में पिता से बेहद मिलता−जुलता, परंतु दूसरी चीजों में उनसे एकदम अलग। इस परिवार को जानने वाले लोगों का भी यही कहना था। यह सच भी था। ज़बर्दस्त गर्मी में भी पिताजी अपने परम्परागत कोट−पैन्ट के बिना नज़र नहीं आते थे और पुत्र महाशय को जवानी से ही धोती−कुरते के अलावा किसी और चीज़ में नहीं देखा गया था, गर्दन में केवल केसरिया व सुनहरा अंगवस्त्र होता था। यही सबसे बड़ा अन्तर था। उन लोगों के लिए और भी ज्यादा गहरे अन्तर थे जो इस परिवार से जुड़े हुए या बेहद करीब थे। ये अन्तर उस समय से नजर आने लगे थे जब मदन मोहन सिर्फ एक बालक ही था।

हालांकि मदन मोहन के माता−पिता ब्राह्मण थे लेकिन फिर भी उन्होंने ब्राह्मण रीतियों को छोड़कर स्वयं को अंग्रेजियत में ढाल लिया था। यह देन भी उस के पिता हरि मोहन पांडेय की ही थी। उन्होंने दिल्ली में होने वाला भारतीय सिविल सेवा का इम्तहान पहली बार में ही पास कर लिया था और इस तरह, 1928 में उनका इंग्लैंड जाना हुआ।

ऑक्सफोर्ड में ट्रेनिंग के एक वर्ष के दौरान उन्होंने अपनी चोटी काट डाली थी, और अपना पवित्र जनेऊ निकाल फेंका था। गौ मांस

खाने का घिनौना अपराध भी कर डाला था। इंग्लैंड में रहते हुए वे खुले आम भारतीय लोगों के सामने यह कहकर शेखी मारते थे, "अगर तुम मांस खाना पसंद करो, तो कोई खाना इतना स्वादिष्ट नहीं जितना कि रसीली बीफ़ स्टीक, रेड वाइन के साथ इसे ट्राई कर के देखो, तब तुम जानोगे कि स्वादिष्ट भोजन क्या होता है।' वे एक पंजाबी कहावत अक्सर सुनाते थे 'चाहे यह भूख से मर जाए, लेकिन इसे मारा न जाए, चाहे इसे गिद्ध खा जाएं लेकिन इंसान न खाए।' वाह हिन्दुओ, वाह तुम्हारी पवित्र गाय। बहरहाल भारत वापस आकर उन्होंने गौ मांस खाना छोड़ दिया था। वे समझाते थे, 'यहां गाय हमारी माता है। हम इसका दूध पीते हैं। हम अपनी गौमाता को न मार सकते हैं और न ही खा सकते हैं। इंग्लैंड में वह बिल्कुल अलग होती है, यूरोपियन गाय पवित्र नहीं होती है।' हर व्यक्ति सहमत हो जाता था और मानता था कि वह चालाक व अनुभवी नौजवान है, जिसका भविष्य राज के नौकरशाह के रूप में उज्जवल है।

एक आई.सी.एस. कुंआरा नौजवान कुंआरी बेटियों के माता–पिता का सब से चहेता वर बन गया था। ऑक्सफॉर्ड से वापसी के थोड़े दिन बाद ही हरिमोहन के माता–पिता चल बसे थे। इसलिए फैसला अब केवल उन्हीं को करना था। उन्होंने ब्राह्मण परिवार की कॉन्वैंट एजुकेटेड लड़की पार्वती जोशी को ही चुना। इस परिवार का दिल्ली में सबसे बड़ा डिपार्टमेंट स्टोर था। वह अपने साथ भारी दहेज लाई। वह एक सुशील लड़की थी। स्वयं को अपने पति के यूरोपियन लाइफ स्टाइल में ढाल सकती थी। मगर वह ऐसा करने में बहुत अटपटा महसूस करती थी। उनके विवाह के एक साल बाद ही इकलौती औलाद के रूप में मदन मोहन पैदा हुआ। हालांकि पांडेय परिवार को जन्मकुंडली जैसी चीजों में कोई विश्वास नहीं था, मगर पार्वती के पिता सत्यानन्द जोशी ने जन्म के कुछ दिन बाद ही अपने नाती

की जन्मकुंडली बना ली थी। कोई इसे पढ़ने में रुचि नहीं रखता था। पार्वती ने चर्मपत्र को मोड़ा, उसे लाल रिबन से बांधा, और उस अल्मारी में सहेजकर रख दिया जिसमें वह अपने आभूषण रखती थी।

मदन मोहन के नर्सरी स्कूल जाना शुरू करने तक यह बात बिल्कुल साफ हो गई थी कि उसका अपना ही दिमाग है और यह कि वह अपने माता–पिता के मुताबिक नहीं चल सकता। उसके पिता बार–बार जोर देते थे कि परिवार में हर व्यक्ति अंग्रेजी बोले क्योंकि यह हाकिमों की भाषा है और विश्व की भावी भाषा होगी। हिंदी या हिन्दुस्तानी तो सिर्फ नौकरों को ऑर्डर देने के लिए या फिर जाहिल लोगों से बात करने के लिए होती है। परंतु छोटे से मदन मोहन हिंदी बोलने पर ही अड़े रहते थे। उसकी मां भी यही चाहती थीं और उससे हिंदी में बोलती थीं। उसके पिता ऐसा नहीं करते थे और उससे कम ही बोलते थे। मदन मोहन के माता–पिता छुरी–कांटों से भोजन करते थे लेकिन वह उंगलियों से ही खाता था। अगर उसे इस तरह खाने नहीं दिया जाता था तो वह हंगामा करता था। हरि मोहन अपने ससुर को जो कि बड़े धार्मिक व घमंडी ब्राह्मण थे, अपने बेटे के हिंदुस्तानी तौर–तरीकों के लिए दोषी ठहराता था क्योंकि लड़का ज्यादा समय अपने नाना के साथ बिताता था जो थोड़ी ही दूर कर्ज़न रोड पर रहते थे। हरि मोहन अपने नौकरों को सख्त आदेश देते थे, वे कहते कि छोटे साहब को कर्ज़न रोड न ले जाया जाए, यहां तक कि उस समय भी जब पार्वती अपने माता–पिता से मिलने जाएं। लेकिन वे तब कुछ नहीं कर सकते थे जब सत्यानन्द जोशी बार–बार उनके अपने घर आते थे, जब वे काम पर बाहर होते थे या सप्ताह में एक दिन शाम को वे चांदनी चौक की रसूलन और अख्तरी के साथ बिस्तर में होते थे। नर्सरी स्कूल के बाद मदन मोहन को इंग्लिश मीडियम मॉडर्न स्कूल में भेजा गया।

लेकिन उस ने इंग्लिश पर ज़्यादा ध्यान न देकर, हिंदी, संस्कृत और गणित पर ध्यान दिया। उसने अपने पिता से बेहतर पढ़ाई की। जबकि उसके पिता की योग्यता स्कूल में औसत दर्जे से ऊंची ही रही, लेकिन मदन मोहन तो अंग्रेजी के साथ–साथ लगभग हर विषय में अपने पिता से आगे निकल गया था।

हरिमोहन अपने बेटे की तालीम और कारनामों पर चुपके–चुपके गर्व महसूस करते थे। उन्हें यह भी विश्वास था कि अगर बेटा सिविल–सेवा परीक्षा में बैठ जाए तो वह बिना किसी परेशानी के कामयाब हो जाएगा। परंतु उन्हें इस बात का विश्वास नहीं था कि वह इम्तहान में बैठने के लिए राजी होगा भी या नहीं। वह स्कूल में ही था कि उसने गांधी जी के बारे में आदरपूर्ण लहजे में बोलना शुरू कर दिया था और हाथ से कती हुई खादी की स्कूली यूनिफॉर्म बनवा ली थी जिस खादी का प्रचार व प्रसार गांधी जी उस समय कर रहे थे।

हर व्यक्ति की आशा के मुताबिक दिल्ली से मैट्रिकुलेशन परीक्षा टॉप करने के बाद मदन मोहन ने प्रतिष्ठित स्टीफंस कॉलेज में दाख़िला लेने के बजाए हिंदू कॉलेज़ जाना पसंद किया। उसने अपने पिता से कहा, 'मैं हिंदू हूं। मैं ईसाई संस्था में नहीं जाना चाहता।' नीली कमीज और गहरे नीले रंग की निकर वाली स्कूली यूनिफॉर्म से मुक्ति पाकर उसने अब सफेद खादी का कुर्ता और धोती पहनना शुरू कर दिया था। उसने माथे पर तिलक भी लगाना शुरू कर दिया था जिससे उसके पिता को चिढ़ थी। उसने हिंदी, संस्कृत, फ़िलॉसफ़ी और गणित जैसे विषयों का चुनाव किया था। वह अंतर–विद्यालयीय वादविवाद प्रतियोगिता में सक्रिय रूप से भाग लेता था। दूसरे प्रतिभागी अंग्रेजी में बोलते थे, पर मदन मोहन हमेशा हिंदी में बोलता था। उसके भाषणों में अक्सर वेद, उपनिषद व गीता से लिए गए उदाहरणों की भरमार होती थी और महाभारत व रामायण की घटनाएं भी होती

थीं। लोगों ने उसे 'पंडित मदन मोहन पांडेय' या फिर 'पंडित जी' पुकारना शुरू कर दिया था।

इस प्रकार एक आई.सी.एस. अधिकारी के सुसज्जित बंगले की एक ही छत के नीचे तीन अलग–अलग स्वभाव वाले लोग रहते थे। साहब, माताजी और पंडित जी।

बी.ए. के परीक्षा फल का इंतजार करते हुए अपनी छुट्टियों के दौरान एक दिन मदन मोहन ने अपनी मां से पूछा कि क्या उनके पास उसके जन्म पर तैयार की गई जन्म कुंडली अब भी है। थोड़ी चकित और थोड़ी खुश होकर उन्होंने कहा, 'हां'। अपने पति के असर के बावजूद भी वह मन से परम्परावादी ब्राह्मण ही रही थीं। "मुझे विश्वास है कि वह अभी भी अल्मारी में ही होगी। किसी ने भी कभी उसे पढ़ने की चिंता ही नहीं की, जैसा कि तुम्हें पता है तुम्हारे पिता ऐसी चीज़ों में बिल्कुल विश्वास नहीं करते।" मदन मोहन मानता था, उसके पिता जी विश्वास नहीं करते थे, परंतु वह ख़ुद विश्वास करता था। इसीलिए उसे देखना चाहता था। जन्मकुंडली वैसे ही मिली जैसे कि उसे लगभग दो दशक पहले रखा गया था। लाल रंग के रिबन से बंधी चर्मपत्री में। मदन मोहन उसे अपने कमरे में लाया और उसे खोला। उसके बिल्कुल ऊपर केसरिया लेप में स्वास्तिक का निशान बना था और 'ओम्' लिखा था। उसके नीचे एक आयत थी जिसमें कई चौखटे बने थे जिनमें आठ ग्रहों के नाम थे। मदन मोहन को जन्मकुंडली पढ़ने में कोई कठिनाई नहीं हुई। संस्कृत में लिखा थाः

> 'सवंत 1989 विक्रमी अर्थात 15 अगस्त वर्ष 1931 में जन्मा यह बालक बेहद होनहार निकलेगा (होनहार शब्द हिन्दी में था)। यदि इसका पालन पोषण उचित रूप से किया गया, तो इसका भविष्य अति उज्जवल होगा। यह थोड़ा अड़ियल अवश्य होगा परंतु यदि इसे उचित दिशा

निर्देश मिले तो शिखर पर पहुंचेगा। यदि इसे रोका गया, तो विद्रोही हो जाएगा।'

मदन मोहन थोड़ा ठहरा। अब तक तो सब कुछ अच्छा ही था। जन्मकुंडली का हर शब्द सच हो चुका था। उसकी तालीम, योग्यताएं उसके उज्जवल भविष्य की ओर संकेत करती हैं। अपने पिता के साथ उसका मतभेद बना हुआ था। एक मकसद के साथ वह विद्रोही भी था। वह आगे पढ़ने लगा—

'वह अपना पेशा कई बार बदल सकता है। वह सरकारी सेवा में जा सकता है, शिक्षाविद् भी बन सकता है और यहां तक कि राजनीतिज्ञ भी। व्यापार में जाने की संभावना नहीं। (कैसे जा सकता था, क्योंकि वह ब्राह्मण था, न कि एक व्यापारी बनिए का बेटा, मदन मोहन बड़बड़ाया) जो पेशा अपनाएगा, उसमें अपार सफलता पाएगा। जो लोग इन ग्रहों के संयोग में जन्म लेते हैं, वे लोक नायक बनते हैं और महानता के शिखर पर पहुंचते हैं। उसे उपयुक्त जीवन—साथी पाने में कुछ कठिनाई हो सकती है, अतः निर्देश दिया जाता है कि होने वाली बहू की जन्मकुंडली को ध्यानपूर्वक पढ़ें। तत्पश्चात् अपनी सहमति दें। यदि जन्मकुंडली मिल जाए तो उसका विवाह सुखमय होगा और पुत्र पुत्रियों से भरा बड़ा परिवार होगा। व्यस्त होने के कारण उसके स्वास्थ्य में गिरावट आ सकती है और पेट का अल्सर भी हो सकता है। अतः बिना लहसुन, हींग, प्याज़, अचार आदि वाला केवल शुद्ध सात्विक भोजन लेने का उसे निर्देश दिया जाता है। शराब व तम्बाकू से उसे परहेज करना होगा। यदि वह भोजन के विषय में कठोर संयम का पालन करेगा और नियमित योग करेगा तो लंबा व सुखी जीवन बिताएगा।

41

लाल रिबन से बांधकर जन्मकुंडली को मोड़ कर रखने से पहले मदन मोहन ने उस की विषय सामग्री पर चिंतन–मनन किया। तभी उसकी मां ने कमरे में प्रवेश किया और उसके कंधे पर हाथ रखा। 'बेटा, जन्मकुंडली क्या कहती है? हमने इसे कभी नहीं पढ़वाया। तुम्हारे पिता को इससे कुछ भी लेना–देना नहीं था'।

ठीक है। जो कुछ यह मेरे बारे में कहती है, वह सब अब तक सच हो चुका है। यदि पिताजी इसे पढ़कर देखें तो वे महसूस करेंगे कि जन्मकुंडलियां कभी झूठी नहीं होतीं। मां, क्या तुम जानती हो कि संसार के किसी भी देश में इतने ठीक–ठीक ढंग से भावी–घटनाक्रम की भविष्यवाणी नहीं की जा सकती जैसे भारत में। इस विज्ञान से केवल भारतीय ही परिचित हैं। हमारे शास्त्रों में कई दूसरी बातें हैं जो यह सिद्ध करती हैं कि हमारे पूर्वज विद्युत, हवाई–यातायात, दूरसंचार और बहुत कुछ के विषय में बहुत पहले से ही जानते थे जबकि पश्चिमी देश इन सबके आविष्कारक बनने का दावा करते हैं। पश्चिम वाले झूठ बोलते हैं। हम विज्ञान, गणित, भौतिकी, रसायन, खगोल व ज्योतिष विज्ञान के हर क्षेत्र में अग्रणी हैं। हम हर क्षेत्र में माहिर रहे हैं।'

पार्वती धीरे धीरे विश्वास करने लगी थी कि उसके बेटे का भविष्य निश्चय ही महान होगा। वह बिल्कुल सनकी नहीं था, जैसा कि उसके पति उसके बारे में कहते थे। धीरे–धीरे पार्वती ने उन्हें समझा लिया था कि उनके बेटे में उनके अंदाज़े से ज्यादा गुण हैं। 'वह अपनी उम्र के दूसरे नौजवानों के समान क्यों नहीं हो सकता?' हरिमोहन बड़बड़ाते थे 'सर के पीछे लटकी चुटिया, और माथे पर तिलक' धोती–कुर्ता, सरपट संस्कृत बोलना–ये सब क्या है। मैं मानता हूं, वह होशियार लड़का है। लेकिन वह वक्त के साथ क्यों नहीं चलता। 'क्योंकि वह विश्वास करता है कि हम भारतीयों का महान अतीत है जिसके बारे में हमारी नई पीढ़ी बिल्कुल भी नहीं जानती। वह

चाहता है हम ये जान लें।' पार्वती ने उत्तेजना भरे स्वर में कहा। 'उसने मुझे अपनी जन्मकुंडली के बारे में अभी बताया इसमें उसमें महान भविष्य की भविष्यवाणी है। अब तक सब कुछ सच हो चुका है। अगर भगवान ने चाहा, तो बाकी सब कुछ भी सच होगा।'

'ऐसा ही सही,' पांडेय सीनियर बड़बड़ाए और ख़ामोश हो गए।

*

बी.ए. में मदन मोहन ने यूनिवर्सिटी में टॉप किया। संस्कृत तथा गणित में विशेष योग्यता पाई। हिंदू कॉलेज के प्रिंसिपल ने उसे दोनों विषयों के लैक्चरर की नौकरी से तुरंत नवाज दिया। वह बस बीस साल का था, कॉलेज का सबसे कम उम्र अध्यापक।

उसके माता–पिता खुश थे। लेकिन टीचिंग कैरियर की अपनी ही सीमाएं होती हैं। निःसंदेह वह प्रोफेसर, डिपार्टमेंट का हैड और अपने कॉलेज का प्रिसिंपल भी बन सकता था और किसी विश्वविद्यालय का वाइस चांसलर बन कर रिटायर हो सकता था।

लेकिन सिविल सेवा में बेहतरीन भविष्य था। उसके पिता ने उससे कहा–अब वे उसे आदेश नहीं देते थे–कि वह आई.ए.एस. में एक बार बैठे तो सही, अपने भावी कैरियर को बाद में वो भले ही तय कर ले। अंग्रेज तो भारत छोड़कर जा चुके थे, सिविल सेवा में आकर वह अपने महान देश की सेवा कर सकेगा।

मदन मोहन को आखिर झुकना पड़ा, सिर्फ अपने पिता को खुश करने के लिए उसे ऐसा करना पड़ा। उसने आई.ए.एस. परीक्षा की पढ़ाई शुरू कर दी। अपने पसंदीदा विषय हिंदी, संस्कृत तथा गणित के अलावा उसने भारतीय इतिहास लिया। इस पेपर की पढ़ाई ने उसके इस विचार की पुष्टि ही कर दी कि भारत का हिंदू अतीत गौरवपूर्ण व महान है। जिस पर मुस्लिम हमलावरों व शासकों ने

आघात किया और भारतीय मस्तिष्क को अंग्रेजी शासन में परिवर्तन कर दिया गया था। इससे उसका खून खौल उठता था।

कामयाब उम्मीदवारों की लिस्ट में उसकी तीसरी पोज़ीशन थी। साक्षात्कार की औपचारिकता के बाद सिर्फ कहने भर से ही कोई भी केंद्रीय सेवा उसे मिल जानी थी। अब तक अपने पिता की इच्छाओं का मान रखने के पश्चात् अब उसने अपना फैसला लेने का निश्चय किया। उसने इंटरव्यू देने से इंकार कर दिया और सरकारी नौकरी न करने का फैसला किया। उसने लैक्चरर की नौकरी करने का ही फैसला किया, जो उसके लिए अब भी मौजूद थी। मदन मोहन ने आई.ए.एस. की लिखित परीक्षा पास की थी, तो योग्य बेटियों के अनेकों मां-बाप पांडेय जी के पास रिश्ते लेकर आने लगे थे। यह संख्या तुरंत घट गई जब उसकी मां ने उन्हें उस के फैसले के बारे में बताया। मदन मोहन ने हंस कर कहा, 'देखो, हमारा समाज कितना गिर गया है। आज हर व्यक्ति बिकाऊ है। मैं यह सब बकवास रोक कर रहूंगा।'

मदन मोहन के सिविल सेवा में जाने से इंकार करने पर मायूस होने के बावजूद माता-पिता के लिए वह प्रशंसा का पात्र था। देश में कितने नौजवान एक प्रतिष्ठित नौकरी को लात मार कर पीछे मुड़ सकते हैं और एक लैक्चरर की मामूली तन्ख़ा स्वीकार कर सकते हैं। उनके सगे-संबंधी व मित्रगण भले ही उन्हें विवाह हेतु बेटियां न दें मगर उसकी प्रशंसा करते कभी नहीं थक सकते। लोगों का कहना था, 'यदि भारत में इस जैसे नौजवान और हो जाएं तो देश का नक्शा ही बदल जाए।' अतः एक महान उद्देश्य लेकर मदन मोहन ने एक शिक्षाविद् के कैरियर की शुरुआत की। वह युवा दिमाग को झूठे इतिहास से बचाएगा। प्रवक्ता के रूप में अपने पहले दिन उसने खादी का नया कुर्ता-पाजामा पहना और अपने विशाल माथे

पर एक लम्बा सा तिलक लगाया और पहली बार अपनी गर्दन के चारों ओर गोल्डन बॉर्डर वाला केसरिया अंगवस्त्र धारण किया।

यह विडम्बना ही है कि यद्यपि मदन मोहन ने टीचिंग कैरियर चुना था और अपने विषय में महारत भी हासिल कर ली थी, फिर भी उसके विद्यार्थी उसे नहीं अपना पाए थे। वह बेहद जटिल और दक़ियानूसी था और प्रश्न किया जाना उसे पसन्द नहीं था। उसके अनुसार अब भारत में ब्रिटिश शासन नहीं रहा था। अब वह समय आ गया था कि जब हिंदू अपनी सांस्कृतिक व वैज्ञानिक धरोहर फिर से प्राप्त करें और इसके लिए मुसलमानों का दमन होना या उनको देश से बाहर निकाला जाना आवश्यक था। हिंदुओं को वेदों में वर्णित प्राचीन हिंदू विज्ञान और तकनीक को फिर से जीवित करना था। राइट बंधुओं के जहाज उड़ाने से बहुत पहले ही प्राचीन लोग एवियेशन के बारे में सब कुछ जानते थे। क्या श्री राम, सीता, लक्ष्मण और हनुमान श्री लंका से अयोध्या तक पुष्कर में उड़कर नहीं आए थे? क्या हनुमान दल के बाकी लोगों से पहले पैराशूट द्वारा विमान से नीचे नहीं उतरे थे, ताकि वे अयोध्यावासियों को आगाह कर सकें जिससे वे अपने प्रिय श्री राम का भव्य स्वागत कर सकें। मदन मोहन आयुर्वेद को सबसे महान औषधि प्रणाली बताता था और वास्तु शास्त्र को निर्माण कला की नींव। वह मुसलमानों द्वारा कुतुब मीनार व ताजमहल जैसी इमारतें बनवाने के दावे की खिल्ली उड़ाता था। 'वे निर्माता नहीं, बल्कि हिंदुओं द्वारा बनाए गए मंदिरों को तबाह व बरबाद करने वाले थे,।' वह कहता था। 'तुम संस्कृत की प्राचीन पुस्तकें पढ़ो तुम्हारी आंखें खुल जाएंगी। अंग्रेजी पुस्तकों में लिखे को अंतिम सच मत मानो। अपने छोटे–मोटे कारनामों का गुणगान करने के लिए वे हमारे पूर्वजों के कारनामों को महत्वहीन बताते हैं और नीचा दिखाते हैं।' इस प्रकार वह बोलता जाता था और अधिकांश छात्र जागे रहने की कोशिश करते रहते थे।

परिणामस्वरूप मदन मोहन की कक्षाओं में उपस्थिति घटने लगी क्योंकि छात्रों ने अर्धवार्षिक परीक्षा के बाद दूसरे विषय लेने शुरू कर दिए थे। लड़के लड़कियों ने उसे महामहोपाध्याय चुटिया धारी, पंडित मदन मोहन आदि कहकर खिल्ली उड़ाना शुरू कर दिया। कुछ ने तो उसके इनिशियल से कई नाम बनाने शुरू कर दिए। जैसे एम.एम. अर्थात् महामूर्ख आदि। यह ख़बर प्रिन्सिपल के कानों में भी पहुंची कि पंडित जी अपनी काबलियत के बावजूद एक अच्छे टीचर नहीं हैं। वर्ष के अंत तक मदन मोहन ने अंदाजा लगा लिया कि न छात्र और न अध्यापकगण उसके क्रांतिकारी विचारों को अपनाने के लिए तैयार हैं। वह समझौता करने वालों में से नहीं था। यदि लोग उसे नहीं चाहते थे तो वह भी उन्हें नहीं चाहता था। और यही बात थी।

कॉलेज के अधिकारियों ने महसूस किया कि अगर उन्होंने मदन मोहन को क्रोधित किया तो यूनिवर्सिटी के हलकों में हंगामा खड़ा हो जाएगा। यदि उसने त्याग पत्र दिया, तो इससे कॉलेज की बदनामी होगी। मदन मोहन ने ख़ुद ही इस परेशानी का हल ढूंढ लिया। उसने बिना वेतन की लंबी छुट्टी की अरज़ी दी। बड़े दुःख के साथ प्रिन्सिपल ने उसकी अरज़ी मंजूर कर ली और विश्वास दिलाया कि लेक्चरर की नौकरी उसके वापस आने तक भरी नहीं जाएगी।

मदन मोहन के माता–पिता फिर से अपने बेटे से निराश होने लगे थे, 'ईश्वर एक हाथ से देता है, तो दूसरे हाथ से ले लेता है।' उसके पिता ने कहा 'ईश्वर ने उसे दिमाग दिया था, लेकिन उसी ने उसे डांवाडोल भी बना दिया।'

'उसे अपने जीवन में लगाम की जरूरत है, 'पार्वती ने कहा, ''शायद एक अच्छी और समझदार पत्नी ही उसे ज़िम्मेदार बना पाएगी'।

'हमारे पास धनवान से धनवान ब्राह्मण परिवारों के दर्जनों रिश्ते

थे। एक बेरोजगार कॉलेज के अध्यापक को अपनी बच्ची कौन सौंपना चाहेगा?'

'बेरोज़गार अध्यापक से तुम्हारा क्या मतलब है?' पार्वती ने गुस्से से कहा। 'वह असाधारण विद्वान है, उसके समान देश में कोई नहीं है।'

सीनियर पांडेय के पास इसका कोई जवाब नहीं था, तो उन्होंने हताशा में हाथ झटक दिए। थोड़ी देर बाद उन्होंने कहा, 'तुम्हीं उससे पूछना कि क्या वह शादी करना चाहता है। मेरे ख़्याल से तो वह 'नहीं' कहेगा, तुम्हें ब्रह्मचारी होने के गुणों पर लंबा सा लेक्चर पिलाएगा, और संस्कृत की किताबों से उदाहरण सुनाएगा, जिन्हें केवल वही समझता है।'

पत्नी ने उन्हें घूर कर देखा, वह अपने बेटे के विषय में किसी भी तरह के व्यंग्यपूर्ण शब्दों को नापसंद करती थी परंतु वह जानती थी कि बेटे को समझाना आसान नहीं होगा, क्योंकि वह बिल्कुल झक्की था।

जी हां, वह झक्की ही निकला। पार्वती ने होशियारी से बात शुरू की, 'बेटे, तुम अब 24 वर्ष के होने जा रहे हो। अब उपयुक्त समय है कि तुम्हारी देखभाल करने के लिए तुम्हें एक जीवन साथी मिल जाए। हम बूढ़े होते जा रहे हैं और स्वयं की देखभाल करने में असमर्थ भी। तुम्हारे पिता को अस्थमा है और मेरे घुटनों में गठिया है, चलना भी मुश्किल हो गया है। घर को चलाने के लिए हमें किसी न किसी की ज़रूरत है।'

मदन मोहन ने इस विचार की हंसी नहीं उड़ाई जैसा कि उन्हें डर था। इसके बजाए उसने पूछा, 'क्या किसी परिवार ने तुमसे संपर्क किया है?'

'कई परिवारों ने पूछताछ की है,' वह खुशी से कहने लगी, 'हमने उनको यह कहकर टाल दिया था कि तुम्हारी नौकरी अभी पक्की

नहीं है और तुम शादी के लिए तैयार नहीं हो। बेशक अगर तुम नौकरी नहीं चाहते हो, तो तुम्हें ज़रूरत भी नहीं है। तुम्हारे पास यह मकान है, जो हमारे बाद तुम्हारा ही होगा, बैंक में काफी रुपया–पैसा है जो तुम्हारे जीवन भर के लिए काफी होगा। हम दोनों तुम्हें विवाहित देखने को बेताब हैं। अब तुम्हें ही फैसला करना है।'

थोड़ी देर मदन मोहन ने इस मामले पर गहराई से विचार किया, और फिर उत्तर दिया, 'यदि तुम यही चाहती हो, तो मैं तुम्हारी इच्छा को पूरा करूंगा।'

उसकी मां का चेहरा मुस्कुराहट से खिल उठा और उसने अपना सीधा हाथ उसके सिर पर रख कर कहा, 'जीते रहो बेटे, तुम्हारी लंबी आयु हो। क्या तुम उन लड़कियों को देखना पसंद करोगे, जिनके माता–पिता ने हमसे संपर्क किया है या लड़कियों के फोटो?' 'नहीं मां, मैं उन्हें या उनके फोटो नहीं देखना चाहता। तुम्हीं पसंद करो, लेकिन तुम्हारी पसंद की हुई लड़कियों की जन्मकुंडलियों को अवश्य देखना पसंद करूंगा। कोई जल्दी नहीं है।'

लेक्चरर की नौकरी छोड़ने के बाद मदन मोहन एक हिंदू संगठन में शामिल हो गया था। उसने इस संगठन के बारे में बहुत कुछ सुन रखा था। इस संगठन का उद्देश्य हिंदूओं को उनके गौरवपूर्ण अतीत के बारे में जागरूक करना, मुस्लिम हमलावरों के द्वारा की गई तबाही के बारे में बताना और ईसाइयों के द्वारा ब्रिटिश शासन में किए गए हिंदू विरोधी प्रचार के बारे में अवगत कराना था। इस संगठन के सदस्य हर सुबह नगर के भिन्न–भिन्न पार्कों में सफेद कमीज और ढीले–ढाले खाकी निकर और काली टोपियों में इकट्ठा होते थे। वे मुख्य रूप से पतली–पतली बालदार टांगों वाले तोंदू दुकानदार होते थे। वे लाठियों से ड्रिल अभ्यास करते थे और योग आसन भी, और वे स्कूली लड़कों की तरह कुश्ती भी लड़ते थे। सत्र की समाप्ति पर उनके नेता द्वारा एक छोटा सा धर्मोपदेश दिया

जाता था। मदन मोहन शाखा में शामिल हो गया। वह शाखा उसके घर के सब से ज्यादा नज़दीक थी। एक असाधारण विद्वान और हिन्दू धर्म के संरक्षक के रूप में उसकी शोहरत ने उसे चर्चित कर दिया था। उस का जोरदार स्वागत हुआ। उससे सुबह का धार्मिक उपदेश देने को कहा गया और शहर में दूसरी शाखाओं ने बोलने के लिए उसको आमंत्रित किया। शीघ्र ही दिल्ली संगठन के चीफ ने उसे केंद्रीय कार्यालय में आमंत्रित किया। गले मिल कर उसका पुरजोश स्वागत किया गया। चीफ पतला चार्ली चैपलिन जैसी मूंछों और मोटे चश्मे वाला बुजुर्ग व्यक्ति था। वह बहुत धीरे-धीरे बोला, 'मैंने संगठन के प्रति तुम्हारे समर्पण भाव की बहुत तारीफ सुनी है और उस तरीके की भी, जिसके द्वारा तुम इसके आदर्शों की रक्षा करते हो। तुम्हारे अंदर नेता के गुण विद्यमान हैं। मैंने तुम्हारी बैकग्राउंड के बारे में भी पता किया है। तुम्हारा ताल्लुक एक सज्जन और मशहूर ब्राह्मण परिवार से है, तुम एक प्रोफेसर रहे हो और ब्रह्मचर्य के आदर्शों में विश्वास करते हो, क्या ऐसा नहीं है?' मदन मोहन ने साफ़-साफ़ उत्तर दिया, 'आपके विनम्र शब्दों के लिए धन्यवाद। मैं केवल एक लेक्चरर ही था, न कि प्रोफेसर। मैं अकेला हूं लेकिन विवाह करना चाहता हूं।'

बूढ़ा चीफ निराश दिखाई दिया, 'हममें से कुछ नेता जीवन भर ब्रह्मचारी रहे, वे अपना पूरा समय और शक्ति संगठन को समर्पित करना चाहते थे।'

'मैं स्वयं को संगठन के लिए पूर्ण रूप से समर्पित करना चाहता हूं, लेकिन मुझे विवाह करना है। मैंने अपनी मां को वचन दिया है। मैं उसका इकलौता बेटा हूं।' चीफ प्रभावित हुआ, 'यह तुम्हारी बहुत शराफ़त है। मां तो साक्षात देवी होती है, उसकी इच्छाओं को आदेश समझा जाना चाहिए। हममें से कई नेता भी गृहस्थ हैं, लेकिन गृहस्थ होने का मतलब यह कदापि नहीं होता कि तुम उद्देश्य के प्रति

कम समर्पित हो। समर्पण भाव ही सबसे महत्वपूर्ण होता है।'

'इसके लिए आप मुझ पर विश्वास कर सकते हैं,' मदन मोहन ने उत्तर दिया, तो खाकी निकर वाले पतले व्यक्ति ने उसे फिर से गले लगा लिया।

मदन मोहन की मां को उन प्रस्तावों की जांच करने में समय नहीं लगा जो ब्राह्मण परिवारों की ओर से उनके पास पहले आए थे। जैसा कि कहा गया था कि उन सभी परिवारों ने जन्मकुण्डलियां भेजी थीं, कुछ परिवारों ने तो अपनी बेटी का बायोडेटा और फोटो भी भेजे थे। हरि मोहन और पार्वती ने पहले प्रस्तावों को जांचा और परखा और उन प्रस्तावों को छांट कर अलग कर दिया जो ठीक नहीं थे। लगभग एक दर्जन प्रस्ताव ही रह गए थे, जिन्हें उन्होंने अपने बेटे के सामने रखा, 'मैं किसी फोटो को देखना नहीं चाहता,' उसने दृढ़ता से कहा, 'मैं उसके जन्म का ठीक समय और स्थान जानना चाहूंगा, ताकि अपना हिसाब-किताब लगा सकूं और यह जांच कर सकूं कि क्या जन्मकुंडलियां ठीक से बनाई गई हैं। आमतौर पर लड़कियों के माता-पिता उनकी आयु के बारे में झूठ बोल जाते हैं। मैं उनका बायोडेटा भी चैक करूंगा। आशा करता हूं मेरी पत्नी शिक्षित होगी।'

'हमने इसे देख लिया है,' उसके पिता ने उत्तर दिया, 'हमने उन्हें रिजेक्ट कर दिया जिन्होंने कभी कॉलेज नहीं देखा था। ये सब लड़कियां तो इंग्लिश, इतिहास, हिंदी या होमसाइंस जैसे किसी न किसी विषय में ग्रेजुएट हैं अब फैसला तुम्हारे हाथ में है।'

मदन मोहन जन्मकुंडलियों को अपने कमरे में ले गया और मेज पर उनको फैला कर रखा। विषय के अपने अध्ययन से उसने यह निष्कर्ष निकाला कि लियो राशि में जन्मे व्यक्ति के लिए सबसे अच्छा मैच टॉरस ग्रह में जन्मी लड़की होगी। केवल तीन ही अर्ज़ियां उन लड़कियों की थीं, जो इस राशि में पैदा हुई थीं। उसने उनके बायोडेटा

की बारीकी से जांच की। उनमें से दो लड़कियों ने आगरा के ईसाई मिशनरी, सैंट जॉन कॉलेज से अंग्रेजी साहित्य में बी.ए. की डिग्री हासिल की थी, वह भी छात्रवृति पर। मदन मोहन ने उस पर विचार किया। यद्यपि उसे अंग्रेजी साहित्य में कोई रुचि नहीं थी, फिर भी उसने महसूस किया कि उसकी होने वाली पत्नी का इस भाषा पर पूरा अधिकार होना चाहिए, क्योंकि उसकी निजी लाइब्रेरी में ज्यादातर पुस्तकें अंग्रेजी की ही थीं। यह गुण विदेशियों से मिलने और हिंदी न बोल सकने वाले लोगों से बात करने में लाभदायक साबित हो सकता था। ईसाई मिशनरी शिक्षा ही उसके दिमाग में खटकती रही, लेकिन उसे पूरा विश्वास था कि उसके दरजे की दूसरी हिन्दुस्तानी लड़कियों की तरह इस लड़की ने धर्म परिवर्तन करने वाले ईसाइयों के घातक प्रभाव के बारे में नहीं सोचा होगा। उसे शिक्षित किए जाने की और सच के प्रति उसकी आंखें खुलवाने की जरूरत थी और उसे विश्वास था कि वह ऐसा कर लेगा। उसने लड़की के बायोडाटा और जन्मकुंडली पर दूसरी और तीसरी नजर डाली। वह मथुरा के एक स्कूली अध्यापक की कई बेटियों में से एक थी। वह उम्र में उससे पांच साल छोटी थी, यह बहुत अच्छा था। उसका नाम मोहिनी जोशी था।

'इस लड़की मोहिनी जोशी के बारे में जो कुछ पता लगा सकते हैं, लगाएं,' उसने अपने माता–पिता से कहा। वे खुशी से फूले नहीं समाए। 'जोशी लोग उसी श्रेणी के ब्राह्मण हैं, जिसके हम हैं' उसकी मां ने कहा, 'पांडेय–जोशी शादियां आम हैं। लड़की के पिता मामूली आदमी दिखाई पड़ते हैं, यह और भी बेहतर है। किसी को अपने से ऊंचे परिवार में रिश्ता नहीं करना चाहिए।'

इस तरह सीनियर पांडेय ने सीनियर जोशी को पत्र लिखा और उन्हें और उनकी पत्नी को दिल्ली आने के लिए आमंत्रित किया। कुछ दिन बाद ही पांडेय के दरवाजे पर जोशी लोग अपनी बेटी

के साथ हाजिर हो गए। वे बंगले के आकार और शानदार ढंग से सजे हुए उसके अंदरूनी भाग को देखकर हक्के-बक्के रह गए। उन्होंने अपने हाथ जोड़े मानो प्रार्थना कर रहे हों और कहा, 'हम छोटे लोग है, हमारे पास दहेज के रूप में देने के लिए कुछ नहीं है, सिवाए बेटी के।' मोहिनी ने भी झुक कर पांडेय लोगों के चरण छुए। दोनों ने उसके सिर पर हाथ रखा और आशीर्वाद दिया। 'हम दहेज नहीं चाहते,' पार्वती पांडेय ने कहा, 'भगवान ने हमें बहुत कुछ दिया है। हम अपने इकलौते बच्चे के लिए सिर्फ एक अच्छी लड़की चाहते हैं। जैसा कि आप जानते हैं वह लाखों में एक है। सरकारी नौकरी में चुने जाने के बाद भी उसने उसे लात मार दी और टीचिंग पेशे में आ गया। अब वह अपने देश की सेवा में समर्पित हो कर एक फुल टाइम सामाजिक कार्यकर्ता बन गया है।'

चाय का ऑर्डर दिया गया। पार्वती ने नौकर को छोटे साहब को सूचित करने के लिए कहा कि जोशी लोग आए हैं। मदन मोहन फरमांबरदारी के साथ अपने कमरे से नीचे आया और जोशी लोगों के चरण छुए और मोहिनी को भी अपने चरण छूने दिए। पार्वती ने चाय कप में डाली और जोशी लोगों से बारी-बारी से पूछा कि वे कितनी चीनी पसंद करते हैं और बेयरर से उन्हें कप देने के लिए कहा। वह और उनके पति तीनों को अपनी प्लेटों में चाय डालते देखकर और फिर आवाज के साथ चाय की चुस्की लेते हुए देख कर दंग रह गए थे। मदन मोहन को बहुत अच्छा लगाः ऐसे हिन्दुस्तानियों से कहां मिल सकते हैं, जो प्लेटों से चाय पीते हों।

बीच-बीच में खामोशी छा जाती थी। पार्वती ने बातचीत को जारी रखने की पूरी कोशिश की। हरि मोहन यह नहीं समझ पा रहे थे कि उन लोगों से हिंदी बोली जाए या अंग्रेजी। ये स्पष्ट था कि श्रीमती जोशी यह भाषा नहीं बोलती थीं और उनकी बेटी गूंगों की

तरह बैठी अपने पांव देख रही थी। मदन मोहन भी ख़ामोश ही बैठा था।

वह भी मोहिनी को ऊपर से नीचे तक एकटक देखता रहा। उसने देखा कि गैर–हिंदू रक्त से अप्रभावित ब्राह्मणों की तरह वह गोरी थी। वह कद में छोटी और ठिंगनी थी और लंबे, चमकदार बहुत तेल लगे बाल सिर के पीछे बड़े से जूड़े में बंधे थे। उसका सीना सुंदर और गोल–मटोल, पूरी आस्तीन के ब्लाउज में सिमटा हुआ था। और जब उसने उसके पैर छुए तो उसने ध्यान दिया था कि उसके कूल्हे एक हिंदू ग्रंथ में वर्णित 'शुभ, बच्चा जनने वाले कूल्हे' थे। उसने अपने पैर के नाखूनों को लाल रंग से रंग रखा था और एक पैर में पतली सी चांदी की पायल पहन रखी थी।

मोहिनी ने महसूस किया कि उसको देखा परखा जा रहा है सो उसने अपना सिर झुकाए रखा। फिर अपने होने वाले पति को देखने की लालसा ने उसकी शर्म को तोड़ा और उसने सिर उठा कर देखा। उसे लगा कि वह कोई युवा ब्राह्मण ऋषि है, जिसने गंगा के ठंडे सुन्न पानी में अभी–अभी डुबकी लगाई हो। वह साफ सुथरा और हृष्ट–पुष्ट दिखाई देता था। वह उसकी होने वाली पत्नी होने के सौभाग्य पर प्रसन्न थी। एक लम्हे के लिए उनकी नजरें मिलीं। उसका चेहरा आकर्षक मुस्कुराहट से खिल उठा। वह सब कुछ हार गया था

जबकि हरि मोहन न चाहते हुए भी एक कप चाय और पीने में लग गए, उनकी पत्नी और बेटा एक–दूसरे के कान में चुपके से कुछ कहने लगे। फिर पार्वती ने अपने हैंड बैग से वैलवेट का नीला छोटा सा डिब्बा निकाला और उसे मदन मोहन को दिया। उसने मोहिनी के पास की कुर्सी खींची और उसके पास बैठ गया। उसका बायां हाथ अपने हाथ में लिया और उसकी तीसरी उंगली में हीरा जड़ी सोने की अंगूठी पहना दी। मोहिनी घबरा गई और

कुछ भी नहीं सोच सकी, बस कालीन पर बैठ कर किसी पिल्ले की तरह उसके पांवों में सिर रख दिया।

जोशी लोग आत्मविभोर हो गए। 'भाग्य ने हमारी मोहिनी के लिए भव्य स्वर्ग के द्वार खोल दिए हैं,' पिता ने कहा। उन्होंने ऐसी शुद्ध हिंदी में कहा जिस पर चिढ़ते हुए, हरि मोहन ने 'बस, बस', कहकर उन्हें रोका कि कहीं वे संस्कृत में श्लोक न सुनाने लगें। माता जी ने पार्वती को संबोधित करते हुए आगे कहा, 'बहन जी, हम तो गरीब लोग हैं, अपनी बेटी देने के सिवाए हमारे पास कुछ नहीं है। आज से वह आपकी हुई। आप ही इसकी मां हैं।'

हरि मोहन ने रूखेपन से हस्तक्षेप किया, 'मैंने आप से कहा था कि हम दहेज़ में कुछ नहीं चाहते हैं। हम बड़ी-बड़ी बारातों में विश्वास नहीं करते और न ही बैंड-बाजे में। यह वैदिक रीतिरिवाजों के अनुसार बिल्कुल सीधा-सादा विवाह होगा। कम से कम मेहमान होंगे, जैसा कि हमारा बेटा चाहता है। मैं समझता हूं कि आप लोगों के लिए निकट संबंधियों के साथ दिल्ली आना बेहतर होगा। मैं आप लोगों के लिए एक बारात घर बुक कर लूंगा, जो यहां से ज्यादा दूर नहीं है। आप वहां ठहर सकते हैं और बगीचे में हवन हो सकता है। जब हमारा बेटा पंचांग का अध्ययन कर लेगा, तो हम विवाह की तारीख तय कर लेंगे। वह शुभ दिनों के बारे में किसी भी ज्योतिषी से अधिक जानता है।'

जोशी लोग पांडेय लोगों के पांव में गिर पड़े, 'हम मखमल में टाट का पैवंद भर हैं, हमारी बेटी आपके महल की शोभा बनेगी। भगवान ने हमारी प्रार्थना सुन ली है।' यह कहते हुए मिस्टर जोशी की आंखों में आंसू आ गए।

जोशी लोग पांडेय लोगों से बार-बार गले मिले, फिर बाहर निकल कर थ्री-व्हीलर में बैठ कर अंतरराज्यीय बस अड्डे गए और उन्होंने मथुरा जाने वाली बस पकड़ ली।

पांडेय लोग बहुत चकित थे कि उनका बेटा विवाह करने को इतनी जल्दी राजी कैसे हो गया। वे असमंजस में थे। उन्हें मानना पड़ा कि उन्हें पता ही नहीं था कि उनके बेटे का दिमाग कैसे काम करता है। मदन मोहन के लिए यह बिल्कुल साफ था। वह हमेशा धर्म ग्रंथों पर अमल करता था। एक आदमी का जीवन काल सौ वर्ष होता है, जिसे चार भागों में बांटा जा सकता है। पहला भाग 'ब्रह्मचर्य' अध्ययन के लिए होता है। इस समय के दौरान उसे ब्रह्मचारी रहना पड़ता है। मदन मोहन 24 साल का हो गया था, और अभी कुंवारा था। वह अब गृहस्थ जीवन में प्रवेश करने वाला था। उसे पत्नी, बच्चे तथा रोज़ी–रोटी चाहिए थी। इसके लिए भी नियम थे, जिनका पालन वह कड़ाई से कर रहा था। 'कामसूत्र' में लिखा था कि पुरुष को अपनी आयु से तीन वर्ष छोटी लड़की से विवाह करना चाहिए। मोहिनी उससे पांच साल छोटी थी। 'कामसूत्र' ने स्त्री–पुरुषों को उनके जननांगों के आकार पर तीन वर्गों में बांटा था और बताया था कि किस श्रेणी की महिलाएं आदर्श पत्नियां बन सकती हैं। थोड़ा–बहुत जो उसने मोहिनी में देखा था, उससे लगा कि मोहिनी वास्तव में एक 'मृगनी' है, हिरनी की तरह ठिगनी, छरहरी और शर्मीली, साफतौर पर एक उपयुक्त दुल्हन।

निश्चित रूप से वह घोड़ी नहीं हो सकती, और न हथिनी अर्थात् बड़ी भग वाली और संभोग के लिए बेपनाह भूख रखने वाली महिला।

वह अपनी श्रेणी के बारे में बिल्कुल निश्चित नहीं था। वह खरगोश था, या सांड या फिर घोड़ा? वह अपने आपको खरगोश समझना पसंद नहीं करता था। खरगोश तो अशांत, उद्यमी होते हैं और उनका छोटा लिंग होता है। उसने अपना अंग तो कभी मापा नहीं था, लेकिन उसके आकार से वह प्रभावित था। वह या तो सांड हो सकता है या फिर घोड़ा– जी हां, यही बात ज्यादा संभव थी। हालांकि इससे ठिगनी मोहिनी को परेशानी हो सकती है। उसे मोहिनी के साथ

सज्जनतापूर्वक पेश आना होगा। वह उसके साथ एडजस्ट करेगा और उसको भी अपने साथ एडजस्ट करने का समय देगा और एक योगी की तरह अपनी वासना को नियंत्रण में रखेगा।

मदन मोहन तारीखों का विशेष ध्यान रखता था। मार्च के अंतिम सप्ताह में जोशी लोग अपनी बेटी के साथ वहां आए थे और वह उनकी बेटी से विवाह करने को राजी भी हो गया था। तब से जोशी जी स्वास्थ्य संबंधी पूछताछ करते हुए दो बार उसके पिता को पत्र लिख चुके थे। उन्होंने यह भी लिखा था कि वह सगाई जैसी लंबी–चौड़ी रस्म में विश्वास नहीं करते। यह भी उन्होंने कहा कि जैसे ही उनके होने वाले दामाद शुभ दिन निश्चित कर लेंगे, जोशी लोग अपनी बेटी उनके परिवार के हवाले कर देंगे। इसी अनुरोध के साथ उन्होंने एक पत्र मदन मोहन को भी लिखा था। मोहिनी ने भी उसको 'मेरे अपने मदन जी' संबोधित करते हुए दो पत्र अंग्रेजी में, लेकिन बड़े अक्षरों में लिखे थे। मोहिनी ने यह भी लिखा था कि वह उसकी 'प्रिय और वफादार पत्नी' बनने का इंतजार कर रही है। अंत में उसने 'आपकी प्रिय मोहिनी' लिख कर हस्ताक्षर किए थे। मदन मोहन ने उन पत्रों का उत्तर कुछ रूखे लहज़े में उसके पिता को यह बताते हुए दिया था कि जल्दी ही उन्हें उप्युक्त दिन के बारे में बता दिया जाएगा और मोहिनी को भी अपने स्नेह के बारे में आश्वस्त कर सलाह दी कि वह हिन्दू पुस्तकों में वर्णित विवाह धर्म से परिचित हो जाए।

15 अगस्त मदन मोहन का जन्मदिन था। वह 25 वर्ष का हो जाएगा। उसका ब्रह्मचर्य समाप्त हो जाएगा और वह गृहस्थ में प्रवेश कर सकेगा। विवाह की रस्म इसके बाद किसी भी दिन की जा सकती थी। लेकिन उस समय तक वर्षा का मौसम शुरू हो जाएगा। देवता गण समुद्र में विश्राम करने लगेंगे। वर्षा ऋतु में विवाह का आयोजन करना अशुभ होगा। अक्टूबर या नवंबर के शुरू के दिन

ज़्यादा उपयुक्त होंगे। ठीक मुहूर्त की गणना वह ज्योतिष विद्या पर एकत्र की हुई पुस्तकों का अध्ययन करके ही निकाल सकेगा।

हाल ही में मदन मोहन ने इस विषय पर वी.वी. रमन की पुस्तक 'हिंदू प्रेडिक्टेबल एस्ट्रोलॉजी' पढ़नी शुरू की थी। इसके कई पृष्ठों को रेखांकित व चिन्हित किया था। उसके लिए रमन एक विद्वान थे। प्राचीन संस्कृत ग्रंथों पर आधारित यह पुस्तक नॉस्त्रेदैमस और उन यूरोपीय लेखकों की पुस्तकों से कहीं अधिक विश्वसनीय थी, जो मात्र जादूगर थे, और वह भी बुरे, क्योंकि जादू भारत में ही पूर्णता को पहुंचा था, न कि पश्चिम में। उसने बंगलौर से प्रकाशित होने वाली 'द एस्ट्रोलॉजिकल मैग्ज़ीन' और दिल्ली से प्रकाशित होने वाली लछमन दास मदन द्वारा संपादित 'बाबाजी' को स्थाई रूप से मंगाना शुरू कर दिया था। ज्योतिष विद्या पर पढ़ी हर नई पुस्तक व पत्रिकाएं उसके इन विचारों को पुष्ट करती थी कि भारत के गौरवपूर्ण अतीत के दूरदृष्टा ऋषि वास्तव में विद्वान थे। उन्होंने न केवल वर्ष के महीनों की गणना की थी, बल्कि दिन रात के घंटों को भी शुभ–अशुभ घड़ियों में बांट दिया था।

राहुकाल, यमगंड, गुलिका काल। इन मार्गदर्शक सिद्धांतों के साथ–साथ मदन मोहन ने अपनी और मोहिनी की जन्मकुंडलियों का भी अध्ययन कर डाला। उसने यह फैसला किया कि 31 अक्टूबर उनके विवाह के लिए सबसे शुभ दिन और रात के 9.30 का समय वैवाहिक रस्म के लिए सबसे शुभ मुहूर्त होगा। हरिमोहन पांडेय ने मोहिनी के पिता को इस बारे में सूचित कर दिया था।

इसी बीच मदन मोहन ने 'कामसूत्र' बार–बार पढ़ा। वह ऋषि वात्स्यायन के उस तरीके से चकित रह गया, जिससे उन्होंने पुरुष एवं महिलाओं के लैंगिक अंतरों का विश्लेषण किया था और यह भी विस्तृत सलाह दी थी कि किस प्रकार वे एक दूसरे से अधिकतम सुख प्राप्त कर सकते हैं। वे जननांगों के आकार पर निर्भर करने

वाले दोनों लिंगों के तीन वर्गीकरण को जानते थे। उसने हाल ही में अपने लिंग को विश्राम और उत्तेजित अवस्था में टेप से नापा था। इससे उसके विचारों की और पुष्टि हो गई कि वह या तो सांड है या घोड़ा। शायद घोड़ा हो। परंतु स्त्री की योनि की गहराई को कोई कैसे नापे। वह इस निष्कर्ष पर पहुंचा कि शायद वात्स्यायन के समय में हिंदू वैज्ञानिकों ने इस उद्देश्य के लिए किसी न किसी ऐसे पैमाने का आविष्कार अवश्य कर लिया होगा, जैसे कि कार में तेल की मात्रा मापने के लिए छड़ी का प्रयोग होता है।

उन्होंने शताब्दियों पहले सभी प्रकार की जरूरी गणनाएं कर ली थीं। ताकि अब उसके जैसे लोग ग्रंथों को पढ़ सकें और एक स्त्री को केवल देखकर ही उसकी योनि का आकार बता सकें। उसने उन चतुषष्ठी अर्थात 64 भिन्न–भिन्न आसनों के बारे में आश्चर्य से पढ़ा था, जिन्हें पुरुष व महिलाएं संभोग के समय कर सकते थे। और यह भी कि स्त्री के शरीर में कौन–कौन से संवेदनशील बिंदु होते हैं, जो कामुमता को बढ़ाते हैं, पुरुष कैसे और कहां चुम्बन करे, कहां महिला को काटे या उसके शरीर में नाखून गड़ा दे और वासनापूर्ण जोश में वह किस प्रकार की ध्वनि करेगी। वात्स्यायन अपने शोध में बहुत सूक्ष्म व सटीक थे और वह अक्सर लिंग–विषय पर अन्य विशेषज्ञों का हवाला भी देते थे जिनसे उनका मतभेद होता था। वे सच्चे विद्वान एवं ऋषि थे। मदन मोहन उनकी हमेशा प्रशंसा करता था।

लेकिन वह वात्स्यायन की यह सलाह पढ़कर निराश हुआ कि पुरुष को पहली रात को ही संभोग के चरम बिंदु पर पहुंचने की जल्दी नहीं करनी चाहिए, बल्कि उसे अपनी दुल्हन का विश्वास जीतने के लिए लगभग तीन रात इंतज़ार करना चाहिए और तभी संभोग करना चाहिए जब वह पूरी तरह जोश में व उत्तेजित हो जाए और संभोग के लिए बेचैन हो। उसने इस मामले पर गहराई से विचार

किया। वह नेहरू लाइब्रेरी से कुछ पुस्तकें भी लाया, यह जानने के लिए कि क्या उनमें शादी के बाद संभोग प्रक्रिया को स्थगित करने के विषय पर कुछ ठोस सामग्री है या नहीं। वह प्राचीन हिंदू पुस्तकों से पश्चिम द्वारा नकल के एक अन्य ठोस प्रमाण पाकर बहुत खुश हुआ। हमेशा की तरह जर्मन लोग ही पूर्वी सतज्ञान पाने वाले सबसे पहले लोग थे। उस आर्य देश के कई भागों में विवाह के बाद नवदंपति को कुछ दिनों तक एक दूसरे से मिलने नहीं दिया जाता था। स्वाबिया में तीन दिन के सयंम का रिवाज था जैसा कि कामसूत्र में। उन्हें टोबिया रातें कहा जाता था। हिंदू विचार धारा व रीति के बारे में बार—बार आश्वस्त होने के उपरांत मदन मोहन ने यह फैसला किया कि यदि वह 25 वर्षों तक ब्रह्मचारी रह सकता है, तो वह 25 वर्ष और तीन दिन भी ब्रह्मचारी रह सकता है।

मदन मोहन ने अपने विवाह के प्रबंध की जिम्मेदारी संभाली। वह काका नगर के बारातघर में गया, कमरों का मुआयना किया, फर्नीचर देखा और ज़रूरी निर्देश दिए कि भवन के पैरापेट और बगीचे में वृक्षों पर कितनी रंगीन लाइटें लगाई जानी हैं, किस जगह पर हवन कुंड बनाया जाना है और यह भी बताया कि कहां तीनों शहनाई वादकों को बैठना है। जोशी लोगों को लाने के लिए उसने एक बस भी भाड़े पर तय कर ली थी, जिसमें उनके संबंधियों व मित्रों को 30 अक्टूबर को ही आना था। उन्हें दोपहर तक दिल्ली आना था और फिर बिना मोहिनी के उन्हें वापस अगली शाम मथुरा ले जाना था। उसने इन प्रबंधों के बारे में अपने भावी ससुर को सूचित कर दिया था। उसने यह भी बता दिया था कि बस 50 से अधिक यात्रियों को नहीं ला सकती है और उन्हें अपने पारिवारिक पंडित को भी लाने की सलाह दे दी। उसके माता—पिता को केवल मोहिनी के परिवार वालों के लिए उपहार खरीदने थे और उनको विवाह के अगले दिन घर में लंच का आयोजन करना था।

इन सभी प्रबंधों के दौरान वह शाखा की सभाओं में शामिल होता रहा, उन्हें सम्बोधित करता रहा, योग आसन भी करता रहा और 'कामसूत्र' का अध्ययन भी करता रहा। विवाह से लगभग एक सप्ताह पहले वह एक आयुर्वेद विज्ञान के माहिर मालिशिए को बुलाने लगा, जो हर सुबह उसकी मालिश करने आता था। तेल मालिश के बाद वह गर्म पानी से स्नान करता, झांबे से रगड़ कर शरीर से तेल साफ़ करता। इससे उसके तन को बल मिलता और उसके शरीर से हर्बल तेल की भीनी–भीनी सुगंध आती रहती।

सभी काम नियत समय पर होते गए। जोशी परिवार समय पर दिल्ली आ गया। वे अपने साथ अपना पंडित लाए थे और थोड़ा–बहुत दहेज का सामान भी जो वे अपनी बेटी के लिए जुटा पाए थे। सिलाई मशीन, एक छोटा फ़्रिज, साड़ियां और कुछ आभूषण। पांडेय परिवार ने अपने उन घनिष्ठ रिश्तेदारों व मित्रों को जिन्हें उनके बेटे की बारात में शामिल होना था, 31 अक्टूबर की शाम को चाय पर बुलाया। टी–पार्टी समाप्त होने तक सूर्य छिप गया था और मेहमानों को चमेली के फूलों से सजी पांडेय की दोनों कारों में से बड़ी के पीछे अपनी–अपनी गाड़ियां एक पंक्ति में खड़ी करने का निर्देश दे दिया गया था। मदन मोहन ने घोड़ी पर सवार होने से साफ़ मना कर दिया था। वह अपना तमाशा बनाना नहीं चाहता था। वह कार में अपने माता–पिता के साथ बारातघर गया। उनके पहुंचने तक रंगीन लाइटें जला दी गई थीं और शहनाई वादकों ने अपनी शांत धुन छेड़ दी थी। जोशी परिवार ने पांडेय परिवार और बारात का स्वागत किया। मोहिनी को धीरे से सामने किया गया। उसका आधा चेहरा साड़ी के घूंघट में था। उसने मदन के गले में चमेली की माला डाली। जवाब में मोहन ने भी उसके गले में हार डाला। मेहमानों को लॉन में शाकाहारी भोजन, पूरी, कचौड़ी, मिठाई और कोल्ड ड्रिंक्स परोसी गईं।

जब मेहमान भोजन और ड्रिंक गटक रहे थे, उस समय मदन मोहन को मोहिनी की बहनों के साथ हंसी–मजाक के लिए अंदर ले जाया गया। उन्होंने उसको अपने बीच में बैठाया और उसके सामने मिठाई की प्लेट और शरबत का गिलास रखा। 'दुल्हे जी, हमारे घर का बना हल्वा व शर्बत तो चखिए,' उन्होंने एक साथ कहा। मदन मोहन उनसे ज़्यादा चालाक निकला। 'पहले आप चखिए, फिर मैं लूंगा।' उसने कहा। पता लगा कि मिठाई में मिर्च भरी हुई थीं और शर्बत में नमक पड़ा था। अपनी शरारत असफल होने से निराश लड़कियों ने प्लेट हटा दी थी। तभी एक लड़की अचानक मदन मोहन के पीछे आई, और उसकी चोटी खींच कर बोली, 'दूसरे जानवरों की पिछौटी पर दुम होती है, आपके सर पर क्यों है?' मदन मोहन तेज़ी से मुड़े और लड़की की चोटी पकड़कर उसे अपने घुटनों पर गिरा लिया। 'मेरी चोटी को फिर से छू कर देखो, विश्वास करो फिर तुम्हारे सिर पर एक बाल भी नहीं बचेगा।' उन्होंने गुस्से में कहा, 'अपनी परंपराओं का सम्मान करना सीखो।' दरवाजे पर खड़ी मोहिनी की मां लपक कर अंदर आई और हस्तक्षेप किया,' 'बस–बस, बकवास बंद करो। अपने जीजा जी को तंग मत करो। फेरे का समय हो गया है।'

हवन कुंड में आग जला दी गई थी और दोनों परिवारों के पंडितों ने उसके पास अपने स्थान ग्रहण कर लिए। विवाह की रस्म अदा करने की शुभ घड़ी नज़दीक थी। मदन मोहन और मोहिनी पास–पास बैठे हुए थे। पवित्र अग्नि में चम्मच से घी आदि सामग्री डालते हुए पंडित जी विवाह संबंधी मंत्र पढ़ने लगे, बीच–बीच में वे दूल्हा–दुल्हन को अग्नि में पवित्र चढ़ावा डालने को कह रहे थे। निश्चित ही मदन मोहन को किसी निर्देश की जरूरत नहीं थी क्योंकि वह सभी मंत्रों तथा रस्मों से पहले ही परिचित था। यह सब लगभग आधे घंटे तक चलता रहा, फिर दंपति को खड़े होने के लिए कहा गया। मोहिनी

की साड़ी के पल्लू का एक सिरा मदन मोहन के गले में पड़े गुलाबी दुपट्टे से बांधा गया। जैसे ही उन्होंने पवित्र अग्नि के चारों ओर सात फेरे लगाए, परिवार के सदस्य और मित्रगण चारों तरफ इकट्ठा हो गए और उन पर गुलाब की पत्तियों की बौछार कर दी। मदन मोहन ने मोहिनी के गले में काले मोतियों का मंगलसूत्र पहनाया, उसकी मांग में सिंदूर भर दिया और दोनों पति–पत्नी बन गए।

जोशी बिरादरी में यह रिवाज था कि दूल्हा पहली रात बिल्कुल अकेले दुल्हन के घर में बिताए। दुल्हन को अपने घर ले जाने के बाद ही वह वैवाहिक संबंध स्थापित कर सकता था। जोशी परिवार का अपना घर तो था नहीं और दिल्ली में कोई सगा–संबंधी भी नहीं था, इसलिए उन्होंने अपने दामाद के लिए बारात घर में ही एक कमरा तैयार कर लिया था। मदन मोहन खूब सोया। छोटे से कमरे में खाली सफेद दीवारें थीं और कुछेक कुर्सियां थी। तारों की चारपाई का बिस्तर आरामदेह नहीं था, लकड़ी की तरह सख्त तकिए थे। रोज योग आसन और संगठन की ड्रिल के अभ्यास के बावजूद मदन मोहन को यह कष्टदायी लगा क्योंकि उसे नरम गद्दों पर, नरम तकियों के साथ सोने की आदत थी। फिर उसने जीवन के दूसरे चरण में प्रवेश करने के बारे में सोचा। अब वह ब्रह्मचारी नहीं रहा था, बल्कि देखभाल करने के लिए पत्नी थी। उसकी जरूरतों का ख्याल उसे ही रखना था, और उसे हर जगह अपने साथ बाहर ले कर जाना था। उसे अपनी दिनचर्या में अनेक परिवर्तन करने होंगे। कई तरह के नुकसान और फायदे होंगे, निश्चित ही जब वह चाहेगा, अपनी स्त्री से प्रेम कर सकेगा, और स्त्री को उसकी ज़रूरतों का ख्याल रखना होगा जैसा कि उसकी मां ने रखा था, और उसकी संतान भी पैदा करनी होगी। सबसे ज्यादा उसे अगले तीन दिनों का इंतज़ार था। जिस दौरान उसे मोहिनी को अपने सामने समर्पण के लिए तैयार करना था। 'कामसूत्र' ने पतियों को अपनी कुंआरी

पत्नियों के साथ सज्जनतापूर्वक धैर्य बरतने की सलाह दी थी। अगर पहले ही संबंध से पत्नी घबरा जाए, तो बेचारी लड़की को इससे उबरने में महीनों लग सकते हैं। रात आधी से ज्यादा बीतने के बाद मदन मोहन सो सका, सुबह भी वह उनींदा ही था, शहनाई की उदास धुन के साथ मोहिनी ने अपने परिवार से आंसुओं के साथ विदाई ली और पांडेय परिवार की कार में बैठकर अपने नए घर चली गई।

पांडेय निवास पर सुबह से देर रात तक मेहमानों का तांता लगा रहा। बैरे चाय, कॉफी, कोल्ड ड्रिंक और स्नैक्स देते रहे। आखिरी मेहमान के जाने और नवविवाहित दंपती को जुग–जुग जियो के ढेरों आशीर्वाद मिलने तक डिनर का समय हो गया था। किसी को भूख नहीं थी, लगभग हर व्यक्ति थक गया था और सबसे ज्यादा तो मोहिनी। परिवार के लोग मेज के चारों ओर बैठ कर टमाटर का सूप पी रहे थे, केवल यही वे ले सकते थे। पार्वती नए जोड़े को उनके बैडरूम तक ले गई, उन्हें आशीर्वाद दिया और खुद भी आराम करने चली गई। मदन मोहन ने अंदर से दरवाजा बंद कर लिया और सोफे पर बैठ गया।

'तुम बहुत थक गई होगी,' मदन मोहन ने मोहिनी से कहा 'आओ मेरे पास बैठो ताकि मैं तुम्हें जी भर के देख सकूं। तुम मुझे अपने बारे में बताओ।' उसे आश्चर्य हुआ कि वह मोहिनी जो कुछ देर पहले थकान से गिरी–गिरी जा रही थी, उसमें एकदम जान आ गई। उसने अपने सिर से पल्लू हटाया और उसके हाथ थाम कर साहसपूर्वक कहा, 'जी भर के देखो। जो देखा, क्या वह पसंद आया?'

यह सब कुछ तो सैक्स पर लिखे ग्रंथ के अनुसार नहीं था। शायद मोहिनी ने इसे पढ़ा नहीं था। 'हां तुम बहुत सुंदर युवती हो,' मदन मोहन ने जवाब दिया 'एक 'मृगिनी' की शानदार मिसाल हो।'

'किसकी मिसाल?'

'मृगिनी की' 'कामसूत्र' के अनुसार तीन प्रकार की स्त्रियां होती हैं। हिरनी, घोड़ी और हाथी, ये सब उनके गुप्तांगों के आकार पर निर्भर करता है। तुम छोटी और सुगठित हो, तुम तो मृगिनी ही हो। तुमने 'कामसूत्र' नहीं पढ़ा? मैंने तो तुमसे विवाह संबंधी पवित्र हिंदू ग्रंथों को पढ़ने के लिए कहा था।'

'हे राम, क्या समझते हो कि मैं कैसे परिवार से आई हूं? मेरे माता–पिता घर में ऐसी गंदी किताबें कभी नहीं रखते।'

'यह गंदी पुस्तक नहीं है,' चिढ़ते हुए मदन मोहन ने कहा, 'यह प्रेमकला और विवाह पर संसार की सबसे पुरानी और शानदार पुस्तक है।'

'मैं नहीं जानती। लेकिन मैं तुम्हें बता दूं कि जब मैं कॉलेज में थी, तो वहां सौंदर्य प्रतियोगिता आयोजित हुई थी। मुझे निर्विरोध वर्ष की सुंदरी का खिताब दिया गया था।'

'तुमने सौदर्य प्रतियोगिता में भाग लिया?' उसने स्तब्ध होकर कहा, 'छीः छीः। ये तो पश्चिमी रीतियां है और हिन्दू महिलाओं के लिए अशोभनीय। तुम्हारे माता–पिता ने इतना गंदा काम करने की तुम्हें अनुमति दे दी?'

मोहिनी हताश हो गई, 'मैंने अपनी मां और पिता जी को इसके बारे में नहीं बताया था। खिताब मिलने के बाद ही बताया था। उन्हें मेरा खुले आम बदन उघाड़ना और मेरा सीना, कमर और कूल्हों को दूसरों से नपवाना पसंद नहीं था। लेकिन वे नतीजे से बड़े खुश हुए थे। मेरी फिगर अच्छी है, कॉलेज के मेरे मित्रों ने मुझे बताया था मेरा माप वही है जैसा कि पिछले वर्ष मिस यूनिवर्स बनी स्वीडन की लड़की का था। बस मैं ठिगनी हूं, केवल पांच फीट दो इंच की हूं।'

'यह तो ठीक लंबाई है। मैं पांच फीट सात इंच का हूं, स्त्री को अपने पति की तुलना में उपयुक्त रूप से छोटा होना चाहिए।'

मदन मोहन ने दृढ़ता से कहा और फिर खामोश हो गया।

'तुम गुस्सा तो नहीं हो न?' मोहिनी ने पलट कर कहा। 'नहीं, गुस्सा नहीं हूं। जो बीत गया, सो बीत गया लेकिन अब कोई सौंदर्य प्रतियोगिता नहीं। ये बिल्कुल हिन्दू विरोधी हैं, उसने दृढ़ता से कहा।

'थैंक गॉड।' मोहिनी ने सीने पर हाथ रख कर नाटकीय रूप से राहत की सांस ली। दूसरे हाथ से वो अभी भी उसका हाथ पकड़े हुए थी। आखिर वो पति था। उसको पहल करनी थी, लेकिन यहां वही पहल कर रही थी। इस बात ने मदन मोहन को दुविधा में डाल दिया था। विचित्र सी खामोशी छा गई। वह याद करने लगा कि अगला कदम क्या उठाना है। उसने चांदी के पानदान से पान निकाला और कहा, 'मेरे पास तुम्हारे लिए विशेष पान है।' वह मोहिनी के होंठों तक पान ले गया। मोहिनी ने 'आधा तुम खाओ,' कहकर आधा पान अपने मुंह में रखा, दूसरा हिस्सा उसके होंठों से बाहर था। उसने अपना हाथ मदन मोहन की जांघ पर रखा और उसकी ओर झुक गई। मदन मोहन उसकी बेहयाई पर दंग रह गया। जैसे ही उसने पान का आधा हिस्सा काटा, मोहिनी ने अपनी बांहें उसके गले में डाल दीं और उसके होंठों का भरपूर चुम्बन ले लिया।

ये तो हद थी। वह सभी पवित्र नियमों का उल्लंघन कर रही थी। ठिगनेपन के बावजूद वह मृगिनी तो कतई नहीं थी।

'तुम कहीं हथिनी तो नहीं हो?' वह मिनमिनाया। 'क्या? क्या मैं तुम्हें हाथी की तरह नजर आती हूं?' उसने गरजते हुए कहा।

'नहीं, नहीं, इसका मतलब यह नहीं है। इसका संबंध तुम्हारे शरीर के आकार से नहीं है।' उसने क्षमा मांगते हुए समझाया, 'पर, पर.
'

'पर—पर क्या? पहले मृगिनी और फिर हथिनी— मैं तो छोटी सी मासूम लड़की हूं मैं यह सब नहीं समझती।'

'यह सब तुम्हारे 'कामसूत्र' न पढ़ने की वजह से है।'

'मैंने तुम्हें बताया था कि पिताजी घर में इस तरह की पुस्तकों की अनुमति नहीं देते थे।'

'अफसोस–यह पुस्तक तुम्हें प्रेम करने की कला के बारे में सिखाती'।

'प्रोफेसर साहब, प्रेम करना सीखने के लिए पुस्तकों की जरूरत नहीं होती है। हम विवाहित हैं। मैं तुमसे प्रेम करूं, तुम मुझसे प्रेम करो। क्या यह सीधी सी बात नहीं?'

'नहीं, ये इतना आसान नहीं,' उसने उत्तर दिया। 'क्या तुम जानती हो, प्रेम करने के 64 तरीके होते है?'

'चौंसठ।' आश्चर्य से उसकी आंखें फैल गईं'। 'मैं तो एक ही समझती थी। तुम मुझे सभी चौंसठ तरीके सिखाना, मेरा वादा है मैं अच्छी शिष्य बनूंगी।' उसने उसके होंठों का फिर चुम्बन लिया।' लेकिन हम अपने विवाह की पहली रात ऐसे नहीं बिता सकते जैसे यह क्लासरूम हो। सुहागरात का यह मतलब नहीं होता है।'

'नहीं होता है,' मदन मोहन ने उसको स्वयं से दूर करते हुए कहा। 'पहली रात तो एक–दूसरे को जानने में बीतनी चाहिए। तुम मुझे अपने बारे में सब कुछ बताओ और मैं तुम्हे अपने बारे में बताऊंगा। दूसरी रात भी हम वैसा ही करेंगे। मगर और भी ज्यादा गहरी–गहरी बातें एक–दूसरे पर खोलेंगे। हिंदू शास्त्रों ने तो यह सलाह दी है कि तीसरी रात के बाद ही प्रेम करना शुरू करना चाहिए।'

'उफ।' वह उबल पड़ी, ''कितने अजीब आदमी हो। अगर हमें सुहागरात को कुछ नहीं करना है, तो बेहतर होगा हम सो जाएं। यह बात–वात करने की बकवास क्या है। मैं बहुत थकी हूं।' वह सोफे से एकदम उठी और तेजी से बाथरूम गयी। अपने मुंह को रगड़ा, चेहरा धोया और सीधे उनके लिए सजे बिस्तर पर चली गई। उसने चादर पर बिखरी हुई गुलाब की पत्तियों को झाड़ा और दीवार की ओर मुंह कर अपनी विवाह की साड़ी में ही लेट गई। मदन मोहन समझ गया कि वह चिढ़ गई है। स्पष्ट रूप से वह तेज़ स्वभाव

की लड़की थी, जिससे बड़ी होशियारी से निबटना पड़ेगा। वह धीरज रखेगा।

वह भी बाथरूम गया, अपने दांत साफ किए, स्नान किया, अपनी बगलों और जांघों पर साबुन रगड़कर अच्छी तरह साफ किया। नया कुरता–पाजामा पहन कर अपनी सुहाग–सेज पर बैठ गया। थोड़ी देर बाद उसने अपना हाथ मोहिनी के कंधे पर रखा और पूछा, 'क्या मुझसे गुस्सा हो?'

उसने अपना कन्धा झटक दिया और गुर्राई, 'जब तक तुम्हारी पवित्र डिक्शनरी तुम्हें अनुमति न दे, मुझे मत छूना, मैं तुमसे बात नहीं करना चाहती।'

मदन मोहन ने बिना सोए रात गुज़ारी। बहुत देर तक वह छत को देखता सीधे लेटे रहा। फिर बैड लाइट बुझा कर अपनी आंखें मूंद लीं। मोहिनी भी दूसरी ओर चेहरा किए एक तख्ते की तरह रही। 'कामसूत्र' ने नाराज़ दुल्हन के बारे में तो कुछ नहीं बताया था। धीरे–धीरे उसे नींद आ गई। मोहिनी उससे पहले ही उठ बैठी थी। उसने तर्जनी पर टूथपेस्ट ले कर अपने मसूड़ों को जोर से रगड़ा। उसे शॉवर चलाना नहीं आता था, इसलिए उसने नल से स्टील की बाल्टी भरी, और क्योंकि लोटा नहीं था, तो उसने सिस्टर्न पर रखे तामचीनी के मग से ही स्नान किया। उसने नई सिल्क की साड़ी पहनी और अपने पति से कुछ कहे बिना नीचे सास–ससुर के पास चली गई। हरि मोहन पांडेय अखबार पढ़ रहे थे। मदन की मां पूजा कक्ष में थी। मोहिनी ने अपने ससुर के चरण छुए, उनका आशीर्वाद लिया और फिर अपनी सास के साथ पूजा में शामिल हो गयी।

उन्होंने मदन मोहन को नीचे आते और अपने पिता के साथ चाय पीते सुना। पार्वती ने जल्दी से अपने हिस्से की पूजा समाप्त की और अपनी बहू से कहा, 'बहू, मैं मदन को तुम्हारे साथ पूजा करने

भेज रही हूं। मेरी पूजा तो छोटी सी और बुनियादी होती है। लेकिन वह पूजा विधि का विशेष ध्यान रखता है। तुम दोनों साथ–साथ प्रार्थना करो और तुम उससे पूजा करना सीखो, मैं तब तक नाश्ता तैयार करने में नौकरों की मदद करती हूं।'

वह बाहर गई और अपने बेटे से कहा 'पूजा करने के लिए मोहिनी तुम्हारी प्रतीक्षा कर रही है, उसे हमारी पूजा–विधि का पता नहीं है। मैं नाश्ता लगवा दूंगी।'

जैसे ही मदन मोहन पूजा कक्ष में गया, उसकी मां बहू के कमरे में पहुंच गईं। गुलाब और चमेली की पत्तियां जिन्हें उन्होंने पिछली शाम बिस्तर पर बिछाया था, उन्हें उन्होंने फर्श पर बिखरे देखा। यह शुभ लक्षण था, दोनों साथ–साथ सोए होंगे। उन्होंने चादर की भी ध्यानपूर्वक जांच की उस पर कहानी बताने वाले खून के या वीर्य के धब्बे नहीं थे। उन्होंने अपने मिलन को शायद पूर्णता तक नहीं पहुंचाया था। उनका बेटा एक समझदार लड़का था। उसने अपनी नई–नवेली कुंआरी दुल्हन के साथ कोई बेसबरी नहीं की थी, बहू शायद सैक्स के बारे में थोड़ा बहुत या बिल्कुल भी नहीं जानती होगी। सही समय पर वह उसे सिखा देगा। पार्वती संतुष्ट हो कर अपने छोटे से परिवार के साथ नाश्ते में शामिल हो गई।

नाश्ते की मेज पर सालों से कुछ भी नहीं बदला था। हरि मोहन अभी भी भारी भरकम अंग्रेजी नाश्ता पसंद करते थे, अर्थात् एक गिलास संतरे का जूस, दूध के साथ कॉर्नफ़्लैक्स, अंडे और बेकन, टोस्ट के साथ मक्खन और मुरब्बा, और कॉफी। वे चमचमाते छुरी–कांटे, चम्मच और शानदार क्रॉकरी में खाना पसंद करते थे। उनका सुबह का नाश्ता पाइप जलाने के साथ खत्म होता था। मदन मोहन शुद्ध शाकाहारी उत्तरी भारतीय भोजन पसंद करते थे। अर्थात घी में बनी पूरी–आलू की सब्जी, और अचार व दही के साथ परांठे, चाय या कॉफी के बजाय दूध। खाने के पश्चात एक नौकर उनके लिए हाथ

धोने का प्याला लाता क्योंकि वह अपनी उंगलियों से खाता था। केवल पार्वती पांडेय की खाने की आदत बदली थी, उनके साथ कुछ मिली–जुली स्थिति थी क्योंकि वह पति और बेटे के बीच में फंसी थीं। मदन मोहन के लड़कपन के दिनों से ही उन्होंने उसके भारतीय स्टाइल को अपनाकर उंगलियों से खाना शुरू कर दिया था। शुरू–शुरू में हरि मोहन उन पर चिल्लाते अवश्य थे, लेकिन धीरे–धीरे उन्होंने मान लिया कि नौजवान लड़के पर उनका असर खत्म होता जा रहा था। अब पार्वती कभी–कभी ही पश्चिमी स्टाइल की कटलरी का इस्तेमाल करती थी, जब उन्हें अपने पति से सहानुभूति होती थी या यह बताना हो कि वह अभी भी उनसे प्यार करती है या फिर जब उनसे कुछ लेना होता था।

नाश्ते की मेज पर मोहिनी की स्थिति अजीब हो गयी थी। वह ससुर का साथ दे या पति का? क्या वह पहले छुरी–कांटे का प्रयोग करे यह बताने के लिए कि वह उन से खाना जानती है (जिसकी वह आदी नहीं थी, हालांकि कॉलेज की उसकी एक दोस्त एलिस कारवैलो ने उसे सिखाया था।) या फिर हाथ से भारतीय भोजन ही करे? उसकी समस्या सुलझ गई जब उसकी सास ने बड़े साहब को रोज का नाश्ता और बाकी सबको आलू–पूरी परोसने का निर्देश दिया। उन सबने शांति से नाश्ता किया।

पांडेय परिवार को बधाई और उपहार देने आने वालों का तांता बंधा रहा। देर शाम तक यही चलता रहा। मोहिनी अपने पति से आंखें चुराती रही, और कर्त्तव्यपरायण बहू की तरह अपनी सास से चिपकी रही। केवल डिनर के बाद ही वर–वधू को रात में उनके बैडरूम में अकेला छोड़ा गया।

मोहिनी अभी भी चिढ़ी हुई थी। उसने स्नान किया, और एक नई सूती साड़ी पहनी और दीवार की ओर चेहरा किए हुए बिस्तर पर लेट गई। मदन ने भी स्नान किया, कुर्ता–पाजामा पहना और

बिस्तर पर अपनी साइड लेट गया। थोड़ी देर बाद उसने अपना हाथ बढ़ाया और मोहिनी के कंधे पर रख दिया। 'अपने पति से व्यवहार करने का यह तरीका ठीक नहीं है।' उसने विनम्रता से कहा। उसने उसका हाथ झटका और जवाब दिया, 'तुम मुझसे तीन दिनों तक कोई संबंध नहीं रखना चाहते। मैं तुमसे तब ही बात करूंगी जब तुम्हारे परहेज की मूर्खतापूर्ण अवधि समाप्त हो जाएगी।'

'लेकिन हमें बात करनी ही होगी। तुम मुझे अपने बारे में बताओ। जो कुछ तुम मेरे बारे में जानना चाहती हो, मुझ से पूछ सकती हो, हम एक दूसरे के लिए अजनबी हैं। हम प्रेमी बनने से ज्यादा एक–दूसरे से परिचित हो सकते हैं, दोस्त हो सकते हैं। यही शास्त्रों में लिखा है हमें उसका पालन करना चाहिए।'

मोहिनी उसकी ओर चेहरा करते हुए मुड़ी। उसकी आंखों में आंसू थे 'तुम मेरे बारे में क्या सुनना चाहते हो? मैं एक गरीब अध्यापक की बेटी हूं। मैं स्कूल और कॉलेज गई हूं। तुम्हें मेरा सौंदर्य प्रतियोगिता में भाग लेना पसंद नहीं आया। तीन दिनों तक तुम देखना भी नहीं चाहते कि मैं कैसी दिखती हूं। मैं तुम्हें समझ नहीं पा रही।' उसने चेहरा अपने हाथ से ढक लिया और सुबक–सुबक कर रोने लगी।

मदन मोहन बिस्तर पर उसकी साइड की ओर खिसक गया और उसने उसका हाथ उसके चेहरे से हटाया और उसके आंसू पोंछे। उसने उसके माथे को चूमा, 'तुम तो बड़ी सुंदर लड़की हो।' उसने दिलासा देते हुए कहा, 'यह जानने के लिए कि तुम कितनी सुंदर दिखती हो मुझे तुम्हें वस्त्रहीन देखने की जरूरत नहीं है। देवताओं ने तुम्हें जैसा बनाया है, तुम वैसी ही हो। यह मेरा सौभाग्य ही है कि मुझे तुम जैसी पत्नी मिली।' मोहिनी उससे चिपट गयी धीरे–धीरे उसका सुबकना बंद हो गया वह अपने पति की बांहों में ही सो गयी, रात में उसका शरीर उसके शरीर से कई बार छुआ, लेकिन उसने कोई मांग नहीं की।

मोहिनी की खुशी फिर से लौट आई थी। मेज लगाने में, मेहमानों का स्वागत करने में, बगीचे से फूल लाने में और उन्हें फूलदान में सजाने में वह अपनी सास और नौकरों की रसोई में मदद करने लगी। अपने पति के साथ उसके संबंधों में आने वाला छोटा सा संकट लगभग समाप्त हो गया था। एक रात और सैक्स की मनाही का समय जल्दी ही समाप्त होने वाला था। आखिरकार उसे वह सब कुछ मिल जाएगा जिसकी प्रतीक्षा वह अपनी सगाई के समय से ही करती आ रही थी।

और फिर वह रात आ गई। सास के द्वारा वर–वधू को उनके बैडरूम में छोड़े जाने के पश्चात् मोहिनी ने स्नान किया। अपने शरीर पर जमकर खुशबूदार टैलकम पाउडर छिड़का, अपने दांतों को टूथपेस्ट से खूब रगड़ा और नई–नवेली और जोशीली दुल्हन की तरह बाहर आई। मदन मोहन ने जो देखा, उससे वह बड़े प्रसन्न हुए और उससे अपने स्नान करने तक कुछ क्षणों के लिए इंतजार करने को कहा। वह रगड़कर नहाया, ब्रश किया, और अपनी गर्दन और बगलों में फ्रेंच परफ्यूम लगाया इस बात के लिए वह समझौता करने को मजबूर थे क्योंकि इत्र अर्थात् लोकल परफ्यूम तो मुगलों की देन थी जो अंग्रेजों से भी ज्यादा उनके लिए घृणा के पात्र थे। वह मोहिनी के साथ सोफे पर बैठ गया। उसने चांदी के वर्क में लिपटी दो पान की गिलौरियां ली, एक तो अपने मुंह में रखी और दूसरी उसके मुंह में रख दी।

'तो,' उसने कहा और चुप हो गया।

'तो,' उसने पान में रचे हुए दांतों से मुस्कुराते हुए उत्तर दिया। वे हाथ थामे हुए थे। "तो, प्रोफेसर साहब, पंडित जी, मेरे पति परमेश्वर, तुम्हारी पत्नी बनकर मुझे खुशी है। तुम आदेश दो, मैं पालन करूंगी।''

'मैं एक चुम्बन से शुरुआत करूंगा।' वह कामसूत्र में वर्णित अनेक

71

प्रकार के चुम्बनों की बौछार कर उसे चकित कर देना चाहता था। लेकिन मोहिनी उस पर हावी हो रही थी।

'जितने चाहो, चुम्बन ले सकते हो,' उसने उत्तर दिया और अपने होंठ उसके होंठों पर रख दिए।

वे काफी देर तक एक–दूसरे से लिपटे रहे। फिर मदन मोहन ने बाजी अपने हाथ में लेने की कोशिश की। उसने पूरे चेहरे पर ढेरों चुम्बन जड़ दिए। उसके हाथ उसके सीने पर रेंग गए। उसे पक्का विश्वास नहीं था कि वह अपने साथ इतनी छूट लेने देगी। पर उसने अपने ब्लाउज का बटन और ब्रा का हुक भी खोल डाला। 'यहां चुम्बन करो', उसने धीरे से मदन के कान में कहा। मदन मोहन को लगा कि हालात पर से उसका नियंत्रण खिसकने लगा है। उसे अपने आपको दृढता से पेश करना था। लेकिन उसकी छातियां देखकर उसके घुटने कांपने लगे थे। उसने औरतों की छातियां केवल तस्वीरों में या पत्थर की मूर्तियों पर ही देखी थीं, जीती–जागती नहीं। वह उन पर टूट पड़ा, उसे समझ में नहीं आ रहा था कि दोनों में से किस छाती पर ज्यादा ध्यान दे। 'ये सुन्दर हैं, उसने भारी आवाज़ में कहा, 'आश्चर्य नहीं कि तुम्हें ब्यूटी क्वीन चुना गया था।'

'तो आखिर तुमने पश्चिमी रिवाज को स्वीकार कर लिया' वह हंसी, 'मैं तुम्हें बताऊं कि सौंदर्य प्रतियोगिताओं में केवल सीना ही नहीं देखा जाता। वे लोग तो कमर, कूल्हे, टांगें सब कुछ नापते हैं। मैं हर विभाग में अव्वल आई।'

'मुझे दिखाओ', मदन मोहन ने कहा और फिर उसे आश्चर्य हुआ कि यह बात वह कह रहा है।

मोहिनी उठी, उसने अपनी साड़ी खोल दी, ब्लाउज और ब्रा उतारी और शर्माते हुए अपने पेटीकोट का नाड़ा भी खोल दिया, पेटीकोट फर्श पर खिसक गया। उसने अपने गुप्तांग को दोनों हाथों से ढक लिया और घूमकर अपने गोल–मटोल चिकने कूल्हों को दिखाने लगी।

फिर उसने उसकी ओर चेहरा किया और अपनी बांहें फैला दीं। 'आओ लेट जाएं'।

मदन मोहन घबरा कर पीछे हटा। उसकी टांगों के बीच गंदे–गंदे काले बालों का झुंड क्यों था। 'कामसूत्र' की प्रतियों में अंकित चित्रों में, और पत्थर की मूर्तियों पर उसने ऐसे बाल नहीं देखे थे। उसके अपने गुप्तांगों पर भी बाल थे, पर यह तो मर्दाना लक्षण था। एक सुंदर औरत या मृगिनी की झांटें नहीं होनी चाहिए थीं। वह दुविधा में था और झुंझलाया भी था। उसकी योजना के अनुसार बातें नहीं हो रही थीं। मोहिनी ने उसका हाथ थामा और पलंग पर ले गई। 'अपने कपड़े उतारो, मैं भी तुम्हारा सब कुछ देखना चाहती हूं जैसे कि तुमने मेरा देखा है,' उसने आदेश दिया। चुपचाप उसने उसका आदेश माना और यह भी जाहिर किया कि उसक भी टांगों के बीच में गंदे काले बाल हैं। पता नहीं किस कारण से प्रकृति ने उन्हें वहां उगाया है। वह इतना उत्तेजित हो गया कि इस अजीब सी बात पर सोचने की उसकी हिम्मत नहीं हुई। उन्होंने एक दूसरे को मज़बूती से जकड़ लिया और बिस्तर पर लुढ़क गए। उसके बाद चुम्बनों की बौछार शुरू हो गई। अब असली काम का समय आ गया था। मदन मोहन ने अपनी जवान दुल्हन की जांघों को हाथ से टटोला और उसके कान में धीरे से फुसफुसाया, 'मेरी नन्ही सी हिरनी, तुम्हें थोड़ा सा कष्ट होगा मगर पहली ही बार, फिर तुम्हें उसकी आदत हो जाएगी और तुम्हें मजा आने लगेगा। सच्ची।'

वह इधर–उधर ही हो रहा था, उसे समझ नहीं आ रहा था कि कहां प्रवेश करे। मोहिनी ने उसका लिंग पकड़ा और उसे सही जगह पर लगा दिया। मदन मोहन को वात्स्यायन की चेतावनी याद आ गई कि कुंआरी के साथ नर्मी बरतनी चाहिए। 'चलो, अंदर को धक्का मारो,।' मोहिनी ने अधीर हो कर कहा। मदन मोहन का सिर खौलने

लगा। उसने उसकी योनि के छेद पर स्पर्श ही किया था कि जोश में उसका सब कुछ तेज़ी से उसकी जांघों पर निकल पड़ा।

उसके लिए तो यह गजब का अनुभव रहा था, लेकिन मोहिनी के लिए नहीं। वह अपनी मायूसी को नहीं दबा सकी। उसने मदन के बाल पकड़े और चिल्लाई 'गधे' मैं तो अभी शुरू भी नहीं हुई और तुम निबट गए।' वह उसके नीचे से निकली और धोने–धाने बाथरूम में दौड़ी चली गई ताकि कुछ शांत हो सके। जब वह बाहर निकली तो उसने एक अद्भुत दृश्य देखा। मदन मोहन अपने सर के बल खड़ा था। उसका ढीला लिंग गोल–मटोल तीर की तरह उसके चेहरे की ओर मुड़ा लटक रहा था। 'क्या कर रहे हो?' वह चिल्लाई। 'बिन्दु, पुरुष की जीवन शक्ति होता है। यह उसके शरीर के सभी भागों से सिर से लेकर पैर तक लिए हुए तत्वों से बना होता है। इसे बढ़ाने के लिए पुरुष को सैक्स के बाद शीर्षासन करना चाहिए।' उसने उसी अवस्था में समझाया।

'तुम उसे सैक्स करना कहते हो? उसे अक्ल से करते तो यह ज्यादा संतोषजनक होता। उसने एक झटके से कहा। वह डबल बैड के अपने सिरे पर जा कर लेट गई और लाइट बुझा दी। मदन मोहन ने अपनी टांगें नीचे कीं और बैठ गया। वह अंधेरे में टटोलता हुआ बाथरूम गया, स्वयं को धोया और टटोलता हुआ ही बिस्तर तक आया। बहुत देर तक उसे नींद नहीं आई। वह विचार करता रहा कि उससे गलती कहां हुई है। 'कामसूत्र' ने उसे अपनी पत्नी के इस रूखे बर्ताव के लिए तैयार नहीं किया था। उसके छोटे आकार से उसने जो अनुमान लगाया था, उसके विपरीत क्या वह किसी और श्रेणी की स्त्री है? उसने अंधेरे कमरे में इधर–उधर देखा। शायद उनके बैडरूम में कुछ न कुछ गड़बड़ थी। उसे वास्तुशास्त्र की सहायता लेनी चाहिए, जो बताता है कि मकान किस प्रकार बनना चाहिए। कमरे किस क्रम में हों और फर्नीचर कैसे रखा जाए। उसने रत्नशास्त्र

के प्राचीन विज्ञान पर भी तो ध्यान नहीं दिया था। कहते हैं कि रत्न भी शरीर के कार्यो को प्रभावित करते हैं। कुछ वासना को बढ़ा सकते हैं। उसका दिमाग प्राचीन ग्रंथों के ज्ञान पर ही आगे पीछे होता रहा और कभी अपनी नव–विवाहित पत्नी की उम्मीदों पर खरा न उतर पाने की नाकामी में ही उलझा रहा। न जाने कब उसको नींद आ गई।

उसने मोहिनी को उठते हुए नहीं देखा। बाथरूम में उसके पानी डालने की आवाज सुनकर उसने सोचा हुए उसको उठे थोड़ी ही देर हुई है। बाथरूम का दरवाजा खुला और वह अपने शरीर को तौलिए से पोंछती बिल्कुल नंगी बाहर निकली। निश्चित ही वह सुंदर थी, उसके बाल उसकी कमर और सुडौल शरीर पर पड़े हुए थे, केवल उसकी योनि के चारों ओर बालों का गंदा झुंड था। वह उनका कुछ कर नहीं सकती थी? उसकी साड़ी, पेटीकोट और ब्लाउज बिस्तर पर रखा था। अभिवादन की जगह उसने कहा, 'सब जगह चिप– चिप हो रही थी, पेट पर, जांघों पर सब जगह चिपका–चिपका। छुड़ाने के लिए तीन बार साबुन से नहाना पड़ा।' उसने कपड़े पहने, लापरवाही से लेटे हुए ही उसके पांव छुए और उसके माता–पिता का अभिवादन करने नीचे चली गई। मदन मोहन उठा और बाथरूम चला गया। नहाते समय उसने भी अपने लिंग और जांघों पर भी कुछ चिपका–चिपका देखा। कितना मूल्यवान बिन्दु नष्ट हुआ, उसने सोचा। इसे तो नए जीवन को जन्म देने के लिए मोहिनी के अन्दर जाना चाहिए था। रात की मुलाकात की याद से उसके कान गर्म हो गए। उसने नया धोती–कुर्ता पहना और नाश्ते के लिए उसका इंतजार करते हुए परिवार के साथ शामिल हो गया। जब नौकर नाश्ते की मेज लगा रहा था, मदन मोहन की मां चुपचाप सीढ़ियां चढ़ कर अपने बेटे का बिस्तर देखने पहुंच गई। उन्होंने सूखे हुए वीर्य की कुछ बूंदें देखीं लेकिन रक्त

नहीं था। वह चकित रह गईं। सोच में डूबी वह नीचे आईं।

परिवार के लोग नाश्ते की मेज पर बैठे थे। मदन मोहन और उसके पिता के बीच गर्मागर्म बहस चल रही थी। बात मदन मोहन ने शुरू की थी, उसने पिता से पूछा, 'पिताजी, आप ने वास्तुकला विशेषज्ञ से सलाह मशवरा किया था इस बंगले का डिज़ाइन बनवाते समय?' पिता ने पूछा, 'किस चीज़ का विशेषज्ञ?' 'वास्तुशास्त्र। निर्माण कला और आंतरिक सज्जा पर प्राचीन हिन्दू ग्रंथ।' कभी सुना भी नहीं। मैंने एक अच्छे आर्किटैक्ट से इस मकान का डिजाइन बनवाया था। बेशक उसने मुझसे मेरी जरूरतों के बारे में मशवरा किया था। मेरा ख्याल है उसने अच्छा काम किया था इसमें खराबी क्या है'?

'नहीं, नहीं, मैं यह नहीं कहता कि हमारे मकान में कुछ खराबी है। बस वास्तुकला धूप और हवा की गति का ध्यान रखती है। यह कला ध्यान रखती है कि मकान का रुख किस दिशा में होना चाहिए और किस जगह पर रसोई तथा शौचालय— बस ऐसी बातें।'

'उसने मकान इस तरह बनाया है कि सर्दियों में ज़्यादा और गर्मियों में कम धूप आए। मकान के रुख से फ़र्क नहीं पड़ता है।'

'वास्तुकला ऐसा मानती है। हमारा संगठन कार्यालय दक्षिण की ओर खुलता था। हमारी सदस्य संख्या गिर गई। एक वास्तु विशेषज्ञ ने कार्यालय का प्रवेश द्वार पूर्व की ओर बदलने को कहा, फिर हमारी सदस्यता बढ़ने लगी।''

'क्या बकवास है। विदेशों में बड़े बड़े शहरों में बनने वाली ऊंची–ऊंची सैकड़ों मंजिला इमारतें बनती हैं। उन सबका रुख़ पूरब की ओर नहीं होता।'

मदन मोहन ने ये नहीं सोचा था, पर वह बहस को आसानी से छोड़ देने वालों में नहीं था, 'हम यह नहीं जानते कि दक्षिण की ओर रुख वाले मकानों में रहने वालों के साथ क्या होता है, पर अपनी प्राचीन विद्या को इतनी आसानी और लापरवाही से नहीं छोड़

सकते। वास्तुकला केवल रसोई और शौचालय की बारीकियों को ही नहीं बताती है, बल्कि बैडरूम, ड्रॉइंग रूम, पूजा गृह, बरामदों आदि के बारे में भी बताती है। यह भी बताती है कि किस दिशा में प्रवेश द्वार और निकास हों। हमारे पूर्वज इन नियमों पर चलते थे।

'बेशक उन्हें चलना पड़ता होगा,' उसके पिताजी ने तेज़ी से कहा। ''उनके घरों में चूल्हे थे, जिनमें से धुआं निकलता है, इसलिए रसोई पीछे की ओर होनी चाहिए थी। उनके शौचालयों को जमादार साफ करते थे, इसलिए उनको उनके निवास से कुछ दूरी पर बनाया जाता था। हम भोजन के लिए बिजली और गैस का प्रयोग करते हैं, हमारे यहां फ्लश के शौचालय हैं जिनमें बदबू नहीं आती है। मकानों को गर्मी में ठंडा रखने के लिए एयर कन्डीशनर है, सर्दी में मकानों को गरम रखने के लिए हीटर है। क्या तुम्हारी आस्तु– वास्तु या जो भी तुम कहते हो, वह इन आधुनिक सुविधाओं के बारे में जानती है?''

बहस गर्म होती जा रही थी। खाते हुए बहस करना अच्छा नहीं होता। पार्वती ने बीच में टोक कर कहा, 'बेटे तुम लंच पर घर आओगे?'

'शायद नहीं, मां। मुझे संगठन कार्यालय में देर हो सकती है। तीन दिन से नहीं गया हूं। बहुत सारा काम पड़ा होगा। मेरा इंतज़ार मत करना।'

'तुम्हारे विवाह को तीन दिन ही हुए हैं। तुम्हें छुट्टी–वुट्टी लेनी चाहिए। शादी के बाद लोग दस–पन्द्रह दिन के लिए हनीमून जाते हैं।'

'हनीमून! पश्चिमी परंपरा है', मदन मोहन ने उपहास किया। 'क्या हमारे पूर्वज भी अपनी दुल्हनों के साथ हनीमून पर जाते थे? उनके लिए धर्म पहले था। संगठन ही मेरा धर्म है।'

संगठन के कार्यालय का स्टाफ उसे देख कर हैरान रह गया। वे भी सोच रहे थे कि वह हफ्ता दस दिन के लिए कश्मीर, शिमला

या किसी दूसरे हिल स्टेशन पर गया होगा, ताकि अपनी दुल्हन को अच्छी तरह समझ सके। उन्होंने मदन मोहन के लिए कोई भाषण–सारिणी तैयार नहीं की थी। मदन मोहन हमेशा की तरह अनप्रैडिक्टेबल था। उसने अपने साथियों की बधाइयां स्वीकार कीं और फिर कहा, 'मेरे भाषण तब तक मत रखना जब तक मैं कहूं नहीं। मुझे कुछ प्राचीन पुस्तकों का अध्ययन करना है, अतः किसी को मुझे परेशान मत करने देना।'

उसने अपने असिस्टैंट को वास्तु और फैंग शुई संबंधी किताबों की एक सूची दी और उन्हें लाइब्रेरी से मंगाने को कहा। दिन भर वह उन्हें पढ़ता रहा, बैडरूम का नक्शा बनाता रहा, काटता रहा और दिशाएं बनाता रहा, जैसे कि समुद्री नक्शों पर बनता है और वास्तु शास्त्र के अनुसार पलंग, सोफा और कुर्सियां रखे जाने के तरीके मालूम करता रहा। फैंग शुई से उसकी कोई जानकारी नहीं बढ़ी। वह भारत के महान पूर्वजों द्वारा लिखी पुस्तकों के निर्देशों पर अमल करके बहुत खुश था।

वह रोज़ाना के समय से पहले ही घर वापस आ गया था। नौकरों ने उसे बताया कि उसके माता–पिता बहू को दिल्ली दर्शन कराने ले गए हैं और सूरज छिपने से पहले ही लौट आएंगे। यही वह चाहता था। अब उसे किसी को परेशान नहीं करना पड़ेगा। वह अपना बनाया चार्ट अपने बैड रूम ले गया और अपने निर्देशानुसार नौकरों को सोफे फर्नीचर आदि रखने का आदेश दिया। डबल बैड का रुख वास्तुशास्त्र में वर्णित दिशा के बिल्कुल विपरीत उत्तरी दिशा में था। उसने उसे बदलवाया। सोफा बे–विंडो के पास रखा हुआ था। आरामकुर्सियां उसके सामने गोल शीशे की मेज के दोनों ओर रखी थीं। मेज पर फूलदान था। नौकरों ने छोटे मालिक से कोई प्रश्न नहीं किया, वे उनकी मां के फैसले को मानते थे कि वह महाविद्वान है।

परिवार के दिल्ली दर्शन से वापस आने तक अंधेरा हो गया था। मदन मोहन के पिता ने तय कर लिया था। सबसे पहले कुतुब मीनार, फिर हुमायूं का मकबरा और अंत में निज़ामुद्दीन की दरगाह। मोहिनी यह सब देखकर बहुत उत्साह से भरी थी। 'उन्होंने हमें कुतुबमीनार पर नहीं चढ़ने दिया,' उसने अपने पति को बताया। "दो दिन पहले ही एक युगल ने वहां से कूदकर जान दे दी थी। लेकिन मेरा विश्वास है आकाश जैसी इतनी ऊंची इमारत से शहर का शानदार नजारा दिखता होगा। मदन ने बेमन से कहा, 'हां, चारों तरफ खंडहर ही खंडहर। पृथ्वीराज चौहान के किले की दीवारें। तुमने कुव्वत—उल—इस्लाम मस्जिद भी देखी? केवल एक मस्जिद बनाने के लिए 27 हिंदू और जैन मंदिरों को तोड़ा गया था। एक—दो नहीं, पूरे 27 मंदिरों को।' धीरे से उसने दोहराया। "किसी भी हिंदू के खून को खौलाने के लिए यह काफी है।"

उसके पिता ने होंठ चबाए, उन्होंने आराम से अपने पाइप को तम्बाकू से भरा, उसे सुलगाया और कुछ कश लिए, फिर गुस्से को दबाते हुए बोले, 'हम वहां दिल्ली—दर्शन के लिए गए थे, न कि अपना रक्तचाप बढ़ाने।'

मोहिनी को लगा बाप—बेटे के बीच तूफान खड़ा होने वाला है और उसने तुरंत विषय बदल दिया, "निश्चित रूप से तुम निज़ामुद्दीन औलिया के बारे में ऐसा नहीं कह सकते। वे तो हिंदू—मुस्लिम दोनों से ही प्रेम करते थे। हमने दरगाह पर कई हिंदू परिवारों को देखा था। वे वहां मन्नत मांग रहे थे और मकबरे की जाली पर मन्नत का धागा बांध रहे थे।'

'बेवकूफ कहीं के। वे निरे मूर्ख हैं।' मदन मोहन ने कहा।

'मैंने भी मन्नत का धागा बांधा था,' मोहिनी ने कहा।

'तुम भी बेवकूफ हो।'

'इससे बहस करने से कोई फायदा नहीं है,' पिता बीच में पड़े,

''इसके हिसाब से इसे छोड़ कर बाकी सब बेवकूफ हैं।'

'पिता जी, आप को हमारा सही इतिहास पढ़ना चाहिए, न कि उसका मुस्लिम व ईसाई रूपान्तरण। नहीं तो आप असभ्य लोगों के झूठ में विश्वास करते रहेंगे।'

'बस बस, बहुत हो गया,' ईर्ष्या–द्वेष के बादलों को जैसे हाथ से दूर हटाते हुए पार्वती ने सख्ती से कहा। 'तुम राई का पहाड़ बना देते हो। मोहिनी को सैर में मजा आया, है न बेटे? अगली बार हम उसे बिरला मंदिर, हनुमान मंदिर और बंगलासाहब गुरुद्वारे ले जाएंगे।'

मदन मोहन और उसके पिताजी की तकरार से सारी शाम मायूसी छाई रही। डिनर पर कोई भी बात करने के मूड में नहीं था। मेज पर लगे भोजन को उन्होंने किसी तरह मुंह में डाला। हरि मोहन बिना गुडनाइट कहे अपनी स्टडी में चले गए। उनके पीछे उनकी पत्नी और फिर मोहिनी चले गए। मदन मोहन ने माहौल बिगाड़ने के लिए खुद को दोषी महसूस किया। पर वो क्या करे, उसकी हर बात से, हर काम से पिता जी चिढ़ जाते हैं? और उसकी नई–नवेली पत्नी–उसे अपने पति के सिद्धांतों–आदर्शों में कोई रुचि ही नहीं थी। उसको अपने आदर्शो के अनुरूप हिन्दू पत्नी बनाने में उसे अभी काफी समय लगेगा। उदास मन से वह अपने बैडरूम में गया। बुरी घड़ी जैसे उसके इंतजार में थी। मोहिनी बिना उससे मशवरा किए फर्नीचर और बैड को इधर–उधर करने के लिए नौकरों को डांट रही थी। 'बहू जी, छोटे साहब ने हुक्म दिया था।' छोटे साहब ने कमरे में प्रवेश किया। मोहिनी उसकी ओर मुड़ी, 'ये सब ऊट–पटांग क्या है? बिना मुझसे पूछे और बिना मुझे बताए।' घबराए हुए नौकर अगले आदेश का इंतजार कर रहे थे। 'क्या मतलब तुम्हारा?' मदन मोहन ने तेज स्वर में कहा, 'इसमें कुछ ऊट–पटांग नहीं है। वास्तुशास्त्र के अनुसार बैडरूम की सज्जा इस तरह से होनी चाहिए। जिस घर

या कमरे का डिजाइन या सज्जा सही न हो, वहां कुछ सही नहीं होता।' इससे पहले कि नौकर बाहर निकलते, मोहिनी ने अपने अंदर जमा जहर उगला, 'खुद को नाचना आता नहीं, दोष आंगन के मत्थे।' चिल्ला कर उसने हिंदी की कहावत सुनाई। मदन मोहन आहत हो गया, अपने नौकरों के सामने उसकी मर्दानगी को ठेस लगी थी। मोहिनी को अहसास हुआ कि उसने क्या कह डाला, वह अपना चेहरा ढक कर सुबकने लगी। फिर तेज़ी से बाथरूम में घुसी और जोर से दरवाजा बंद कर लिया। नौकर कमरे से खिसक गए।

मदन मोहन बाज़ी हारा हुआ सा पस्त बिस्तर पर लेटा रहा। उसने रात के कपड़े भी नहीं बदले। वह केवल छत को ही तकता रहा। उसने मोहिनी के बाथरूम से बाहर निकलने और बिस्तर पर लेटने की आवाज़ सुनी। उन्होंने एक–दूसरे से बात नहीं की। एक–दूसरे के नज़दीक आने की इच्छा दोनों में से किसी की नहीं थी। वे सो गए। आधी रात के बाद किसी समय मदन मोहन घबराकर जाग गया। उसने कोई सपना देखा था, पर उसे कुछ याद नहीं था। थोड़ी देर तक वह जगा हुआ लेटा रहा। मोहिनी को दीवार की ओर मुंह किए सोते देखता रहा। उसने सोचा कि अगर वह अपनी कामेच्छा को जगाएं, तो शायद उस दीवार को तोड़ सकें जिसने उनको अलग कर दिया था। उसने अपनी नज़र उसके कूल्हों पर टिका दी, जो खुली खिड़की से आ रही चांदनी में हल्के–हल्के नज़र आ रहे थे। कुछ भी नहीं हुआ। उसने अपने पाजामे में हाथ डाला और अपने लिंग को सहलाने लगा। परंतु वह घौंघे की तरह पड़ा रहा। उसकी घबराहट बढ़ गई। यह ऐसी मुसीबत थी जिसका अनुमान उसने पहले से नहीं लगाया था। 'कामसूत्र' ने उन लिंगों के बारे में कुछ भी नहीं कहा था जो उत्तेजित न हो पाएं। अगर मोहिनी को पता चल गया तो क्या होगा? वह तो पहले ही बदतमीज़ औरत है सारे संसार में ढ़िंढोरा पीट देगी। घबराकर बिना हिलेडुले वह

लेटा रहा कि कहीं मोहिनी जाग न जाए। उसने प्रार्थना की कि नींद आ जाए। घंटे भर–बाद जीवन के सबसे लंबे घंटे के बाद, उसकी प्रार्थना सुन ली गई।

मदन मोहन को पता भी नहीं चला कि सुबह मोहिनी कब उठी। उसने उसके नहाने की आवाज़ भी नहीं सुनी। उसकी आंख खुली तो वह धीरे से दरवाजा बंद करके नीचे जा रही थी। वह भी स्नान करने के लिए बाथरूम चला गया। उसने कमोड में खून से लथपथ रूई का टुकड़ा तैरते देखा। मोहिनी को इतनी कम उम्र में बवासीर हो गई है? उसे समझ नहीं आया। वो नीचे गया। उसकी मां पूजा कक्ष में पूजा कर रही थी। पिता सुबह का समाचार पत्र पढ़ने में व्यस्त थे। मोहिनी अकेली बैठी थी।

मदन ने उससे पूछा, 'तुम आज पूजा नहीं कर रही हो?' उसने अपना सिर हिलाया और जवाब दिया, 'मैं कुछ दिनों तक पूजा कक्ष में नहीं जा सकती।' उसे समझ नहीं आया कि क्यों? लेकिन उसने पूछा नहीं। जब उसकी मां बाहर आई और रसोई में नाश्ता तैयार करने चली गई, तब भी मोहिनी हर सुबह की तरह उनके साथ रसोई में नहीं गई।' तुम आज रसोई में नाश्ता बनाने में मां की मदद नहीं करोगी?' उसने पूछा। मोहिनी ने फिर सिर हिला दिया, चार–पांच दिन तक नहीं।'

'क्यों?'

'क्योंकि मैं शुद्ध नहीं हूं।' उसने चिढ़कर उत्तर दिया' शुद्ध नहीं हो' लेकिन तुमने तो अभी अभी स्नान किया है।'

मोहिनी ने जलभुन कर कहा, 'बुद्धू।'

मदन मोहन हैरान रह गया। सुबह फिर डांट। नाश्ते के दौरान अधिकतर बातें मदन मोहन की मां ही करती रही, तत्पश्चात् मदन मोहन को उनके साथ अकेले रहने का कुछ समय मिला। 'मां, मोहिनी को क्या हो गया है? मैंने उससे केवल इतना ही पूछा था कि उसने

आज पूजा क्यों नहीं की और रसोई में तुम्हारी मदद क्यों नहीं कर रही। और उसने मुझे गाली दी। उसने मुझे 'मूर्ख' कहा। क्या एक हिंदू पत्नी को अपने पति से इस भाषा में बात करनी चाहिए?' उसकी मां भावुक हो गईं। उन्होंने अपनी बाजू अपने बेटे के कंधे पर रखी। 'बेटे, तुम कितने भोले हो?' फिर उन्होंने स्त्री के शरीर की कार्य प्रणाली के बारे में जल्दी–जल्दी से समझाया। मदन मोहन हैरान रह गया, कि हिन्दुओं के प्राचीन ग्रंथों में तो उसे इन सब चीजों के बारे में कोई जानकारी नहीं मिली।

अपनी मां के द्वारा उसकी जानकारी में किए गए इज़ाफ़े पर खुश होने की बजाए, मदन मोहन गहन निराशा में चला गया। अद्भुत शैक्षणिक योग्यता हासिल करने के बावजूद भी, उसके पिता की राय उसके बारे में कुछ खास अच्छी नहीं थी। कॉलेज में वह अध्यापक के रूप में नाकाम हो चुका था। वह जानता था कि जो कुछ वह शाखा की सभाओं में बोलता था, वह सब बनिया दुकानदारों की समझ से परे था। और अब यह मोहिनी, एक निम्न मध्यवर्गीय परिवार की, कॉन्वेंट और ईसाई कॉलेज की पढ़ी लड़की, जिसने उसे 'गधा और मूर्ख कहने की गुस्ताखी की थी। उसमें सभ्यता नहीं थी, वह आदर्श पत्नी नहीं बन सकती। उसे विश्वास था कि उसके बेईमान माता–पिता ने उसे उसकी झूठी जन्मकुंडली भेजी थी। उसका उसके साथ अब कोई संबंध नहीं रह गया था। अगर वह उसके साथ रहना चाहेगी, तो वह उसे रहने देगा, लेकिन वह उसे अपने आपको कभी छूने नहीं देगा।

मोहिनी के विचार भी ऐसे ही नकारात्मक थे। उसने भी धनी परिवार के ऐसे इकलौते बेटे के साथ विवाह करने की आशा की थी, जो विद्वान के रूप में हर जगह चर्चित था। उसे उम्मीद थी कि वह जोशीला होगा। उसे उस रात का बेताबी से इंतजार था जब कि वह उसे अपनी सुडौल देह से चकित कर देगी और उसमें

83

तीव्र इच्छा जगा देगी। लेकिन वह तो सनकी निकला, जो प्रेम करने के बारे में बुनियादी बातें भी नहीं जानता था। उसने तो उसका मूल्यांकन इस तरह किया, जैसे कोई जूलॉजिस्ट पशु का करता है हिरनी, हाथी वगैरा। उसकी सुंदरता इस मूर्ख पर बेकार गई। उसकी तुलना में तो 60 साल का बूढ़ा भी अधिक जवान होता। उसे भी अब उससे कुछ लेना–देना नहीं था। उसे केवल अपने माता–पिता की प्रतिक्रिया का डर था। उनकी मान्यता थी कि जिस घर में बेटी की डोली गई, फिर लाल चादर में उसकी अर्थी ही वहां से निकले, यानी वह सुहागन मरे। उसने माता–पिता का सामना करने की ठानी। यदि वह फिर भी नाकाम रही तो वह किसी न किसी स्कूल–कॉलेज में अध्यापक की नौकरी तलाश कर लेगी।

पांडेय परिवार में तनावपूर्ण वातावरण था। खाना खाते हुए बस मां की ही आवाज़ सुनाई दे रही थी। दूसरे मुश्किल से ही उनको उत्तर देते थे। परंपरा के अनुसार मोहिनी को कुछ दिनों के लिए अपने माता–पिता के घर पैर–फिराई के लिए वापस जाना था। फिर पहली बार पति को ही पत्नी को लेने ससुराल आना था।

एक सप्ताह बाद मोहिनी का भाई दिल्ली आया और अपनी बहन को मथुरा ले गया। हफ्ते बीत गए और फिर महीने, मदन मोहन उसे वापस लाने के लिए मथुरा नहीं गया। धीरे–धीरे पांडेय और जोशी परिवार ने इस सच को मान लिया कि यह विवाह संबंध बनने से पहले ही समाप्त हो गया था। 'हमने ऐसा क्या पाप किया था कि हमारे परिवार की इज्ज़त पर यह कलंक लग गया?' एक सुबह पति के पाइप सुलगा लेने के बाद पार्वती ने उनसे पूछा। उन्होंने उसके प्रश्न का उत्तर नहीं दिया और अपने पाइप के कश खींचते और हवा में उसका सुगन्धित धुआं छोड़ते रहे। उसने एक हाथ से धुआं हटाते हुए अपना प्रश्न दोहराया, 'हमने कहां गलती की, मैं तुम से पूछ रही हूं। हमने तो जन्मकुंडली भी मिलवाई थी। उन्होंने हमें

सुखी विवाह और ढेर सारे पोते–पोतियां होने का विश्वास दिलाया था। स्वयं मदन ने उनको बारीकी से देखा था और लड़की को मंजूर किया था। मुझे बताओ, तुम्हारे हिसाब से क्या गड़बड़ हुई?' उसने उत्तर मांगते हुए कहा।

सीनियर पांडेय ने अपना पाइप मेज पर रखा और जोर से बोले,'वह लड़का गधा है। नामर्द मूर्ख है।' पार्वती पांडेय अपनी कुर्सी में धंस गईं, हाथों से अपना चेहरा ढक लिया और सुबकने लगीं। 'ऐसी ओछी बात तुम अपने इकलौते बच्चे के लिए कैसे कर सकते हो? शर्म करो।' फिर उन्होंने अपने आपको संभाला, उठी और ललकारते हुए बोली,' तुम देखना, मेरा बेटा महाविद्वान है। अपनी बुद्धि और ज्ञान से वह हमारे देश का महान नेता बनेगा।'

'ईश्वर हमारे देश की रक्षा करे,' हरि मोहन ने कहा और फिर पाइप पीने लगे।

अनुवाद : ज़ेड. अहमद

ज़ोरा सिंह

वो बहुत से नामों से जाना जाता था। अपने सिख प्रशंसकों के लिए वो 'पंथ रतन' था; उर्दू बोलने वाले दोस्त उसे 'फ़ख्र–मिल्लत' कहते थे। वो 'नर आदमी' और 'दोस्तों का दोस्त' भी कहलाया जाता था। जो लोग उसे पसंद नहीं करते थे, वो उसे 'ख़ुशामदी टट्टू' कहते थे। वो लोग उसे 'चमचा' बताते थे, और कहते थे कि वो 'चालाक', 'चालबाज़,' और 'चार सौ बीस' है। चूंकि वो डंके की चोट पर मैंकशी करता था और ख़ूबसूरत औरतों की संगत को पसंद करता था, उसे दूसरे कई ख़िताबों से भी नवाज़ा गया था। उसे शराबी, कबाबी और रंडीबाज़ पुकारा जाता था।

ज़ोरा सिंह के मुंह पर और पीठ पीछे जो बातें कही जाती थीं उन सब में कुछ न कुछ सच्चाई जरूर थी। वो सभी के लिए कुछ न कुछ जरूर था। सिख इसलिए उसकी तारीफ़ करते थे क्योंकि वो एक कट्टर सिख था और रोज़ना प्रार्थना किया करता था। उसे रोज़ाना सवेरे गुरुद्वारे में देखा जा सकता था जहां वो अपनी पत्नी को छोड़ने आता था, और वो किसी भी उपदेशक से अच्छे उपदेश दे सकता था। एक बार एक सिख शादी में उससे विवाह की शपथ पढ़वाई गई। उसने दूल्हा से कहा, 'आज के बाद तुम बाक़ी सारी औरतों को मां, बहन और बेटी की तरह समझोगे।' और दुल्हन से कहा, 'और, बेटी, तुम अपने पति के अलावा हर मर्द को अपना

भाई समझोगी।' आख़िर में उसने कहा, 'जब तक तुम एक दूसरे के प्रति वफ़ादार रहोगे, महान गुरु का आशीर्वाद तुम्हारे साथ रहेगा।' पूरी सभा उसके भाषण से प्रभावित थी और कई लोग उसे बधाई देने के लिए आगे आए। लेकिन गंदे दिमाग़ों वाले दो गंदे लोग उसे अलग को ले गए। एक ने कहा, 'तुमने भाषण तो बहुत ज़ोरदार दिया, ज़ोरा, मगर ये बातें तुम्हारे मुंह से अच्छी नहीं लगतीं।' दूसरे आदमी ने, जो कि और भी गंदा था, उससे पूछा, 'यार, ज़ोरा अपनी शादी के बाद तूने कितनी मांओं और बहनों को बख़्शा है?'

हालांकि ज़ोरा सिंह एक धार्मिक आदमी की हैसियत से जाना जाता था, लेकिन उसे अय्याश भी समझा जाता था। कुछ लोगों को इस बात पर विश्वास ही नहीं आता था। जब कभी भी ज़ोरा और उसकी पत्नी ईशरन पार्टियों में जाते थे, तो ज़ोरा का हाथ ईशरन के कंधे के गिर्द होता था। वो उसका परिचय हमेशा 'मेरी अर्धांगिनी' या 'मेरी होम मिनिस्टर' कह कर कराता था जैसे ये शब्द उसी की ईजाद हों। वो उसका उतना ही ख़्याल रखता था जितना कोई भी प्यार करने वाला पति अपनी पत्नी का रखता होगा। ईशरन को उससे कोई शिकायत नहीं थी, और ना उसे इस बात का यक़ीन था कि वो कभी उससे बेवफ़ाई कर सकता है। वो एक आदर्श पति था, और उनके दो बेटों का अच्छा बाप। उसे ज़ोरा सिंह के उन मर्दाना मुजरा पार्टियों में जाने पर कोई एतराज़ नहीं था जहां औरत के नाम पर सिर्फ़ पेशेवर नाचने और गाने वाली लड़कियां होती थीं। मुजरे के बाद मेज़बान सबसे ख़ूबसूरत लड़की ज़ोरा को पेश कर देता था, क्योंकि आमतौर पर वही सबसे ख़ास मेहमान हुआ करता था। ज़ोरा की शराफ़त उसे इस सम्मान को ठुकराने नहीं देती थी। वो लड़की के साथ कमरे में एक घंटा गुज़ारता था। ईशरन ने कभी शिकायत नहीं की। आख़िर मुजरे तो पवित्र भारतीय परंपरा

का अंग हैं और इन्हें कभी किसी भारतीय नारी ने अपने वैवाहिक अधिकारों का हनन नहीं माना।

हां, दीपो का मामला जरा अलग था।

दीपो ज़ोरा के आफ़िस कें चपरासी तोता सिंह की पत्नी थी, जो एक शाम घर वापस जाते हुए एक तेज़ रफ़्तार ट्रक से कुचल कर मारा गया था। ज़ोरा ने सुन रखा था कि वो अपने पीछे एक जवान विधवा और दो बच्चे छोड़ गया है। उसे अदालत से तो हर्जाना मिल ही गया, साथ ही ज़ोरा ने उसे अपने दफ़्तर में सफ़ाई कर्मचारी–कम–चपरासी लगवा दिया और उसे उसी क्वार्टर में रहने की इजाज़त दे दी जो उसके पति को आवंटित किया गया था। दीपो दसवीं क्लास पास थी और डाक लेकर दस्तख़त कर सकती थी। वो पच्चीस साल की थी और ख़ालिस पंजाबी किसान लड़कियों की तरह काली और मज़बूत क़द–काठी की थी। उसके ऊपर पति की मौत का बड़ा गहरा असर हुआ था और अक्सर उसे साहिब के दफ़्तर के बाहर स्टूल पर बैठे दुपट्टे से आंसू पोंछते देखा जा सकता था। ज़ोरा को उस पर दया आती थी, और वो उसके लिए चिंतित था। दुर्घटना के दो महीने बाद वो उसके बच्चों के लिए खिलौने लेकर उसके क्वार्टर गया। उसका इरादा था कि वो दीपो को पैतृक सलाह देगा कि वो क्या करे। 'दीपो, तुम अभी जवान हो। दोबारा शादी क्यों नहीं कर लेतीं तुम?' उसने बड़ी नर्मी से पूछा।

'साहिब जी, दो बच्चों वाली विधवा से कौन शादी करेगा? मैं तो अब बच्चे भी नहीं पैदा कर सकती – हम दोनों ने दूसरे बच्चे के बाद नसबंदी करवा ली थी। एक बोझ से कौन शादी करेगा?'

दीपो ने कूल्हों के बल बैठ कर ज़ोरा के पैरों पर सिर रख दिया, और सुबकने लगी, 'साहिब जी, मेरा दुनिया में आपके अलावा कोई नहीं है। और बदले में आपको देने के लिए मेरे पास कुछ

भी नहीं है। मुझे शर्म आती है। आप मेरे भगवान हैं, मेरे दाता हैं, मैं आपकी नौकरानी हूं। मैं बस आपकी सेवा ही कर सकती हूं।'

दीपो के लड़के अपने नए खिलौनों से खेलने बाहर चले गए थे। ज़ोरा उत्तेजित हो गया। उसने दरवाज़ा अंदर से बंद किया और दीपो को, जो कि खुद भी इच्छुक थी, उसकी चरमराती चारपाई पर ले गया।

ये हफ़्तेवार रुटीन बन गया। दीपो साहिब के दो शब्दों का इंतज़ार करती थीः 'आज शाम।' फिर वो जल्दी घर चली जाती थी, नहाती थी, लड़कों को खेलने बाहर भेज देती थी और अपने स्वामी का इंतज़ार करने लगती थी। जहां तक ज़ोरा का सवाल था, ये उसकी तरफ़ से एक बेसहारा विधवा के प्रति दया थी, वर्ना वो या तो दूसरे मर्दों की वासना का आसानी से शिकार बन जाती या फिर वेश्या बन जाती। दीपो के लिए, ये उस शख़्स के प्रति आभार था जो उसके और उसके परिवार का अन्नदाता था।

इसलिए इस मामले में ज़ोरा को अय्याश कहना ज़्यादती होती।

ऐसी भी अफ़वाहें थीं कि ज़ोरा अपने महकमे में उन लोगों को तरक़्क़ी दे देता है जो उसके आगे अपनी पत्नियों का चारा डालते थे। लेकिन वो कभी अपने मातहतों पर दबाव नहीं डालता था कि वो अपनी पत्नियां उसे पेश करें। वो तो ख़ुद आती थीं—आम तौर पर, जैसा कि दस्तूर था, उसकी पत्नी ईशरन के प्रति अपना सम्मान प्रकट करने—और अगर इत्तफ़ाक से उस समय वो घर पर मौजूद होता था, तो वो उससे अपने पतियों के भविष्य पर कृपा भरी नज़र रखने की गुज़ारिश करती थीं। इनमें से कुछ औरतें जिस तरह की अदाएं दिखाती थीं उससे ये साफ़ ज़ाहिर होता था कि अगर वो उनसे कुछ फ़ायदा उठा ले तो न तो उन्हें कोई एतराज़ होगा और न उनके पतियों को। तो वो दोपहर के समय उन औरतों के घर

पहुंच जाता था जब उनके पति ऑफिस और बच्चे स्कूल गए होते थे। वो उनके पास बस एक–दो बार ही जाता था, और फिर उनके पतियों की या तो तरक़्क़ी कर देता था या उनकी पसंद के पद पर उनका ट्रांस्फ़र कर देता था। इससे किसी को भी कोई दुख या तकलीफ़ नहीं होती थी अलावा उन लोगों के जिनकी तरक़्क़ी की बारी काटी गई होती थी, और बस यही लोग ये गंदी अफ़वाहें फैलाते रहते थे कि ज़ोरा सिर्फ़ उनकी मदद करता है जिनकी पत्नियों के साथ वो सो लेता है। ये बात पूरी तरह सच नहीं थी, और इस बुनियाद पे उसे अय्याश कहा जाना तर्कसंगत नहीं था—कम से कम उसकी अपनी नज़रों में तो नहीं, और ना ही ईशरन की नज़रों में, जो उसे ईश्वर का वरदान मानती थी: मर्दाना, ख़ूबसूरत, योग्य, दयालु, धार्मिक, नेक, और एक ऐसा आदमी जो, ज़ोरा के शब्दों में, अपना 'होमवर्क,' जब भी ईशरन चाहती, ठीक ढंग से करता था।

ज़ोरा ने कभी किसी को नुकसान नहीं पहुंचाया था और जब वो उन गंदी कहानियों के बारे में सुनता था जो लोग उसके बारे में फैलाते थे तो वो अकसर हैरान रह जाता था। एक शाम गोल्फ़ क्लब में, जिन चार लोगों के साथ वो खेल रहा था, उनमें से एक ने मज़ाक में कहा, 'ज़ोरा, मैंने तुम्हारे जैसा चार सौ बीस आज तक नहीं देखा।' वो आदमी ज़ोरा और उसके पार्टनर से बहुत बड़ी रकम हार चुका था; ज़ोरा लगभग हमेशा ही जीतता था क्योंकि वो लो हैंडिकेप से खेलने वाला एक अच्छा खिलाड़ी था और उसके पास ऐसा कैडी था जो बड़ी चालाकी से गेंद को घास के गुच्छे के ऊपर डाल देता था। इस टिप्पणी से वो बहुत आहत हुआ। वापस घर जाते हुए वो रास्ते भर इस बारे में सोचता रहा और कुछ उदास सा हो गया। उसने इस बारे में ईशरन को बताया। उसने उसे ख़ुश करने की कोशिश की। 'उस बदज़बान की बातों पर ध्यान मत दो,

ये बस ईर्ष्या है। ज़रा देखो, वो आज कहां है, रिटायर होने के करीब है लेकिन महज़ एग्ज़ेकेटिव इंजीनियर है। और तुम्हारे अभी छह–सात साल बाकी हैं और चीफ़ इंजीनियर हो–इस पद तक पहुंचने वाले पहले भारतीय। वो तो जलन के मारे मरा जा रहा है। थूकती हूं मैं उसके मुंह पे–थू!'

ज़ोरा सिंह से ईर्ष्या किए जाने के लिए बहुत कुछ था। उसके पिता ने पैसा जमा करके उसे डिग्री लेने लंदन के इम्पीरियल इंजीनियरिंग कॉलेज भेजा था जहां वो अपने साथी छात्रों और प्रोफेसरों में एकदम लोकप्रिय हो गया। वो अपने कॉलेज के लिए हॉकी, क्रिकेट और टेनिस खेला था, और पढ़ाई में भी अच्छा रहा था। वो अपनी कॉलेज यूनियन का अध्यक्ष भी चुना गया। अपने भारतीय दोस्तों के लिए उसकी सलाह थीः 'अगर अंग्रेज़ों से मुकाबला करना चाहते हो, तो तीन च के उसूल पर चलोः चोदो, चटाओ और चापलूसी करो।' इनमें से पहली चीज़ वो जी भर के करता था, दोस्तों के लिए बीयर ख़रीदने में वो दरियादिली दिखाता था, और उसकी ज़बान में शहद था और वो तारीफ़ करने की कला अच्छी तरह जानता था– उसने भांप लिया था कि अंग्रेज़ लोग खुली चापलूसी से भी ख़ुश हो जाते थे। उसने इंजीनियरिंग की डिग्री ली और जिस साल भारतीयों को इम्पीरियल इंजीनियरिंग सर्विस के कम्पटीशन में बैठने की पहली बार इजाज़त मिली उस साल वो भी इस इम्तेहान में बैठा। कुछ परीक्षक उसके कॉलेज से थे, उनमें से दो तो इंटरव्यूअर्स के पैनल पर भी थे। वो अंग्रेज़ों और भारतीयों सब में, अकेला ऐसा छात्र था जिसे मौखिक परीक्षा में पूरे अंक मिले। इस तरह वो इम्पीरियल सर्विस में आ गया, पास होने वाले दो अन्य भारतीय उससे बहुत पीछे थे।

तो ज़ोरा ने भारत में अपना कैरियर एक ऐसे इंजीनियर की हैसियत से शुरू किया जिसे वही तन्ख़ाह और अन्य फ़ायदे मिलते थे जो

उसके अंग्रेज़ साथियों को मिला करते थे। आई. सी. एस. में मौजूद सारे कुंवारों की तरह शादी लायक बेटियों वालों में उसकी भी बड़ी मांग हो गई। उसके मां–बाप ने उसकी शादी लाहौर के एक माने हुए वकील की इकलौती बेटी से तय कर दी। उन्होंने ढके–छुपे अंदाज़ में लड़की के मां–बाप के आगे बस एक शर्त रखी कि उन्होंने इंग्लैंड में अपने बेटे की पढ़ाई पर जो पैसा ख़र्च किया है वो उसकी भरपाई चाहेंगे। ये शर्त फ़ौरन ही मान ली गई। एक शानदार शादी के बाद, ईशरन भारत की राजधानी बनने वाले और छिद्री आबादी वाले शहर नई दिल्ली के उस छोटे से बंगले में आ गई जो उसके पति को मिला था और जिसका सामान उसके मां–बाप ने दिया था।

ज़ोरा और ईशरन का जोड़ एकदम ठीक था और उनमें बहुत सारी बातें समान थीं। सबसे महत्वपूर्ण बात अपने सिख धर्म के प्रति लगाव था। ईशरन अपने दहेज में पवित्र ग्रंथ, ग्रंथ साहिब ले कर आई थी। ज़ोरा ने एक प्रार्थना का कमरा बनाया और वहां उसे लैक्टर्न के आकार की एक डेस्क पर महंगी सिल्क से लपेट कर स्थापित कर दिया गया। वो इसे *बाबाजी दा कमरा* कहा करते थे। हालांकि ज़ोरा ज़ोर–शोर से कहता था कि सिख धर्म में मूर्त्ति–पूजा की मनाही है, लेकिन वो और उसकी पत्नी अपने पवित्र ग्रंथ का उसी तरह सम्मान करते थे जैसे हिंदू अपनी मूर्त्तियों का करते हैं। गर्मी में वो चौबीसों घंटे पंखा खुला छोड़ते थे, और जाड़ों में वो ग्रंथ को कश्मीरी शॉल में लपेट कर रखते थे। वो इसे मूर्त्ति–पूजा नहीं, बल्कि गहन आध्यात्मिक बुद्धिमत्ता वाले एक ग्रंथ के प्रति सम्मान मानते थे। वो सवेरे के समय बारी–बारी से उस पुस्तक को खोलते और उसमें से कुछ पेज पढ़ा करते थे। शाम का खाना खाने से पहले वो उसे आराम करने के लिए रख देते थे। ऑफ़िस जाते हुए रास्ते में, ज़ोरा ईशरन को गुरुद्वारा बंग्ला साहिब छोड़ देता था।

एक घंटे बाद उसकी कार वापस आकर उसे घर ले जाती थी। शाम को तेज़ टहल के लिए वो लोधी गार्डन जाया करते थे। जहां कहीं भी उन्हें बुलाया जाता था, वो साथ जाते थे, और सारी दुनिया की नज़रों में वो शादीशुदा जोड़े का एक बेहतरीन नूमना थे—एक ज्योत दुइ मूर्त्ति।

ज़ोरा के संबंध अपने अंग्रेज़ साथियों और अफ़सरों के साथ बहुत अच्छे थे। वो अपने काम में बहुत अच्छा था और ठेकेदारों के साथ वो सख़्ती से निबटता था इससे पहले कि नई दिल्ली भारत की राजधानी बनने लायक हो सके, सैकड़ों इमारतें बनाई जानी थीं—नई सड़कें, क्लर्कों और अफ़सरों के फ़्लैट, यमुना नदी पर पुल, एक हवाई अड्डा, रेलवे स्टेशन, सचिवालय, एक पार्लियामेंट हाउस और वायसरीगल लॉज वग़ैरा—वग़ैरा। ज़ोरा ठेकेदारों द्वारा भरे गए टेंडरों की जांच—पड़ताल करता था, कीमतें कम कराता था और काम की जगह पर नियमित दौरे करता था। ठेकेदार हमेशा उसे ख़ुश रखने को उत्सुक रहते थे। गोरे साहिब लोग रिश्वत नहीं लेते थे—और जो ज़ोरा लेता था, वो रिश्वत नहीं कमीशन होता था, काम की क्वालिटी के साथ समझौता किए बिना, जैसा कि उसके सारे भारतीय मातहत करते थे। इसे भ्रष्टाचार नहीं माना जाता था, ज़ोरा के मुताबिक़ ये तो *ऊपरवाले की देन* थी। ये आमदनी उसकी मासिक तन्ख़ा से दस गुणा होती थी। और ये टैक्स—फ्री होती थी।

साहिब लोग जानते थे कि भारतीय अफ़सर कमीशन लेते हैं और ज़ोरा भी उन्हीं में से है। लेकिन वो दूसरों को तो नफ़रत भरी नज़र से देखते थे, मगर ज़ोरा के साथ इज़्ज़त से पेश आते थे। वो सही ढंग से और समय के अंदर काम करने वाला आदमी था। वो अन्य भारतीयों की तरह उनकी चापलूसी नहीं करता था बल्कि उनसे गरिमामय ढंग से मिलता था और एक सम्मानजनक दूरी बना कर रखता था। क्रिसमस के दिन, अन्य सब उनके लिए ढेरों तोहफ़े

और स्कॉच के क्रेट लेकर आते थे। ये तोहफ़े अनचाहे ढंग से कुबूल तो कर लिए जाते थे, लेकिन चपरासियों से ये भी कह दिया जाता था कि उन्हें भगा दें। दूसरी तरफ़, ज़ोरा सिर्फ़ एक बोतल लेकर आता था, और उसे साथ पीने की दावत दी जाती थी।

ज़ोरा को अपनी बारी आने से पहले ही तरक़्क़ी मिल जाती थी। वो तीस साल का भी नहीं हुआ था कि उसे सुपरिंटेंडिंग इंजीनियर बना दिया गया और सरदार साहब की उपाधि से भी नवाज़ा गया। तब तक वो बहुत कम कीमत पर मिल रहे तीन प्लॉट ख़रीद चुका था। उनमें से एक पर उसने रिटायरमेंट के बाद अपने रहने के लिए एक बड़ा सा मकान बना लिया, फिर बाकी दो भी किराए पर देने के लिए बनवा लिए ताकि उसकी पेंशन के अलावा कुछ आमदनी हो सके। इन्हें बनवाने में उसे बहुत कम ख़र्च उठाना पड़ा। जिन ठेकेदारों पर उसके अहसान थे, उन्होंने उसे मज़दूर और इमारती सामान मुफ़्त में मुहैया करा दिया। मकानों का नक़्शा उसने ख़ुद बनाया और ख़ाली समय में वो वहां जाकर काम की निगरानी भी करता था। वो किसी की ईमानदारी की कमाई में डंडी नहीं मारता था। हां, जिन लोगों के वैभव में उसका हाथ था उन्हें वो अपना आभार ज़रूर प्रकट करने देता था।

अंग्रेज़ों के भारत छोड़ने का समय जैसे-जैसे नज़दीक आने लगा, लोग कहने लगे कि ज़ोरा के अच्छे दिन लदने वाले हैं। लेकिन ये लोग ग़लती पर थे। ज़ोरा को इम्पीरियल गोल्फ़ क्लब और जिमख़ाना क्लब का अध्यक्ष चुना गया—अंग्रेज़ों द्वारा नहीं बल्कि भारतीय सदस्यों के बहुमत से। उसे उम्मीद थी कि जिस तरह बहुत से अंग्रेज़ चीफ़ इंजीनियरों को नाइटहुड से नवाज़ा गया था उसी तरह भारत छोड़ने से पहले अंग्रेजी सरकार उसे भी नवाज़ेगी। लेकिन उस वक़्त उसे निराशा का सामाना करना पड़ा जब सम्मानों की आख़री सूची में उसने देखा कि उसे बस ओ.बी.ई. देकर टरका दिया गया था। अब

भारत के लोग सरदार साहिब और सरदार बहादुर को कोई ख़ास अहमियत नहीं देते थे, और ओ.बी.ई. और सी.आई.ई. का तो मतलब ही बहुतों को नहीं मालूम था, लेकिन सर आख़िर सर था और उसका सभी सम्मान करते थे—चाहे वो अंग्रेज़ सरकार के चमचे हों या गांधी जी के अनुयायी।

वो लोग जिन्हें यकीन था कि जैसे ही भारत की अपनी सरकार बनेगी, ज़ोरा के पर छांट दिए जाएंगे, उन्हें हैरत का सामना करना पड़ा। लेकिन ज़ोरा अपने देशवासियों को उनसे बेहतर जानता था। जिस दिन मिनिस्टर ऑफ़ वर्क्स के नाम की घोषणा की गई, उस दिन ज़ोरा भी उन दर्जनों लोगों में से था जो मंत्री जी से मिलने उनके घर पहुंचे थे। उसे अंदर ले जाया गया तो उसने मंत्री जी के पांव छुए ओर बोला, 'आपके इस तुच्छ सेवक का नाम ज़ोरा सिंह है। मैं पब्लिक वर्क्स में चीफ़ इंजीनियर हूं। सर, आपके साथ काम करना मेरा सौभाग्य होगा। आपकी इच्छा मेरे लिए आदेश समान होगी।'

मंत्री जी ने सिर से पैर तक उसका जायज़ा लिया, और फिर जवाब दिया, 'ज़ोरा सिंह जी, मैं आपकी पर्सनल फ़ाइल पढ़ चुका हूं। काफ़ी प्रभावशाली है। आपके बारे में कहा जाता है कि आपका काम काफ़ी अच्छा है और आप अपना काम समय से पहले ही पूरा कर लेते हैं। हमें बहुत सी इमारतें बनानी हैं। पाकिस्तान से भगाए गए लाखों शराणार्थियों के लिए कालोनियां, नए कमर्शियल सेंटर और जाने क्या–क्या। आप काम की प्रगति के बारे में बताने के लिए मुझसे रोज़ाना मिलेंगे। मैं नहीं चाहता कि प्रधानमंत्री को मेरे मंत्रालय के किसी भी महकमे के बारे में कोई शिकायत मिले।'

ज़ोरा ने भी मंत्री जी को भांपा। वो एक बदसूरत, काला आदमी था, उसके मोटे–मोटे होंठ और सूजी हुई सी उंगलियां थीं जिनमें से चार में वो सोने की अंगूठियां पहने हुए था जिनमें उसके ज्योतिषी

के बताए नग जड़े हुए थे। वो उड़ीसा का रहने वाला था, और अपनी जाति में कॉलेज तक पढ़ने वाला इकलौता आदमी था। निचले तबके का होने की वजह से वो गांधी जी से प्रेरित सरकार द्वारा उसे दिए जा रहे सारे विशेष अधिकारों का भरपूर आनंद लेता था।

मंत्री जी औरतों के बड़े रसिया थे। उनके बारे में कहा जाता था कि जब वो उड़ीसा में स्वास्थ्य मंत्री थे, तो ज़िलों का दौरा करने के दौरान उन्हें हर शाम एक नर्स या डॉक्टर चाहिए होती थी। और जब वो शिक्षा मंत्री बन गए तो लेडी टीचर। अब वो केंद्र में एक ऐसे मंत्रालय में आ गए थे जिसमें महिला अफ़सर थीं ही नहीं। ज़ोरा ने सोचा कि जब मंत्री जी को ज़रूरत हो तो डिक्टेशन लेने के लिए किसी टाइपिस्ट लड़की को मंत्री जी के घर भेज सकता है। आख़िर मंत्री जी को जो चाहिए था वो तो हर औरत में होता है—चाहे वो कोई आला अफ़सर हो, या टाइपिस्ट या झाड़ू लगाने वाली। ज़ोरा के दिमाग में यही बात थी जब उसने जवाब दिया, 'सर, मैं आपसे वादा करता हूं कि मेरे महकमे के ख़िलाफ़ कोई शिकायत नहीं होगी।'

ज़ोरा अपने काम में पहले से भी ज़्यादा जोश—ख़रोश से लग गया। सैकड़ों ठेकेदारों को लगाया जाना था। वो इस खेल के उसूलों को जानते थे। हर बिल्डिंग के लिए वो ज़ोरा और उसके मातहतों को कमीशन देते थे। हफ़्ते में एक बार ज़ोरा एक लाख या इससे ज़्यादा रुपयों से भरा एक लिफ़ाफ़ा ले जाकर मंत्री जी की मेज़ पर ख़ामोशी से रख देता था। लिफ़ाफ़े में क्या है इस बारे में कोई बात नहीं होती थी। ज़ोरा जानता था कि मंत्री जी को चुनाव लड़ने और अपने परिवार के ऐशो—आराम के लिए पैसा चाहिए होगा। चूंकि मंत्री जी शाम को घर जाते समय अपनी मेज़ से फ़ाइलें नहीं हटा सकते थे, इसलिए ज़ोरा मुख्य टाइपिस्ट को आदेश दे देता था कि वो किसी लड़की को शाम के समय डिक्टेशन लेने के लिए मंत्री

जी के घर भेज दे। वो अपने मंत्री जी को कभी निराश नहीं करता था। मंत्री जी भी उसका भरपूर साथ देते थे। जब आज़ाद भारत की सरकार ने सम्मान देने आरंभ किए, तो पद्म विभूषण पाने वाले पहले लोगों में से ज़ोरा भी था।

फिर तो सम्मानों की झड़ी लग गई। ज़ोरा को एकमत से दिल्ली गुरुद्वारा कमेटी का अध्यक्ष चुना गया और वो कमेटी द्वारा चलाए जा रहे कई स्कूलों, कॉलेजों और अस्पतालों का भी प्रमुख बन गया। उसने एक अंतर्राष्ट्रीय सिख सभा का आयोजन किया जिसमें उसने विभिन्न क्षेत्रों में अत्यंत सफल रहे सिखों को आमंत्रित किया: उनमें से एक हाइलैंड्स में व्हिस्की डिस्टिलरी का मालिक था, एक और आयरलैंड के एक ऐसे ऐतिहासिक किले का मालिक था जिसके साथ पीयर का ख़िताब मिलता था, कुछ ऐसे थे जो ब्रिटेन और कनाडा की संसद के सदस्य बन गए थे, एक अमेरिकन कांग्रेस तक पहुंच गया था, कुछ विभिन्न देशों के उच्च न्यायालयों के जज थे और करीब एक दर्जन लोग ऐसे थे जो ग़रीबी से अमीरी तक का सफ़र तय कर चुके थे। ज़ोरा ने अपने मंत्री के ज़रिए प्रधानमंत्री को मना लिया कि वो तीन दिन की इस सभा का उद्घाटन कर दें। विदेशी मेहमानों को शॉलें, पीली पगड़ियां और कृपाणें देकर सम्मानित किया गया। तीन दिन तक विश्व सिख सभा भारतीय अख़बारों के मुखपृष्ठ की सुर्ख़ियों में रही।

ज़ोरा ने ये सब बेकार ही नहीं किया था। उसने बड़ी चतुराई से समापन समारोह में सबसे अमीर और प्रसिद्ध अमेरिकन सिख से सिख समुदाय के प्रति अपने योगदान में कुछ शब्द कहलवा लिए। ज़ोरा के अंतिम भाषण के बाद जिसमें उसने भारत की तरक़्क़ी और रक्षा में सिखों के महान योगदान की प्रशंसा की, विदेशी मेहमानों की ओर से अमेरिकन एन.आर.ई. ने भाषण दिया। उसने ज़ोरा को चांदी की एक कृपाण और कीमती नगीनों से जड़ी सोने की एक

मुठिया भेंट की। ज़ोरा ने उसे म्यान से निकाला और सिखों का युद्ध का नारा लगाया, *'बोले सो निहाल!'* जवाब में सब ने पुकारा, *'सत श्री अकाल।'* अमेरिकन एन.आर.ई. ने अपना भाषण समाप्त करते हुए ज़ोरा को इन शब्दों से मुख़ातिब कियाः 'मै जानता हूं कि मैं भारत में और विदेशों में रह रहे संपूर्ण सिख समुदाय की भावनाओं को व्यक्त कर रहा हूं ये कहने में कि, ज़ोरा सिंह, हम आपको *पंथ रतन* का ख़िताब देते है।'

'बोले सो निहाल, सत श्री अकाल' के नारों के बीच बड़े ज़ोर–शोर से इस बात का स्वागत किया गया। ज़ोरा सिंह भावुक हो गया। उसने दोनों हाथ जोड़े और पूरी तरह झुक गया। उसके गालों पर आंसुओं के झरने बह रहे थे।

✦ ✦ ✦

ज़ोरा के रिटायरमेंट में एक साल बाकी रह गया था। उसके बेटे अच्छी नौकरियों पर लगे हुए थे। एक बेटा असम की एक बड़ी एस्टेट में मैनेजर था और उसे अच्छी तन्ख़ा के साथ–साथ बंगला भी मिला हुआ था, और दूसरा बेटा पेंट बनाने और बेचने वाली एक ब्रिटिश–मारवाड़ी फ़र्म में एग्ज़ेकेटिव था। वो दोनों कह चुके थे कि वो अपनी शादियां अपनी पसंद से करेंगे। हालांकि ज़ोरा और उसकी पत्नी जातिवाद में विश्वास नहीं रखते थे, लेकिन उन्हें उम्मीद थी कि दोनों बेटे अपने जैसे अच्छे जाट सिख परिवारों में ही शादी करेंगे। ईशरन को ये भी उम्मीद थी कि अब वो ज़ोरा के बनवाए मकान में चले जाएंगे ज़हां वो अपनी बाकी की ज़िंदगी प्रार्थना करने, ऐतिहासिक सिख तीर्थस्थलों पर जाने और कीर्तन सुनने में गुज़ारेंगे।

लेकिन ज़ोरा ने कुछ और ही सोच रखा था। प्रधानमंत्री के बाद उसके मंत्री जी को कैबिनेट में सबसे शक्तिशाली आदमी माना जाता

था और अनौपचारिक रूप से उन्हें प्रधानमंत्री का डिप्टी कहा जाता था। प्रधानमंत्री के विदेश जाने पर, जो कि अक्सर होता था, वो कैबिनेट मीटिंगों की अध्यक्षता करते थे। मंत्री जी को राजनीति में बनाए रखने में ज़ोरा का भी बड़ा योगदान था। बदले में उन्होंने भी ज़ोरा को तरक़्क़ी दिलाने में पूरी मदद की थी। अब वो मंत्री और सरकारी मुलाज़िम नहीं थे, बल्कि अब वो जिगरी दोस्त माने जाते थे।

ज़ोरा अपने मंत्री जी को हर साल उनके जन्मदिन पर एक महंगा तोहफ़ा दिया करता था। इस साल उसने फ़ैसला किया कि पिछले सारे बरसों से अच्छा तोहफ़ा देगा। वो शहर के सबसे बड़े ज्वैलर के पास गया और उससे एक ख़ास अंगूठी बनाने को कहा—प्लेटिनम में जड़ा हुआ उनके पास उपलब्ध सबसे बड़ा और सबसे बढ़िया तारे के आकार का नीलम। इसकी कीमत लगभग पांच लाख थी। उसने इसकी अदायगी कैश में की। रिटायरमेंट से पहले, ज़ोरा अपने दोस्त से एक आख़िरी काम लेना चाहता था।

मंत्री जी के जन्मदिन पर उन्हें बधाई देने के लिए हमेशा एक बड़ी भीड़ जुट जाती थी। ज़ोरा ने सेक्रेटरी से कहा कि वो मंत्री जी से अकेले में मिलना चाहेगा। उसे शाम साढ़े छह बजे आने के लिए कहा गया, ताकि उस वक़्त तक बाकी सब जा चुके हों और मंत्री जी के घर जाने का समय हो चुका हो। ज़ोरा नियत समय से कुछ मिनट पहले पहुंच गया और उसे मंत्री जी के आराम कमरे में पहुंचा दिया गया। उसने मंत्री को अपने शुभचिंतकों को धन्यवाद देते और अलविदा कहते सुना। जब वो कुछ फ़ाइलें लेने अपने निजी कमरे में आए तो ज़ोरा वहां मौजूद था। दोनों ने एक दूसरे को गर्म जोशी से गले लगाया। '*मुबारक! मुबारक!* आप सौ साल और जिएं,' ज़ोरा पूरे जोश के साथ चिल्लाया, 'देश को उन्नति के पथ पर चलाने के लिए आप जैसे आदमी की ज़रूरत है।'

'*बस, बस,* ज़ोरा। तुम्हें मेरी चापलूसी करने की ज़रूरत नहीं। हम दोस्त हैं,' मंत्री जी ने जवाब दिया।

'ओह, लेकिन ये सिर्फ़ ज़बानी जमा ख़र्च नहीं है, मेरे एक–एक शब्द में सच्चाई है। किसी भी क्षेत्र में काम कर रहे किसी भी भारतीय से पूछ लीजिए, उसकी राय भी एकदम यही होगी। आप भारत की शान और इसके भविष्य की उम्मीद हैं।'

'बस भी करो,' मंत्री जी ने जवाब दिया। 'मुझे घर पहुंचना है। मेरी पत्नी ने मेरे लिए जन्मदिन की पार्टी का आयोजन किया है।'

'ओह, मैं तो अपना छोटा सा तोहफ़ा देना भूल ही गया,' ज़ोरा ने भूल जाने की अदाकारी करते हुए कहा। उसने अपनी जेब से लाल मख़मल का बॉक्स निकाला और उसमें से बड़ी नफ़ासत से प्लेटिनम और नीलम की अंगूठी निकाली। 'प्लीज मुझे अपनी उंगली में इसे पहनाने की इज़्जत बख़्शें,' उसने मंत्री जी का हाथ अपने हाथ में लेते हुए कहा। तीन उंगलियों में पहले ही अंगूठियां थीं। उसने अंगूठी चौथी उंगली में पहना दी। बाकी सारी अंगूठियां इसके आगे फीकी पड़ गईं।

'ज़ोरा, ये तो तुम्हें बहुत महंगी पड़ी होगी,' मंत्री जी ने तारीफ़ी नज़रों से अंगूठी की तरफ़ देखते हुए कहा।

'सर, आपसे बढ़ कर कुछ भी नहीं है। आपका ये तुच्छ सेवक जब आपकी सेवा में नहीं रहेगा तो ये आपको इसकी याद दिलाएगी। मुझे विश्वास है कि अब से कुछ महीने में मेरे रिटायर होने के बाद भी आपकी नज़रे–इनायत मेरे ऊपर कायम रहेगी।'

'ज़ोरा, देश को तुम जैसे लोगों की ज़रूरत है। मैं कोशिश करूंगा कि तुम देश की तब तक सेवा करते रहो जब तक कर सकते हो।'

तीन महीने बाद, ज़ोरा रिटायर हो गया। उसके एक महीने बाद, उसे राज्य सभा का सदस्य मनोनीत कर दिया गया।

'ये शख़्स राज्य सभा में क्या करेगा?' उसके विरोधी व्यंग्य करने लगे।

लेकिन उन्हें हैरत का सामना करना था।

ज़ोरा का पहला ही भाषण अत्यंत प्रभावशाली था—विनम्रता के साथ हिंदू, मुस्लिम, ईसाई और सिख धार्मिक ग्रंथों के बेहतरीन उद्धरणों का लाजवाब मिश्रण। उसने सच्चाई, ईमानदारी और न्यायनिष्ठ जीवनशैली के गुणों की प्रशंसा की। उसने अपने मंत्री जी की शान में भी कसीदे पढ़े और सदन में मौजूद सदस्यों को विश्वास दिलाया कि जब तक उन जैसे कद, योग्यता और सत्यनिष्ठा वाले जैसे लोग मौजूद हैं, तब तक भारत सुरक्षित रहेगा। उसने अपना जोशीला भाषण पूरी आवाज़ के साथ 'मेरा भारत महान, जय हिन्द!' कह कर ख़त्म किया। सदस्य उसके भाषण की तारीफ़ करने उठ खड़े हुए। एक के बाद एक वो उससे हाथ मिलाने आने लगे।

अभी जबकि साथी सदस्यों द्वारा उसकी प्रशंसा का दौर चल ही रहा था कि कलफ़ लगी सफेद पगड़ी पहले संसद का एक अर्दली उसके पास आया और उसने ज़ोरा के हाथ में एक पर्ची थमा दी। मंत्री जी अपने कमरे में उससे मिलना चाहते थे। ज़ोरा अर्दली के पीछे–पीछे संसद के गलियारों में चलता गया और आख़िर में उसे मंत्री जी के ऑफ़िस में पहुंचा दिया गया। मंत्री जी उठ खड़े हुए और उन्होंने ज़ोरा के दोनों हाथों को अपने हाथों में ले लिया। 'शाबाश, बहुत ख़ूब! मैंने तुम्हारी एक–एक बात सुनी। मुझे तुमपे नाज़ है।'

मंत्री जी ने कॉफ़ी के लिए ऑर्डर दिया। 'ज़ोरा, तुमने मकान के लिए संसद में दर्ख़ास्त दी? देखो, तुम्हें मकान मिलने का हक हासिल है।'

'सर, मैं एक और घर लेकर क्या करूंगा। पहले ही मेरे पास अपने कई घर हैं।'

'आख़िर रहे तुम सीधे–सादे सरदार ही। अरे काम आएगा। ज़रूरी

नहीं कि तुम उसमें रहो भी। उस फ़्लैट के लिए दर्ख़ास्त मत देना जिसमें दूसरे एम.पी. रहते हैं। मेन रोड से हट कर बड़े–बड़े बाग़ों वाले कुछ बढ़िया बंगले हैं। सबसे अच्छे इंडिया इंटरनेशनल सेंटर के सामने वाली दो सड़कों पर हैं। सड़कें कुछ स्कूलों के खेल के मैदानों पर ख़त्म होती हैं। जब स्कूल बंद होते हैं तो वहां बंगलों में रहने वालों के अलावा कोई नहीं होता। उस बंगले की मांग करना जो सड़क के अंत में है। मैं देखूंगा कि तुम्हें वही बंगला मिले जिसकी तुम मांग करोगे। ज़ोरा जी, काम आएगा,' उसने दोबारा कहा।

ज़ोरा समझ गया कि मंत्री जी का मतलब क्या है। 'यस, सर, मैं अभी जाकर दर्ख़ास्त दे देता हूं।'

ज़ोरा के भाषण को दूरदर्शन समाचार में दिखाया गया। अगले दिन सारे अख़बारों के मुखपृष्ठ पर उसकी तस्वीर थी। एक तस्वीर के साथ शीर्षक था 'इमारतों का निर्माता राष्ट्र–निर्माता बना।'

ज़ोरा की ज़िंदगी में एक नए अध्याय की शुरुआत हो गई। उम्र के साथ सैक्स के प्रति उसकी भूख कम हो गई और धार्मिक जोश बढ़ गया। दीपो के पास जाने का अंतराल सप्ताह से पखवाड़ा, पखवाड़े से महीना, और फिर महीनों में एक बार हो गया। दीपो उससे कोई मांग नहीं करती थी, वो तो बस हमेशा उसके आने पर उसकी ख़्वाहिश पूरी कर देती थी। कभी–कभी तो वो उसे उसकी चरचराती चारपाई पर ले ही नहीं जाता था, बल्कि उसके साथ बस थोड़ी देर बातें कर के चला जाता था। जब दीपो रिटायर हो गई और उसे सरकारी मकान छोड़ने को कहा गया, तो ज़ोरा ने उसे सर्वेंट क्वार्टर में एक कमरा और अपनी पत्नी की देखभाल की नौकरी दे दी जिसे गठिया हो गया था और चलने में भी परेशानी होने लगी थी। दीपो के बेटे रोज़गार से लग चुके थे, एक इलैक्ट्रीशियन था, और दूसरा कार मैकेनिक, और दोनों शहर के बाहरी इलाके में एक किराए के कमरे में रहते थे।

दीपो ज़ोरा के घर में अच्छी तरह ढल गई। उसका ज़्यादातर समय ईशरन के साथ गुज़रता था। वो नहाने और कपड़े बदलने में उसकी मदद करती थी, उसके बालों में कंघी करती थी और जब वो थक जाती थी तो उसके पैर दबाती थी। वो रोज़ाना सुबह अपने मालिकों के साथ गुरुद्वारे जाती थी। ज़ोरा गोल्फ़ खेलने, जो अब अठारह के बजाए नौ होल का रह गया था, चला जाता था तो दोनों औरतें उसके वापस आने तक कीर्तन सुनती रहती थीं। जब संसद का सत्र चल रहा होता था तो ज़ोरा सुबह का समय सवाल–जवाब सुनने में लगाता था और अकसर बाद में दोनों सदनों के सदस्यों के साथ सेंट्रल हॉल में कॉफ़ी और नाश्ते के लिए रुक जाता था। उसे कई संसदीय समितियों में नियुक्त किया जा चुका था और उसे क़ार की छत पर लाल बत्ती लगाने का अधिकार मिल गया था। उसकी दर्ख़ास्त पर उसे उसकी पसंद का नंबर दिया गयाः डीएलएच 1000। उसके दोस्तों ने उसे एक और ख़िताब दे दिया, ज़ोरा सिंह हज़ारिया।

ज़ोरा के पास गुज़रे वक़्त के बारे में सोचने का समय नहीं था। वो अच्छी तरह जानता था कि इससे उसे कोई फ़ायदा होने के बजाय उल्टा नुकसान ही होगा। उसने दो नंबर का ढेरों पैसा कमाया था। सारे ही इंजीनियरों ने कमाया था। उसने अपने मंत्री जी को पैसा और औरतें परोस कर पूरी तरह अपने काबू में रखा था। उनके करीबी रिश्ते ने दोनों को ही ख़ूब फ़ायदा पहुंचाया था। मंत्री जी उससे दस साल छोटे थे, और *नया माल*, या जिसे वो अंग्रेजी में *ताज़ा मांस* कहते थे, के प्रति उनकी भूख में अभी कोई कमी नहीं आई थी। ज़ोरा ने उन्हें एक सुरक्षित जगह–अपना संसदीय बंगला–दे रखा था ताकि वो वहां जवान ज़नाने मांस का पूरा मज़ा ले सकें जिसके लिए ज़ोरा अपनी जेब से पैसा दिया करता था। जहां तक ज़ोरा का सवाल था, ज़ोरा ने अक्सर अपनी पत्नी के साथ बेवफ़ाई

की थी, लेकिन साथ ही उसने अपनी पत्नी और अपने परिवार की अच्छी तरह देखभाल भी की थी। अपनी कमियों पर सोच–विचार करने और दुखी होने का कोई फ़ायदा नहीं था। यही दुनिया का दस्तूर था—और ज़ोरा व्यावहारिक आदमी था जिसे अपनी महत्वाकांक्षाओं को पूरा करना थाः पैसा, आदर, सम्मान। जब कभी भी उसका ज़मीर उसे मलामत करता तो वो प्रार्थना का सहारा लेता था। रात को सोने से पहले वो जो आख़िरी काम करता था वो था अर्दास पढ़ना, दसों गुरुओं और उनके 'जीवित' चिन्ह ग्रंथ साहिब का नाम लेना, और उनसे उन गुनाहों की माफ़ी मांगना जो भूले–भटके उससे हो गए हों। वो ज़मीर पर बगैर किसी बोझ के सोता था।

एक दिन मंत्री जी के प्राइवेट सेक्रेटरी ने ज़ोरा को फ़ोन करके कहा कि मंत्री जी उससे बात करना चाहते हैं, और इतना कह कर उसने मंत्री जी को फ़ोन दे दिया।

'ज़ोरा सिंह आपकी ख़िदमत में हाज़िर है, सर। आज जरूर ईद होगी—मुझे नया चांद देखना होगा!'

मंत्री जी चापलूसी को नज़रअंदाज़ करके सीधे मतलब की बात पर आ गए। 'ज़ोरा जी, आज शाम आप घर पे होंगे? मुझे आपसे कुछ ज़रूरी बात करनी है। लगभग सात बजे?'

'सर, आपकी इच्छा मेरे लिए आदेश के समान है। हमेशा रही है, और आख़री दम तक रहेगी। ये मेरे लिए बड़े सम्मान की बात होगी कि आपके कदम मेरे घर में पड़ें। आप बहुत दिनों से तशरीफ़ लाए भी नहीं हैं।'

ज़ोरा ने अपनी पत्नी को बताया और उससे कहा कि वो सिटिंग रूम की कालीनों की सफ़ाई करा ले, गुलदानों में ताज़ा फूल सजा ले और मंत्री जी के आने से दो घंटे पहले एयर–कंडीशनर चला ले। ईशरन भी ज़ोरा की तरह ख़ुश थी। दोनों शाम को जल्दी नहा लिए और नए कपड़े बदल कर तैयार हो गए। मेज़ पर ब्लू लेबल

जॉनी वॉकर की दो बोतलें, दो कट गिलास, सोडे की दो बोतलें और बर्फ़ के क्यूब्स भरी चांदी की एक बाल्टी रख दी गई।

मंत्री जी की कार ठीक सात बजे आकर रुकी। ज़ोरा और उसकी पत्नी उनके स्वागत के लिए पहुंचे। मंत्री जी के हाथ में पीले ग्लेडियोलस के फूलों का गुलदस्ता था। उनके अर्दली के पास सुर्ख़ गुलाब के फूलों की टोकरी थी। 'बहन ईशरन, ये आपके लिए हैं,' मंत्री जी ने गुलदस्ता उसे देते हुए कहा। अर्दली उनके पीछे–पीछे अंदर आया और उसने गुलाब की टोकरी को मेज़ पर रख दिया। ईशरन इस बात से जज़्बाती हो गई। 'मंत्री जी, इस तकल्लुफ़ की क्या ज़रूरत थी। ये आपका अपना ही घर है।'

'ईशरन जी, आप जैसी नेक औरत के लायक ये कुछ भी नहीं है। आपने ज़रूर पिछले जन्म में कोई ऐसा काम किया होगा जो आपको ज़ोरा सिंह जैसे पति मिले हैं। यकीन कीजिए, ये लाखों में एक हैं। आप दुनिया की सबसे ख़ुशनसीब औरत हैं।'

ईशरन ने दोनों हाथ जोड़ते हुए कहा, 'सब गुरु की कृपा है। हम सब तो गंदगी के कीड़े हैं।'

कुछ क्षण ख़ामोशी रही। फिर ज़ोरा मंत्री जी की तरफ़ पलट कर बोला, 'तो, सर, बिस्मिल्लाह करें?' स्कॉच की बोतल उठाते हुए उसने पूछा।

'मेरे लिए बहुत छोटा,' मंत्री जी ने जवाब दिया। 'मुझे आज रात कई अहम फ़ाइलें निबटानी हैं।' ईशरन को लगा कि अब उसे वहां से चले जाना चाहिए। 'मैं ड्रिंक्स के साथ खाने के लिए गर्मागर्म पकौड़े भेजती हूं,' कह कर वो वहां से चली गई।

ज़ोरा ने मंत्री जी को उनका गिलास दिया। उन्होने अपने गिलास उठाए, और उन्हें टकराया: 'जय हिन्द।'

फिर मंत्री जी ने भूमिका बांधने में वक़्त बर्बाद नहीं किया। 'ज़ोरा जी, कल राज्य सभा में मेरे मंत्रालय के बारे में कुछ सवाल होंगे।

उनमें से एक उस पैसे के बारे में है जो ठेकेदार इंजीनियरों को देते थे उस समय जब आप चीफ़ इंजीनियर थे। मैं सदन की टेबल पर अपने जवाब रखूंगा। मेरे ख़्याल से बेहतर होगा कि अनुपूरकों का जवाब दिए जाने के बाद आप अपना वक्तव्य दे दें।'

उन्होंने ज़ोरा को गुलाबी काग़ज़ों का एक बंडल दिया जिनमें वो सवाल थे जो अगले दिन राज्य सभा में उठाए जाने थे। ज़ोरा ने उन पर नज़र डाली और उनमें से एक को देख कर उसे आश्चर्य हुआ। 'सर, जिस शख़्स ने ये सवाल रखा है वो तो आपकी ही पार्टी से है।'

मंत्री जी उसे देख कर मुस्कुराए। 'ये मुझे बदनाम करने की साज़िश है ताकि प्रधानमंत्री मुझे कैबिनेट से निकाल दें। दरअसल वो कानों के कच्चे हैं और सब तरह की बातों में आ जाते हैं। मुझ पर इल्ज़ाम लगाया जा रहा है कि मैं बड़ी–बड़ी रिश्वतें लेता हूं, औरतबाज़ हूं और जम कर शराब पीता हूं।'

'ये सब एकदम बकवास है!' ज़ोरा सिंह ने जवाब दिया। 'मैं उस हरामज़ादे का कीमा बना डालूंगा।'

मंत्री जी ने मुस्कुरा कर ज़ोरा की पीठ थपथपाई। 'गुस्से से नहीं बल्कि तथ्यों से और तर्क से। सदन को अपने पक्ष में करो। और उस प्रधानमंत्री को ये समझाओ कि कौन भरोसे लायक है और कौन उनके इर्द–गिर्द ऐसे हैं जो उनकी जड़ें खोद रहे हैं।' इतना कह कर मंत्री जी उठ खड़े हुए। 'मैं तुमसे बस इसीलिए मिलने आया था।'

'चलते–चलते एक और पैग नहीं लेंगे? ईशरन, मंत्री जी जा रहे हैं। आओ, उन्हें सत श्री अकाल तो कह दो।'

ईशरन लड़खड़ाती हुई अंदर आई। 'मंत्री जी, आप फिर कब हमारे ग़रीबख़ाने तशरीफ़ लाएंगे?'

'बहन ईशरन, जब आप हुक्म दें। दुनिया में मेरा यही तो एक

सच्चा दोस्त है,' उन्होंने कार में बैठते–बैठते जवाब दिया।

◆　　◆　　◆

ज़ोरा ने न तो और ड्रिंक ली और ना ही डिनर में ज़्यादा खाया। 'क्या बात है?' ईशरन ने पूछा। 'तुम्हारी भूख कम हो गई लगती है, क्या मंत्री जी ने कुछ ऐसा कह दिया जिससे परेशान हो?'

'कल मुझे संसद में बोलना है। किसी ने ऐसे सवाल उठाए हैं जिनसे ये लगता है कि जब मैं चीफ़ इंजीनियर था तो मेरे महकमे में भ्रष्टाचार था। मुझे सारे तथ्य तैयार रखने हैं। मुझे पुरानी फ़ाइलें देखनी हैं, इसलिए मुझे देर हो सकती है। सोने से पहले मेरे स्टेनो को फ़ोन करके कह देना कि वो सुबह आठ बजे यहां आ जाए। बहुत सारी टाइपिंग करनी पड़ सकती है।'

'वाहेगुरु उस आदमी के मुंह में जलते अंगारे डाल दें!' ईशरन बोली। 'तुमने ऐसा कुछ नहीं किया है जिसके लिए तुम्हें शर्मिंदा होना पड़े। दुनिया जान जाएगी कि तुमने अपने देश के लिए क्या किया है। चिंता मत करो, वाहेगुरु तुम्हारे साथ हैं।' उसने ग्रंथ से एक पंक्ति सुनाई: 'जब तू मेरे साथ है, तो फिर मुझे कैसा डर?'

ज़ोरा अपनी स्टडी में गया और उसने अख़बारों की कतरनों की वो पुरानी फ़ाइलें निकालीं जिनमें उन सारे बिल्डिंग प्रोजेक्टों के बारे में था जिनमें ब्रिटिश काल से और फिर आज़ादी के बाद से अब तक वो शामिल रहा था। उनमें से कुछ पर उसने निशान लगाए और कुछ को लिख लिया जिन्हें वो बाद में इस्तेमाल कर सकता था। वो आधी रात तक काम करने के बाद ही ईशरन के पास बेडरूम में पहुंचा। वो अभी भी जागी हुई थी और अपनी प्रार्थनाओं की पुस्तक पढ़ रही थी। उसने उसे बंद किया और बोली, 'अब तुम सो जाओ। जंग में दुश्मनों का सामना करने के लिए आदमी को ताज़ादम होना चाहिए।' ज़ोरा इतना उत्तेजित था कि ठीक से नहीं सो सका। वो

मन ही मन बार–बार उस भाषण का अभ्यास कर रहा था जो उसे देना था और अपनी कल्पना में भाषण के बाद होने वाली वाह–वाही के शोर को सुन रहा था।

अगली सुबह ज़ोरा जल्दी उठ गया। उसने स्नान किया, पूजा–प्रार्थना की और ग्रंथ साहिब में दिन का संदेश–वाक–पढ़ा। संदेश में शुभ संकेत थाः 'मैं अपने ईश्वर से जो कुछ भी मांगता हूं, वो मुझे छप्पर फाड़ के देता है।'

स्टेनो आ गया तो ज़ोरा ने उससे अपनी छांटी हुई अख़बार की कतरनों की फ़ोटोकॉपी लेने को कहा। उसने फिर से दबी आवाज़ में अपने भाषण का अभ्यास किया और फिर वो जाने के लिए तैयार हो गया। वो संसद में प्रश्न काल से पंद्रह मिनट पहले पहुंच गया, वहां उसने हाज़िरी रजिस्टर में अपना नाम दर्ज किया, कुछेक लोगों से हाथ मिलाया, और फिर अपनी सीट पर जाकर बैठ गया। अपने साथ लाई फ़ाइलों को उसने अपने सामने रख लिया।

हाल भरना शुरू हो गया। सत्तारूढ़ पार्टी से ज़्यादा तेज़ी से विरोधी बेंचें भर रही थीं। ज़ोरा ने ऊपर की तरफ़ देखाः प्रेस और दर्शक दीर्घाएं भर चुकी थीं। अधिकारी दीर्घा भी भर चुकी थी जहां वरिष्ठ सिविल सर्वेंट ज़रूरत पड़ने पर मंत्रियों को आंकड़े देने के लिए फ़ाइलें लिए तैयार बैठे थे। धीरे–धीरे मंत्री आने शुरू हो गए, उनके अर्दली फ़ाइलें लिए उनके साथ चल रहे थे। और आख़िर में प्रधानमंत्री भी आ गए, जो राज्य सभा में सिर्फ़ तभी आते थे जब उन विभागों से संबंधित सवालों के जवाब दिए जाने होते थे जो उनके अधीन होते थे। वो ज़ोरा के मंत्री के पास बैठ गए।

ग्यारह बजते ही, हरकारों ने उपराष्ट्रपति के आने का ऐलान किया, जो कि राज्य सभा के अध्यक्ष भी थे। उन्होंने सीधे सदन की कार्रवाई शुरू कर दी, 'प्रश्न संख्या एक।' पहला सवाल रखने वाले सदस्य ने उठकर दोहरायाः 'प्रश्न संख्या एक।' संबंधित मंत्री ने उस सवाल

और उसके परिशिष्टों का जवाब दिया। दूसरे सवाल के साथ भी यही प्रक्रिया दोहराई गई। तीसरा सवाल ज़ोरा से संबंधित था। मंत्री जी ने खड़े होकर जवाब दिया, 'कागज़ात सदन के पटल पर रखे जा चुके हैं।' विरोधी पक्ष से दर्जन भर हाथ उठ गए। ज़ोरा ने भी अपना हाथ उठा दिया। अध्यक्ष ने नामों को नोट किया। परिशिष्टों के जवाब मंत्री जी ने संक्षेप में दिएः 'यस सर, नो सर, सवाल ही नहीं।' जिस शख़्स ने सवाल उठाए थे वो घबराया हुआ सा था क्योंकि उसने सत्तारूढ़ पार्टी का होते हुए उसी के ख़िलाफ़ सवाल उठा कर मुसीबत मोल ले ली थी। अध्यक्ष ने विपक्ष के नेता से अपना सवाल पूछने के लिए कहा। लेकिन सवाल पूछने के बजाए विरोधी नेता ने पब्लिक वर्क्स डिपार्टमेंट में भ्रष्टाचार के ख़िलाफ़ गुस्से से भरा बयान दे डाला और उन्होंने अख़बारों की वो प्रतियां दिखाईं जिनमें ये ख़बरें छपी थीं कि किस तरह घटिया काम को प्रमाणित कराने के लिए ठेकेदार लोग सरकारी अफ़सरों को मोटी–मोटी रक़में देते हैं। 'शर्म करो, इस्तीफ़ा दो' के ज़ोरदार नारे लगने लगे। अध्यक्ष ने विरोधी नेता को रोकने की कोशिश की, 'प्लीज़ आप भाषण देने के बजाय अपना सवाल पूछिए।' लेकिन उनके आदेश की तरफ़ कोई ध्यान नहीं दिया गया। 'हम इस मामले पर पूरी बहस चाहते हैं,' किसी ने चिल्ला कर कहा। 'जनता के करोड़ों रुपये रिश्वतों में बर्बाद किए गए हैं। घटिया माल से बने पुल ढह गए हैं। महकमे की बनवाई सड़कों में हर बरसात के बाद गड्ढे हो जाते हैं और उनकी मरम्मत करानी पड़ती है।' नाराज़गी भरी शिकायतों की बौछार एक ज़ोरदार हंगामे में तब्दील हो गई।

अध्यक्ष ने अपनी जगह से उठकर कहा, 'प्लीज़, ये प्रश्न काल है। अगर आपको पूरी बहस चाहिए थी, तो आपको पहले कहना चाहिए था।' उन्होंने तीसरा सवाल पूछने वाले का नाम पुकारा। 'प्लीज़, बाकी सब लोग अपनी सीटों पर बैठ जाएं।'

लेकिन मंत्री अपनी सीटों पर बैठने को तैयार नहीं थे। इसके बजाय ये लोग अख़बारों की प्रतियां लहराते और एक स्वर में 'शेम! शेम!' चिल्लाते सदन के वैल में पकड़ कर आ गए। ज़ोरा ने एक कड़वी मुस्कुराहाट के साथ अपने पैड पर लिखा 'हिजड़ा।' अध्यक्ष अपना सिर पकड़ कर बैठ गए। थोड़ी देर बाद वो खड़े हुए और बोले, 'अगर विरोधी पक्ष के नेताओं के पास पूछने को कोई सवाल नहीं है, तो मैं अगले सदस्य की तरफ़ बढ़ता हूं। हां, मि. ज़ोरा सिंह, आप अपना सवाल पूछिए।'

ज़ोरा खड़ा हुआ और इंतज़ार करने लगा कि विरोधी सदस्य अपनी सीटों पर बैठ जाएं। वो सदन के पूरी तरह ख़ामोश होने तक इंतज़ार करता रहा। जब उसने बोलना शुरू किया तब राज्य सभा पूरी तरह शांत थी, 'श्रीमान् अध्यक्ष जी, असल मुद्दे पर आने से पहले मैं कुछ ज़रूरी बातें कहने के लिए आपकी इजाज़त चाहूंगा। जैसा कि आप जानते हैं सर, कि पब्लिक वर्क्स मंत्रालय का निशाना दरअसल मैं हूं। अगर कोई गड़बड़ हुई है तो उसका ज़िम्मेदार मुझे मानिए, न कि माननीय मंत्री जी को जो कि सोने की तरह पवित्र हैं।'

'बिल्कुल! बिल्कुल! मंत्री जी की उंगलियों पर शुद्ध सोना इसी बात का सुबूत है,' विराध पक्ष की ओर से किसी ने आवाज़ लगाई। पूरा सदन ठहाकों से गूंज उठा। प्रधानमंत्री के चेहरे पर भी एक गहरी मुस्कुराहट आ गयी। मंत्री जी ने अपने हाथ उठाकर उंगलियों में पहनी अंगूठियां सबको दिखाईं। थोड़ी देर के लिए सदन मज़ाक के मूड में आ गया था।

ठहाकों की आवाज़ें थमने के बाद ज़ोरा ने आगे बोलना शुरू किया। 'श्रीमान अध्यक्ष महोदय, और इस भव्य सदन में उपस्थित मेरे साथियों, अपने आसपास देखिए। ये इमारत उस समय बनी थी जब आप में से ज़्यादातर पैदा भी नहीं हुए थे। क्या इसमें कोई ख़राबी है? क्या घटिया माल लगने की वजह से आज तक इसकी

ईंट भी गिरी है? आपका ये तुच्छ सेवक उस टीम का सदस्य था जिसने ये इमारत बनाई है।'

मेज़ें थपथपाने और 'हियर! हियर!' की आवाज़ें आने लगीं।

ज़ोरा ने बात जारी रखी। 'दो सचिवालय, राष्ट्रपति भवन, प्रधानमंत्री और उनकी कैबिनेट के मंत्रियों के आवास, आप लोग एम.पी. की हैसियत से जिन बंगलों और फ़्लैटों में रहते हैं, ये सब मेरे ही दौर में बनाए गए थे। क्या घटिया माल लगने की वजह से इनमें से कोई भी इमारत ढही है? मेरे पास ये अख़बारों की कुछ कतरनें हैं जिनमें इन इमारतों के डिज़ाइन और बनावट की तारीफ़ें की गई हैं। इन सबके बनाने में आपके इस तुच्छ सेवक का भी हाथ रहा है।'

एक बार फिर से मेज़ें थपथपाने और 'हियर! हियर' की आवाज़ें आने लगीं।

'आप का सवाल क्या है?' विरोधी नेता ने पूछा।

'ये पूछने का हक आपको नहीं, सिर्फ़ अध्यक्ष को है,' ज़ोरा ने जवाब दिया।

अध्यक्ष बीच में बोले, 'मि. ज़ोरा सिंह, आप अपनी बात कह चुके हैं। अगर आपको कोई सवाल नहीं पूछना है, तो कृपया अपना भाषण समाप्त कीजिए।'

इतना ज़ोरा के लिए काफ़ी नहीं था। 'सर, मेरा सवाल मंत्री महोदय के लिए नहीं, बल्कि विरोधी सदस्यों के लिए है। अगर आप लोगों को पी.डब्ल्यू.डी. के कामकाज की सूचना, प्रामाणिक सूचना चाहिए थी, तो आपको हिजड़ों की तरह सदन में नाचने के बजाय मेरे पास आना चाहिए था।'

एक कयामत बरपा गई। सारा विरोध पक्ष एक साथ उठ खड़ा हुआ और माफ़ी की मांग करने लगा। 'सर, इन्होंने हिजड़ा कह कर हमारा अपमान किया है। ये असंसदीय है और इसे रिकॉर्ड से हटाया जाना चाहिए!'

खुशवंत सिंह

अध्यक्ष मुस्कुराए बिना नहीं रह सके। 'माननीय सदस्य को असंसदीय भाषा का इस्तेमाल नहीं करना चाहिए।'

ज़ोरा इसके लिए भी तैयार था। 'सर, किसी को हिजड़ा कहना असंसदीय नहीं है। विधान सभाओं में भी तीन हिजड़े सदस्य हैं। कौन जाने, अगले चुनाव के बाद विरोधी बेंचों पर भी कुछ हिजड़े बैठे दिखाई दें।' इतना कह कर ज़ोरा बैठ गया। वो जानता था कि जो कुछ उसने कहा है उसके बाद वो अगले दिन अख़बारों के मुखपृष्ठ पर होगा।

*

ज़ोरा जश्न मनाने के मूड में था—लेकिन विरोध पक्ष को फटकार लगा कर ख़ामोश कर देने के लिए अपने दोस्तों के साथ ठहाकेबाज़ी करते हुए नहीं। वो जश्न को शाम तक टाल देगा, एक राउंड गोल्फ़ खेलेगा जिसके बाद अपने दोस्तों के साथ बार में एक–दो या फिर तीन ड्रिंक लेगा। लेकिन उसके बाद? वापस घर अपनी गठिया की मरीज़ पत्नी के पास। ज़रा सोचो, उसे उसके साथ सैक्स किए दस साल से ज़्यादा हो चुके थे। किसी को इसकी ज़रूरत नहीं लगती थीं। अब तो बस उनमें धर्म के प्रति लगाव का बंधन रह गया था। उधर दीपो भी अपनी मालकिन की साथी और आया भर बन गई थी। आख़िर ज़ोरा ने लंबी तान कर सोने और शाम को गोल्फ़ क्लब जाने का फ़ैसला कर लिया।

वो लंच से पहले ही घर पहुंच गया। वो थका हुआ लेकिन विजयी दिखायी दे रहा था। उसने 'हिजड़ा' शब्द पर होने वाले हंगामे को छोड़कर संसद में जो कुछ हुआ था, ईशरन को बताया।

'तुम बहुत थके हुए लग रहे हो,' ईशरन ने कहा। 'अपनी स्टडी में जाकर आराम क्यों नहीं कर लेते? दीपो थोड़ी देर तुम्हारे पैरों

112

की मालिश कर देगी तो थोड़ा आराम से सो सकोगे। मैं टेलीफ़ोन का हुक से हटा दूंगी।'

ईशरन अपने बैडरूम में चली गई। ज़ोरा ने मुंह धोया और अपनी स्टडी में ए.सी. चला कर सोफा–कम–बैड पर पसर गया। उसे उम्मीद तो नहीं थी कि दीपो उसके थके अंगों की देखभाल करेगी लेकिन ये सोच कर कि शायद वो ऐसा करने का फ़ैसला कर ही ले, उसने दरवाज़ा खुला छोड़ दिया। वो आधी नींद में था जब उसे दरवाज़ा खुलने और बंद होने की आवाज़ आई। दीपो ने एक मोढ़ा घसीटा, और उसके बैड के पास बैठ कर उसके तलुवों को सहलाने लगी। ज़ोरा को बड़ा आराम मिला। दीपो अपने हाथ ज़ोरा की पिंडलियों और घुटनों तक ले जाकर धीरे–धीरे उन्हें मसलने लगी। ज़ोरा ने अपनी जांघें खोलीं और उसका हाथ ऊपर खींच लिया। दीपो को उसकी जांघों को सहलाते–सहलाते उसके लिंग के उठने का आभास हुआ। उसने अपनी शलवार उतारी और उसके ऊपर चढ़ गई। वो पूरे पंद्रह मिनट तक एक दूसरे से धक्का–मुक्की करते रहे और फिर कुछ आख़री ज़ोरदार धक्कों के बाद ज़ोरा निढाल हो गया। दीपो जितनी ख़ामोशी से कमरे में आई थी उतनी ही ख़ामोशी से चली गई।

ज़ोरा दोपहर भर सोता रहा। उसकी आंख तब खुली जब ईशरन कमरे में आई और उसे आवाज़ देने लगी। 'शाम हो चुकी है, उठना नहीं है क्या? लगता है बहुत ज़्यादा थक गए थे।'

'हां,' ज़ोरा ने बड़ी सी जमाही लेते हुए कहा। उसने अपनी घड़ी देखी और कहा, 'हे भगवान, पांच से भी आगे निकल गए! गोल्फ़ के लिए तो बहुत देर हो गई। मैं ज़रा नहा लूं। तुम चाय बनवा लो।'

ज़ोरा बाथरूम में चला गया। उसे अपनी टांगों के बीच चिपचिपापन महसूस हुआ। वो अच्छी तरह साबुन लगा कर नहाया, नए कपड़े

पहने और फिर सिटिंग रूम में अपनी पत्नी के पास गया। दीपो एक ट्रे में चाय और समोसे ले आई। ईशरन ने उससे पूछा, 'तुमने इनके पैरों की मालिश कर दी थी?' दीपो ने सफ़ाई से जवाब दिया, 'ये गहरी नींद में थे। मैंने जगाना मुनासिब नहीं समझा।'

'तो अब कर दो,' ईशरन ने कहा।

ज़ोरा चाय पीता और समोसे खाता रहा, और दीपो उसके पैरों की मालिश करती रही।

'तुम्हारा शाम का कोई प्रोग्राम है?' ईशरन ने ज़ोरा से पूछा।

'गोल्फ़ तो मिस हो ही चुका है, तुम्हारे बग़ैर मेरा और कौन सा प्रोग्राम हो सकता है? तुम ड्राइव के लिए चलना चाहोगी? या फिर इंडिया गेट?'

'हम गुरुद्वारा बंगला साहिब चल सकते हैं। वहां अमृतसर का एक बहुत अच्छा रागी कीर्तन करने वाला है। हम शाम की पूजा तक वहां रुक सकते हैं। दिन भर की थकान के बाद तुम्हें वहां अच्छा लगेगा।'

तो इस तरह वो गुरुद्वारे चले गए। पूजा में मौजूद ज़्यादातर लोग ज़ोरा को पहचानते थे—उन्होंने अख़बारों में और टीवी पर उसके फ़ोटो देखे थे। ग्रंथ साहिब की पूजा के बाद, दीपो की मदद से ईशरन को रागियों के पीछे जगह मिल गई। दो बार ग्रंथ साहिब की परिक्रमा के बाद ज़ोरा दूसरी तरफ़ बैठ गया। वो इस वक़्त तंग किए जाने के मूड में नहीं था। उसने आंखें बंद कर के सब कुछ भूला दिया। दैवीय स्वर में दैवीय संगीत पर दैवीय शब्द गाए जा रहे थे। वो लोग शाम की पूजा के बाद घर गए। इस समय उनके ऊपर ऐसा सुकून था कि कोई भी छोटी–मोटी बात धर्म का उल्लंघन लगती।

◆　◆　◆

जैसा ज़ोरा ने सोचा था, उसका हिजड़ों वाला वक्तव्य सारे अख़बारों

के मुखपृष्ठ पर था। उसकी भाषण कला के बारे में तारीफ़ी शब्द लिखे गए थे। टेलीफ़ोन बार–बार बज रहा था। उसके शानदार कारनामे पर अजनबी और दोस्त सभी उसे मुबारकबाद दे रहे थे। उनमें उसके मंत्री जी भी थे। 'ज़ोरा भाई, 'कमाल कर दिया।'

'मंत्री जी, जब तक मैं ज़िंदा हूं, किसी को आपका बाल भी बांका नहीं करने दूंगा' ज़ोरा ने जवाब दिया। 'मुझे उम्मीद है कि आपके विरोधी हमेशा के लिए ख़ामोश हो चुके हैं और प्रधानमंत्री को भी आपकी अहयिमत का अंदाज़ा हो गया होगा।'

'देखो, जैसा कि मैंने पहले भी तुम्हें बताया था, वो हर तरह की अफ़वाहों के चक्कर में आ जाते हैं।'

मनोनीत सदस्य की हैसियत से ज़ोरा का छह वर्ष का कार्यकाल ख़त्म होने वाला था। और उसके साथ ही वो एम.पी. का बंगला जो मंत्री जी के इस्तेमाल में रहता था, वो एम.पी. स्टिकर जो उसकी कार के विंडस्क्रीन पर लगा रहता था, और संसद सदस्य होने के बाकी सारे फ़ायदे भी ख़त्म होने वाले थे। ज़ोरा अपने भविष्य के बारे में चिंतित था, वो इस बारे में सलाह लेने के लिए मंत्री जी के पास पहुंच गया।

'मैं भी इसी बारे में सोच रहा हूं' मंत्री जी ने जवाब दिया। 'तुम्हें दोबारा राज्य सभा का सदस्य बनाए जाने की उम्मीद कम ही है। पहले कुछ लोगों को दोबारा मौका दिया गया है लेकिन बाद में हमने फ़ैसला किया कि एक ही कार्यकाल काफ़ी है, और कला, साहित्य, संगीत, फ़िल्म, समाज सेवा ओर अन्य क्षेत्रों में विशेष सेवा करने वालों को भी मौका मिलना चाहिए। ये एक ग़लत फ़ैसला था क्योंकि लेखक और कलाकार संसदीय मामलों में बहुत कम दिलचस्पी लेते हैं, जबकि तुम जैसे लोग जिन्होंने देश की विलक्षण सेवा की है और अभी तक कार्यशील हैं, वो अपने अच्छे कामों को आगे बढ़ाने

से वंचित रह जाते हैं। लेकिन अब क्या किया जा सकता है। क्या तुम्हारे दिमाग़ में कोई और विचार है?'

'सर, मेरे भविष्य के बारे में आप ही फ़ैसला कीजिए। मैंने आज तक जो कुछ भी किया है वो आपकी ही कृपा से संभव हुआ है।'

'किसी राज्य के गवर्नर बनना चाहोगे तुम? मुझे यकीन है कि तुम्हारी नियुक्ति के लिए मैं गृहमंत्री को मना लूंगा। हमें एक या दो सिख गवर्नर नियुक्त करने ही हैं। और तुम से बेहतर उम्मीदवार कौन हो सकता है?'

'ये तो आपकी मेहरबानी है, सर। लेकिन गवर्नर बनने का मतलब होगा कि मुझे दिल्ली छोड़नी होगी। मेरे ख़्याल में ईशरन को ये अच्छा नहीं लगेगा। क्या कोई और तरीका नहीं हो सकता जिससे हम दिल्ली में ही रह सकें और आपके आराम के लिए बंगला मेरे ही पास रहे? मैं सत्तर की उम्र को पार कर चुका हूं, और चाहता हूं कि मैं एक अच्छा नाम छोड़ कर जाऊं।'

'ज़ोरा, ऐसी बातें मत करो,' मंत्री जी ने उसे प्यार से डांटा। 'तुम सौ साल की उम्र पाओगे। चलो मैं कुछ सोचता हूं। भरोसा रखो कि मैं तुम्हारे लिए पूरी कोशिश करूंगा।'

'शुक्रिया, सर, शुक्रिया। आप मेरे अन्नदाता हैं।'

◆ ◆ ◆

हफ़्ते और फिर महीने गुज़र गए। संसद में ज़ोरा का आख़री दिन था। रिटायर होने वाले अन्य सदस्यों की तरह उसे भी अपना अलविदाई भाषण देने के लिए आमंत्रित किया गया। और अन्य मौकों की तरह इस बार भी, अपने भाषण में भावुकता और हास्य का मिश्रण करते हुए, उसका भाषण बेहतरीन रहा। घर लौटा तो वो कुछ उदास सा था। सबसे पहला काम उसने ये किया कि उसने अपने नौकर को आदेश दिया कि वो उसकी कार के विंडस्क्रीन से एम.पी. का स्टिकर

हटा दे। कुछ ही दिनों में उसे ये नोटिस भी मिल जाना था कि वो किसी और संसद सदस्य के लिए सरकारी बंगला ख़ाली कर दे। उसने छह साल में कभी भी बंगले का इस्तेमाल नहीं किया था, लेकिन अब उसके प्यारे दोस्त मंत्री जी अपनी महिला दोस्तों के साथ ऐश करने कहां जाएंगे? ज़ोरा बहुत चिंतित था। मंत्री जी ने उसे पिछले दो महीनों में फ़ोन तक नहीं किया था। शायद उन्होंने कोई और बंदोबस्त कर लिया था।

उम्मीद के मुताबिक, कुछ ही दिन बाद ज़ोरा को नोटिस मिल गया कि वो महीने के अंत तक सरकारी बंगला ख़ाली कर दे। उसी दिन शाम को मंत्री जी का फ़ोन आ गया। 'ज़ोरा, मेरे दोस्त, तुम्हारे लिए एक अच्छी ख़बर है। तुम्हें ये जान कर ख़ुशी होगी कि कैबिनेट ने तुम्हें सबसे बड़ा नागरिक सम्मान भारत रत्न देने की मंजूरी दे दी है। उसी के साथ तुम्हें बंगला भी मिलेगा। तुम बाकी ज़िंदगी उसके मालिक बने रह सकते हो। बस, अब तो ख़ुश हो?'

ज़ोरा एकदम जज़्बाती हो गया। 'शुक्रिया, ओह सर, शुक्रिया। मैं दिल की गहराइयों से आपका शुक्रगुज़ार हूं। प्लीज़ ये ख़ुशख़बरी मेरी पत्नी को भी दे दें, प्लीज़, क्या आप उसे बताएंगे कि–' टेलीफ़ोन ईशरन को देते हुए ज़ोरा फूट पड़ा। वो सिसकता रहा, 'भारत रत्न। ग़रीब, अयोग्य, ज़ोरा सिंह के लिए भारत रत्न। वाहेगुरु की जय हो। धन वाहेगुरु, धन धन वाहेगुरु!'

बेटे की चाह

देवी लाल की ईश्वर और धर्म में गहरी रुचि थी। अपनी जवानी में ईश्वर के अस्तिव के सवाल के बारे में उस पर एक धुन सी सवार थी, और वो इस बारे में अपने दोस्तों से, स्थानीय मंदिर के पुजारी से और एक करीबी मस्जिद के इमाम से अक्सर बहस करता था। वो पूछा करता था कि क्या वाकई ईश्वर जैसी किसी चीज़ का अस्तित्व है। जब उससे कहा जाता कि हां, ईश्वर मौजूद है तो वो पूछता था कि क्या वो वाकई सर्वशक्तिमान, सर्वज्ञानी, न्यायप्रिय और दयालु है। जब उसे इस सबका भी यक़ीन दिलाया जाता, तो वो पूछता था, 'तो फिर दुनिया में इतना अन्याय क्यों है?' इस पर उसे अलग–अलग लोगों से अलग–अलग तरह के जवाब मिलते थे। कुछ का कहना था कि लोगों को अपने पिछले जन्मों के बुरे कर्मों का फल भोगना पड़ता है। कुछ लोग कहते थे कि मुसीबतें दरअसल ईश्वर का तोहफ़ा हैं, क्योंकि जो लोग सारे इम्तेहानों के बावजूद ईश्वर के प्रति अपनी आस्था में दृढ़ रहते हैं, उनका स्वर्ग में जाना निश्चित हो जाता है। कुछ का ये भी मानना था कि संसार एक माया है, और मुसीबतें भी बस भ्रम हैं। लेकिन इनमें से किसी भी जवाब से देवीलाल को तसल्ली नहीं होती थी। उसको तो ये लगता था कि ईश्वर एक ऐसी शक्ति ज़रूर है जो इस दुनिया को चलाती है, लेकिन वो न तो अच्छा है न बुरा, बल्कि इंसानों के साथ जो

कुछ भी होता है वो उसके प्रति उदासीन है—वर्ना क्यों कुछ लोग बुद्धिमान पैदा होते हैं, उनके पास स्वास्थ्य और पैसा होता है और उनके घर बेटे पैदा होते हैं, जबकि कुछ लोग मंदबुद्धि और बीमार पैदा होते हैं, ज़िंदगी भर ग़रीब रहते हैं और उनके घर बेटियां पैदा होती हैं। देवी लाल ने निष्कर्ष निकाला कि ईश्वर सनकी है, और जैसा कि गुरु नानक ने कहा था, वो तो वादा बे—परवाह है, एक ऐसी परम शक्ति जिसे किसी की कोई पर्वाह नहीं।

लगभग सारी जवानी भर देवी लाल का यही विश्वास रहा। लेकिन बुढ़ापा आते—आते देवी लाल को यक़ीन हो गया कि ईश्वर वाकई न्यायप्रिय और दयालु है, भले ही कभी—कभी उसके काम इंसानों की समझ में नहीं आते हों। देवी लाल किस तरह आस्तिक बना, उसकी कहानी इस तरह है।

◆   ◆   ◆

देवी लाल के पिता जालंधर के बाहरी इलाके के एक सरकारी स्कूल में उर्दू और इतिहास पढ़ाते थे। उन्हें पंजाबी इतिहास के एक बड़े विद्वान और एक ईमानदार आदमी की हैसियत से जाना जाता था, लेकिन इससे उन्हें किसी भी तरह पैसा या पेशेवर कामयाबी नहीं मिली। उन्हें राजकीय परिवार से, और ब्रिटिश सरकार से, जिसके वो प्रशंसक थे, कोई संरक्षण नहीं मिला, और तीन बार उनकी बारी के बावजूद, किसी और को हेडमास्टर बना दिया गया। देवी लाल ने अपने बचपन में उन्हें हमेशा एक पत्नी और चार बच्चों के परिवार—तीन लड़के और एक लड़की जिनमें देवी लाल सबसे छोटा था—की ज़रूरतों को पूरा करने के लिए संघर्ष करते ही देखा। उनके सारे रिश्तेदार कहीं ज़्यादा पैसे वाले थे और उनसे रूखेपन से पेश आते थे। ये देख कर देवी लाल ईश्वर से नाराज़ रहता था। लेकिन अपने मैट्रिक के इम्तेहान के बाद कॉलेज जाने के लिए उसे वज़ीफ़ा मिला, तो ईश्वर के प्रति उसका रुख़ नरम पड़ गया।

जालंधर के डी.ए.वी. कॉलेज से 1991 में ग्रेजूएशन करने के बाद, देवी लाल को उस आर्किटैक्ट के ऑफ़िस में ड्राफ़्ट्समैन की नौकरी मिल गई जिसे पंजाब की नई राजधानी चंडीगढ़ को बनाने की ज़िम्मेदारी सौंपी गई थी। उसे दो सौ रुपये की सम्मानजनक तन्ख़ा मिलती थी और वो चीफ़ आर्किटैक्ट ली कोरब्यूज़िर और उसकी सहायक पियर जीनरेट के साथ काम करता था। वो सिर्फ़ फ्रेंच बोल पाते थे जो देवी लाल की समझ में नहीं आती थी, लेकिन भाषा कभी भी उनके बीच रुकावट नहीं बनी। उन्हें उसका काम पसंद था और वो अक्सर उसे शाबाशी देते थे। उनके अंग्रेज़ साथियों मैक्सवैल फ़्राई और जेन ड्रियू का भी उसके साथ यही सुलूक था। जेन अक्सर कहती थीः 'देवी लाल शैंडीघार का सबसे अच्छा ड्राफ़्ट्समैन है।' भारतीय आर्किटैक्ट भी उनके विचार से सहमत थे। देवी लाल को तेज़ी से तरक़्क़ी मिलती गई और छब्बीस साल का होने तक वो हैड ड्राफ़्ट्समैन बन चुका था। वो खुश था, वो इससे बेहतर की उम्मीद नहीं कर सकता था।

एक साल बाद उसके लिए शादी का प्रस्ताव आया। लड़की का नाम जानकी था, जो देखने में कुछ ज़्यादा ही घरेलू लगती थी। वो इस बात से ख़ुश नहीं था, लेकिन उसने अपने मां–बाप की मर्ज़ी के आगे सिर झुका दिया। वैसे भी, वो अमीर मां–बाप की इकलौती बेटी थी और अपने साथ काफी दहेज लाई थी जिसमें एक नई मोटर साइकिल और पचास हज़ार रुपये भी थे। अगर ख़ूबसूरत पत्नी पाने का उसका ख़्वाब टूटा था, तो बदले में उसका हर्जाना भी मिल गया था। देवी लाल को लगा कि सौदा ठीक ही रहा था। 'मैं किसी ख़ूबसूरत फ़िल्म स्टार के साथ ऐसा क्या कर लूंगा जो मैं जानकी के साथ नहीं कर सकता?' वो अपने दोस्तों से कहता था। 'वो शरीफ़ और आज्ञाकारी है। वो कभी मुझसे ऊंची आवाज़ में बात भी नहीं करती है।'

देवी लाल चंडीगढ़ प्रशासन की ओर से मिले बैचलर्स क्वार्टर में रहता था। अपनी बचत और जानकी के लाए पैसे से उसने चंडीगढ़ के साथ बन रहे छोटे से पड़ोसी शहर मोहाली में एक प्लॉट ख़रीद लिया। उस समय ज़मीन की कीमतें कम थीं और ठेकेदार बग़ैर अपना फ़ायदा लिए उन लोगों को सामान और मज़दूरी देने को इच्छुक रहते थे जो उन्हें नए ठेके दिला सकें। देवी लाल की दोस्त बन चुकी जीनरेट ने उसके लिए शादी के तोहफ़े के बतौर तीन बेडरूम के बंगले का नक़्शा तैयार कर दिया। छह महीने के अंदर बंगला रहने के लिए तैयार था। जानकी के दहेज में से बचे पैसे को देवी लाल ने बंगले के साज़ो–समान में ख़र्च कर दिया। उसने अपने घर का नाम जानकी विला रखा।

जानकी को देवी लाल की पत्नी होने पर गर्व और ख़ुशी थी। वो घर का और अपने पति की ज़रूरतों का खूब ख़्याल रखती थी। एक हिंदू पत्नी की तरह वो कभी कामुकता नहीं दिखाती थी लेकिन जब भी उसका पति सैक्स करना चाहता था तो वो पलंग पर लेट जाती थी, और अपनी शलवार का नाड़ा खोलकर उसके लिए अपनी जांघें फैला देती थी। उसे सैक्स में कोई ख़ास मज़ा नहीं आता था लेकिन उसकी मां ने उसे समझाया था कि जब कभी भी उसका पति सैक्स करना चाहे तो वो इसकी इच्छा की पूर्ति करे। वो अपने पति के पास कुंवारी आई थी और कौमार्य भंग होने के दर्द को सहने के लिए तैयार थी। फिर बाद की रातों को सहन करना उसके लिए आसान हो गया था। उसे स्त्रियों के ऑर्गेज़्म के बारे में कुछ नहीं बताया गया था और उसे कभी ऑर्गेज़्म हुआ भी नहीं। शादी के चौथे महीने उसे गर्भ ठहर गया। उसे खुशी हुई। उसने प्रार्थना की कि वो अपने पति के लिए एक बेटे को जन्म दे। उसने हनुमान मंदिर में चढ़ावा चढ़ाया और बजरंग बली से प्रार्थना की कि उसे बेटा दें। ईश्वर ने उसे बेटी दे दी। इस बात की उसे ख़ुशी हुई।

हालांकि देवी लाल की भी इच्छा बेटे के लिए थी, लेकिन उसने जानकी को समझाया: 'अगर ईश्वर ने कुछ सोच कर हमें बेटी दी है, तो हमें इसको ईश्वर की भेंट समझ कर स्वीकार करना चाहिए। मुझे विश्वास है कि वो बड़ी होकर तुम्हारी तरह समझदार और कर्तव्यपरायण निकलेगी।' उन्होंने अपनी बेटी का नाम सावित्री रखा।

छह महीने तक जब सावित्री मां का दूध पी रही थी, देवी लाल सैक्स से दूर रहा, लेकिन उसके बाद वो ख़ुद पर काबू नहीं रख सका। तीन महीने बाद जानकी को फिर से गर्भ ठहर गया। इस बार उसने गायों और गोपियों के प्रिय, बंसुरी वाले भगवान श्री कृष्ण के मंदिर में प्रार्थना की और चढ़ावे चढ़ाए ताकि वो उसे बेटा प्रदान करें। लेकिन उसको फिर से बेटी हुई। जानकी को लगा कि उसने एक बार फिर अपने पति की उम्मीदों पर पानी फेर दिया है। देवी लाल ने फिर से उसे सांत्वना दी, हालांकि इस बार उसके शब्दों में पहले जैसा विश्वास नहीं था: 'मैंने तुमसे कहा है ना, कि भगवान ही बेहतर फ़ैसला कर सकता है। दूसरी बेटी हमारे लिए दूसरे बेटे जैसी सिद्ध हो सकती है।' उसका नाम उन्होंने लीला रखा।

जानकी को सुकून मिला कि उसका पति इस बात को गंभीरता से नहीं ले रहा है। लेकिन वो निश्चय कर चुकी थी कि अपने पति को एक बेटा देकर ही रहेगी। जब उन्होंने फिर से सैक्स करना आरंभ किया, तो उसने पहले से ज़्यादा जोश दिखाया। उसे लगा, जैसा कि उसकी चिंतित मां और नाराज़ सास ने उससे कहा था कि शायद उसने बिस्तर में अपने पति को ख़ुश नहीं किया था, इसीलिए उसे ये सज़ा मिली है। इसलिए अब वो पूरे कपड़े उतारकर अपने पति को कस कर बांहों में जकड़ लेती थी। देवी लाल के साथ–साथ अब वो ख़ुद भी हिलती थी। ऐसा करने से उसे सैक्स में पहले से ज़्यादा आनंद भी आने लगा। देवी लाल को भी जानकी की शर्म में क़मी पसंद आई और अभी तक जो काम महज़ एक रस्म भर था, वो इंद्रिय–सुख बन गया।

कुछ महीनों बाद जानकी को फिर गर्भ ठहर गया। इस बार उसने सिखों के देवता वाहेगुरु का आशीर्वाद लिया जिनके बारे में उसने सुना था कि वो भक्तों की हर इच्छा को लाज़मी पूरा करते हैं। वो सिखों के धार्मिक कृत्यों से वाकिफ़ थी क्योंकि उसके मां–बाप अक्सर गुरुद्वारे जाते थे और उसकी शादी से पहले उसे भी ले गए थे। उसे भजन–गायन बहुत अच्छा लगा, और मंदिरों में घंटियों के बजने की तेज़ आवाज़ों में संस्कृत के उन श्लोकों के गाए जाने, जिनका अर्थ किसी की समझ में नही आता था, के मुकाबले पवित्र ग्रंथ साहिब का पढ़ा जाना ज़्यादा अनुशासित लगा। वो सवेरे की पूजा आसा–दी–बार में भाग लेने रोज़ाना अपने पति के साथ जाने लगी। गुरुद्वारे द्वारा चलाए जाने वाले मुफ़्त लंगर में वो हर हफ़्ते ग्यारह रुपये का चंदा देने लगी।

तीसरा बच्चा पैदा होने पर उसने नर्स से पूछा, 'लड़की है या लड़का?' नर्स ने नवजात शिशु को गोद में उठाया और जवाब दिया, 'बीबी, बड़ी प्यारी सी बेटी हुई है आपको।' जानकी फूट पड़ी। इस बार बुरी तरह निराश देवी लाल ने उसे भाग्य के साथ समझौता करने की सलाह दी: 'हमारे भाग्य में ही बेटियां लिखी थीं। इसमें कोई क्या कर सकता है। क़िस्मत के लिखे से कौन बच सकता है। अब जैसे हालात हैं उन्हीं का हमें सामना करना है।' पहाड़ों पर रहने वाली देवी के नाम पर बच्ची का नाम नैना देवी रखा गया।

देवीलाल ने अपने अस्थिर ईश्वर से समझौता कर लिया। अब उससे कुछ भी आस लगाने का कोई फ़ायदा नहीं था। तीन बेटियों के लिए दहेज का इंतज़ाम करना उसके लिए एक बड़ा संघर्ष होने वाला था। उसने फ़ैसला किया कि अब वो किस्मत नही आज़माएगा। वैसे भी, सैक्स के प्रति उसकी इच्छा कम हो चुकी थी और जानकी भी उसे प्रोत्साहन नही देती थी। जब कभी भी देवीलाल की इच्छा होती थी, तो जानकी उसका साथ ज़रूर देती थी। लेकिन वो पूरा

ध्यान रखता था कि स्खलन से पहले ही वो बाहर हो जाए। जानकी कभी भी सवाल या शिकायत नहीं करती थी, लेकिन देवी लाल उसे बताना ज़रूरी समझता था, इसलिए अक्सर वो उसे आकाशवाणी से प्रसारित होने वाले नारे 'दो या तीन, बस' की याद दिलाता रहता था। 'हमारे तीन हो चुके हैं, इसलिए अब 'बस', वो उससे कहता था। 'छोटा परिवार, सुखी परिवार। हम एक छोटा और सुखी परिवार हैं।' अब देवी लाल घर से ज़्यादा समय काम पर बिताने लगा था, और जानकी भी बार-बार अपनी बेटियों को लेकर कुछ समय के लिए चंडीगढ़ में अपने मायके जाने लगी थी। अब वो दोनों एक दूसरे के साथ उतना समय नहीं बिताते थे जितना कि शादी के बाद के कुछ सालों में गुज़ारा करते थे।

आठ साल तक देवी लाल ने सैक्स को पंद्रह दिन में एक बार तक सीमित रखा। फिर उसे लगा कि जानकी गर्भ की उम्र से निकल चुकी है और लापरवाह हो गई है। वो सैंतीस साल की थी जब उसने चौथी बार गर्भ धारण किया। 'हे राम!' वो बोली। 'लोग क्या कहेंगे–ये बुड्ढी तो बच्चे जनती ही जा रही है! मुझे अब और बच्चे नहीं चाहिए। मुझे डॉक्टर के पास ले चलो और मेरा गर्भपात करा दो।'

देवी लाल गर्भपात के एकदम ख़िलाफ़ था। 'ये हत्या होगी और मैं अपनी अंतरात्मा पर ये बोझ नहीं ले सकता,' उसने अपनी पत्नी से कहा। मैं तीन बेटियों की शादी कर सकता हूं तो चार की भी कर सकता हूं, फिर उसने ज़िम्मेदारी जानकी पर डाल दी: 'तुम फ़ैसला करो कि क्या करना है।' जानकी में इतनी हिम्मत नहीं थी, तो देवी लाल ने वादा बे-परवाह की एक और चोट बर्दाश्त करने की तैयारी कर ली।

इस बार जानकी न तो किसी मंदिर गई न गुरुद्वारे, और न उसने कोई चढ़ावे चढ़ाए। उसके गर्भ धारण करने के आठ महीने सोलह

दिन बाद, उसने अपने चौथे बच्चे को जन्म दिया। इस बार बेटा हुआ था। पति–पत्नी को अपनी किस्मत पे यक़ीन ही नहीं आया। उसी शाम, देवी लाल ने अपने ऑफ़िस के सारे साथियों को, दोस्तों को और रिश्तेदारों को मिठाई भेजी। 'ईश्वर के तौर–तरीके भी अजीब हैं,' उसने अपनी पत्नी से कहा। 'उसके कामों पर मुझे हमेशा हैरत होती है।'

उन्होंने बेटे का नाम राजकुमार रखा। लड़कियां भी उतनी ही ख़ुश थीं जितने उनके मां–बाप। वो उसके साथ खेलने को जल्दी से स्कूल से आ जाती थीं। रोज़ाना सुबह जानकी उसको बुरी नज़र से बचाने के लिए उसके माथे पर काला टीका लगाती थी। लगभग हर शाम उसे सुखना झील ले जाया जाता था, और लड़कियां बारी–बारी से उसकी प्रैम चलाती थीं, उसकी बचकाना आवाज़ की नक़ल उतारती थीं, और उसे हंसाने के लिए तोतली ज़बान में उससे बातें करती थीं। उनके पीछे चलते उनके मां–बाप मुस्कुराते हुए उन्हें देखते रहते थे। वो चंडीगढ़ के सबसे सुखी परिवारों में से लगते थे।

लगता था देवी लाल के परिवार पर ईश्वर की कृपा दृष्टि पड़ गई थी। तीनों लड़कियां, हालांकि बहुत ख़ूबसूरत नहीं थीं, लेकिन ठीक–ठाक शक्लों की थीं, शिष्ट थीं, और पढ़ाई में भी औसत से ऊपर ही थीं। वो रसोई में अपनी मां की मदद करती थीं और अपने कपड़े ख़ुद सिया करती थीं। जब सावित्री अठारह और लीला सोलह साल की हुईं तो देवी लाल का एक जूनियर साथी जिसके जवान बेटे थे, शादी का प्रस्ताव लेकर आया। सरकारी मुलाज़िम होने के साथ–साथ चंडीगढ़ में उसके दो प्रोविजन स्टोर भी थे जो उसके बेटे संभालते थे। उसी साल जाड़ों में एक ही दिन दोनों लड़कियों की शादी कर दी गई। तीन साल बाद, एक ठेकेदार ने, जिसके कभी देवी लाल काम आया था, अपने डॉक्टर बेटे के लिए, जिसने हाल ही में एम.बी.एस. किया था, नैना देवी का हाथ मांग लिया।

नैना ने अभी दसवीं क्लास पास की थी और आगे कॉलेज में पढ़ना चाहती थी। लेकिन उसके मां–बाप ने उसे मना कर दिया। 'कॉलेज की पढ़ाई लड़कियों के किस काम की? उन्होंने कहा। 'इससे बस उनके दिमाग़ों में ग़लत विचार भरते हैं। अपने घर और पति की देखभाल कैसे करनी है ये सीखने के लिए तुम्हें कॉलेज जाने की ज़रूरत नहीं।' इस तरह सोलह साल की उम्र में नैना की भी शादी कर दी गई। देवी लाल को दहेज का इंतज़ाम नहीं करना पड़ाः वो अभी भी हेड ड्राफ़्ट्समैन था और अभी उसकी कई साल की नौकरी बाक़ी थी, इसीलिए ठेकेदार को उससे और कई फ़ायदे उठाने थे। ईश्वर वाक़ई देवी लाल पर मेहरबान हो रहा था।

✦ ✦ ✦

देवी लाल के रिटायर होते–होते चंडीगढ़ एक आधुनिक शहर बन चुका था। उसने चंडी मंदिर के रेस्ट हाउस में इस शहर की पैदाइश होते देखी थी जहां ली कॉरब्यूज़ियर ने नए शहर और इसकी झीलों, बाग़ों, सड़कों, सरकारी इमारतों और साफ़–सुथरी कॉलोनियों का ख़ाका बनाया था। देवी लाल के लिए चंडीगढ़ उसके अपने बच्चे की तरह था। उसने अपने पेशे में जो उपलब्धियां हासिल की थीं वो उनसे संतुष्ट था और अब एक पुरसुकून रिटायर्ड ज़िंदगी गुज़ारना चाहता था।

वो हर तरह संतुष्ट था। उसकी बेटियों की अच्छे परिवारों में से शादियां हो चुकी थीं और उसका बेटा हर तरह से साबित कर रहा था कि वो आगे चल कर किसी न किसी महकमे में आला अफ़सर बनेगा और अपने परिवार और बूढ़े मां–बाप की देखभाल लायक अच्छी कमाई करेगा। देवी लाल ने उसे अच्छी शिक्षा देने में कभी कंजूसी नहीं की थी। लड़के को चंडीगढ़ के सबसे मशहूर पब्लिक स्कूल में भेजा गया था जहां पुराने राजकीय परिवार अपने

बेटों को पढ़ाते थे। जब कभी ट्यूशन की ज़रूरत पड़ती थी, तो बेहतरीन प्राइवेट ट्यूटरों का इंतज़ाम किया जाता था। सालाना इम्तेहान के बाद हर साल उसे कोई महंगा तोहफ़ा दिया जाता था–घड़ी, स्पोर्ट्स साइकिल, क्रिकेट गियर, और पंजाब यूनिवर्सिटी में कॉलेज के दूसरे साल में एक यामाहा मोटर साइकिल।

राजकुमार पढ़ाई में कामयाबी हासिल करता रहा और अपने मां–बाप का मान बढ़ाता रहा। देवी लाल को रिश्तेदारों और दोस्तों के सामने अपने बेटे की तारीफ़ें करने में बहुत मज़ा आता था। वो न सिर्फ़ एक अच्छा विद्यार्थी था बल्कि एक अच्छा खिलाड़ी भी था। देवी लाल तो आम से शरीर और साधारण शक्ल–सूरत का आदमी था, लेकिन राज कुमार छह फुट लंबा और ख़ूब तगड़ा था। वो शायद अपने राजकीय पूर्वजों पर पड़ गया था।

कॉलेज के बाद, राजकुमार सिविल सर्विसेज़ के इम्तेहान में बैठ गया। देवी लाल को पूरा यक़ीन था कि वो सबसे कामयाब सौ उम्मीदवारों में से होगा। और ऐसा ही हुआ भी। वो सबसे पसंदीदा फ़ॉरेन सर्विस या एडमिनिस्ट्रेटिव सर्विस में तो नहीं आ सका, लेकिन पुलिस, रेवेन्यु, एकाउंट्स और फ़ॉरेस्ट्स में से जिसमें वो चाहता जा सकता था। आख़िरकार, उसने अपने पिता की सलाह मानी। 'किसी भी नौकरी में इतनी इज़्ज़त नहीं है जितनी पुलिस में,' देवी लाल ने उससे कहा। 'पुलिस वालों से सब डरते और इज़्ज़त करते हैं, यहां तक कि राजनीतिज्ञ और मंत्री भी। शिष्टाचार की ख़ातिर उसे उन्हें सैल्यूट करना पड़ता है लेकिन दरअसल सब कुछ उसी के हाथ में होता है। और उसकी ऊपर की आमदनी भी बहुत होती है, केंद्र के दूसरे कई महकमों से कहीं ज़्यादा–ऊंची अपराध दर वाले किसी बढ़िया थाने में तो एक थानेदार तक महीने में कई लाख कमा लेता है। ये बात राजकुमार की भी समझ में आ गई। उसने इंडियन पुलिस सर्विस का चुनाव कर लिया। उसकी क़दकाठी पुलिस

अफ़सरों जैसी थी और वर्दियों से उसे ख़ास लगाव था, इसलिए उसका चुनाव हर तरीक़े से ठीक था। देवी लाल के परिवार के लिए वो गर्व की घड़ी थी जब राजकुमार को उसके चुनाव की पुष्टि का लैटर मिला, जिसमें उसे मसूरी की लाल बहादुर नेशनल एकेडमी ऑफ़ एडमिनिस्ट्रेशन में रिपोर्ट करने का आदेश था। ढेरों लोग जिनमें से बहुतों को देवी लाल जानता तक नहीं था, उसे और जानकी को मुबारकबाद देने आने लगे। उनमें से कई शादी के प्रस्ताव भी लेकर आए थे। देवी लाल ने उनका शुक्रिया किया, उनके नाम नोट किए और उन्हें तब तक के लिए टाल दिया जब तक राजकुमार की ट्रेनिंग पूरी नहीं हो जाए और उसे सरकारी बंगला न मिल जाए। 'ये छोटी सी झुग्गी इंडियन पुलिस सर्विस के एक अफ़सर की दुल्हन का इस्तक़बाल करने के लिए ठीक नहीं है,' उसने उन से कहा। 'इस बारे में वक़्त आने पर बात करेंगे।'

राजकुमार मसूरी चला गया। देवी लाल और जानकी बैठ कर अपने बेटे के लिए आए प्रस्तावों के बारे में बात करने लगे। 'लड़की हमारी ही जाति के इज़्ज़तदार, खाते–पीते परिवार से होनी चाहिए,' दोनों की राय थी। 'पढ़ी–लिखी, मॉडर्न और सुंदर भी होनी चाहिए,' जानकी ने कहा। 'आजकल के ज़माने में किसी को मेरी जैसी आम शक्ल की घरेलू टाइप लड़की पसंद नहीं आती।' देवी लाल ने मज़ाक़ में आते हुए जानकी के पेट में उंगली मार कर कहा, 'और उसमें बेटे पैदा करने की योग्यता होनी चाहिए। तुम्हारी तरह नहीं कि एक के बाद एक बेटी।'

'वो ईश्वर की मर्ज़ी थी। आख़िर में उसने हमें बेटा दिया ना?' जानकी ने विरोध जताया।

देवीलाल को मानना ही पड़ा। ऊपर वाले ने न सिर्फ़ ऐसे समय में उसको बेटा दिया था जब वो सारी उम्मीद छोड़ चुका था, बल्कि उस बेटे को बुद्धिमानी, अच्छी शक्ल–सूरत और अच्छा भाग्य भी दिया

था। और वो भी तब जब न तो उसने ही ईश्वर से प्रार्थना की थी और न जानकी ने!

अब देवी लाल और जानकी राज कुमार की शादी के सपने देखने लगे। वो एक शानदार शादी करेंगे और रिसेप्शन में शहर के बड़े लोगों को बुलाएंगे। वो अपने छोटे से घर के सामने खुले मैदान में बड़ा सा पंडाल लगाएंगे। बाद में वो किसी भरोसेमंद आदमी को अपना मकान किराए पर दे देंगे और अपने बेटे के बंगले में चले जाएंगे जहां एक कर्तव्यपरायण, पढ़ी–लिखी बहू उनकी सेवा करेगी।

लेकिन उन्हें निराशा का सामना करना था। हैदराबाद के सरदार पटेल पुलिस ट्रेनिंग कॉलेज में जाने के छह महीने बाद राजकुमार ने चिट्ठी लिख कर अपने मां–बाप से माफ़ी मांगी क्योंकि उसने बिना उनकी इज़ाज़त या आशीर्वाद लिए अपने बैच की एक साथी प्रोबेशनर से शादी कर ली थी। 'हमें एक दूसरे से प्यार हो गया और हम इंतज़ार नहीं कर सके,' ख़त में लिखा था। 'आप उससे मिलेंगे तो वो आपको पसंद आएगी। प्लीज़ हमें आशीर्वाद दीजिए। उसका नाम बलजीत कौर सिद्धू है।'

उस साल इंडियन पुलिस सर्विस के लिए पचास उम्मीदवार चुने गए थे, जिनमें से पांच लड़कियां थीं। लाल बहादुर शास्त्री एकेडमी में सेंट्रल सर्विसेज़ के लिए चुने गए उम्मीदवारों की कॉमन ट्रेनिंग के दौरान, पुलिस सर्विस वाले स्वाभाविक रूप से एक दूसरे से घुल–मिल गए। बलजीत सारी लड़कियों में सबसे ख़ूबसूरत थी। पूरे बैच में उसके अलावा राजकुमार अकेला पंजाबी था, और काफ़ी हैंडसम था। बलजीत ने ही क्लास में और कैंटीन में राजकुमार के पास बैठना शुरू किया। फिर वो शाम को टहलने साथ जाने लगे। मसूरी में चार महीने गुज़ारने के बाद, उन्हें नागपुर में सिविल डिफ़ेंस कॉलेज भेज दिया गया। तब तक वो एक दूसरे का हाथ पकड़ना और किस करना शुरू कर चुके थे। उसके बाद हैदराबाद की सरदार पटेल

नेशनल पुलिस एकेडमी में छह महीने की ट्रेनिंग थी। लड़कों और लड़कियों को अलग–अलग डॉरमिटरी में ठहराया गया था। बलजीत ने इस सख़्त अलगाव में भी रास्ता निकाल लिया। एक इतवार को वो राजकुमार को अपने साथ शहर ले गई। उसने चार मीनार के पास एक होटल में रात भर के लिए कमरा बुक कर लिया था। वो दिन भर और रात भर हम बिस्तर रहे और अगले दिन सुबह एकेडमी पहुंचे। होस्टल से उनकी ग़ैर हाज़िरी की रिपोर्ट डायरेक्टर को कर दी गई थी।

उन्हें डायरेक्टर के सामने हाज़िर किया गया। 'तुम जानते हो कि एकेडमी के नियम तोड़ने के लिए तुम दोनों को नौकरी से बर्ख़ास्त किया जा सकता है,' उन्होंने सख़्ती से कहा।

बलजीत रो पड़ी। 'सर, हमारी सगाई हो चुकी है,' उसने आंसू बहाते हुए कहा। 'अगर हमारी नौकरी चली गई, तो हम बर्बाद हो जाएंगे।'

राजकुमार ने अपनी सगाई और जल्दी ही होने वाली शादी के बारे में पहली बार सुना था। बलजीत का साथ देने के लिए वो ज़ोर–ज़ोर से अपना सिर हिलाने लगा।

'तुमने शादी के लिए अपने मां–बाप से इजाज़त ले ली है?' डायरेक्टर ने पूछा।

'नहीं, सर, अभी नहीं। हम उनका आशीर्वाद शादी के बाद लेंगे। यहां हैदराबाद में तो आप ही हमारे मां–बाप, अभिभावक हैं। हम वैसा ही करेंगे जैसा आपका आदेश होगा।'

डायरेक्टर कुछ नर्म पड़ गए। थोड़ी देर वो अपने पैन से मेज की ग्लास–टॉप को थपथपाते रहे फिर बोले, 'ठीक है, शादी का लाइसेंस ले लो। फिर मैं एकेडमी में ही एक मजिस्ट्रेट को बुलाकर तुम्हारी सिविल मैरिज करा दूंगा।'

और इस तरह, दो महीने बाद, बलजीत कौर सिद्धू और राजकुमार

पति–पत्नी बन गए। डायरेक्टर–जिन्हें बलजीत ने पापाजी कहना शुरू कर दिया था–और उनकी पत्नी ने एकेडमी के डाइनिंग हाल में उन्हें रिसेप्शन दिया। उन्होंने उन दोनों को चंडीगढ़ में प्रशिक्षणरत् असिस्टैंट सुप्रिंटेंडेंट ऑफ़ पुलिस की हैसियत से नियुक्ति दिलाने में भी मदद की।

चिट्ठी पढ़ कर देवी लाल और जानकी का दिल टूट गया। 'अपने मां–बाप से राय तक नहीं मांगी। ये दुनिया जा कहां रही है?' उसने गुस्से और दुख के साथ कहा। 'वो हिंदू तक नहीं है। एक सिख जाटनी हमारे परिवार में किस तरह एडजस्ट करेगी? हमारे और उनके तौर–तरीक़े ही अलग हैं।'

कम निराश तो जानकी भी नहीं थी, लेकिन उसने अपने पति को समझाया। 'हिंदुओं और सिखों में फ़र्क़ ही क्या है? एक ही जैसे तो हैं। आए दिन कितनी ही हिंदू–सिख शादियां होती हैं। शुक्र करो कि वो मुसलमान या ईसाई नहीं है। और पंजाबी भी है, कोई काली–कलूटी मद्रासन नहीं है जो हमारी भाषा तक नहीं बोल सके।'

देवी लाल ने उसकी बातों को ध्यान से सुना। हां, हालात कहीं ज़्यादा बदतर भी हो सकते थे। अगर ईश्वर फिर से उनका इम्तेहान ले रहा है, तो वो और ज़्यादा सख़्ती भी दिखा सकता था। देवी लाल ने इस बहस को अपनी एक पसंदीदा कहावत से ख़त्म किया: 'जिस चीज़ का कोई इलाज नहीं, उस पर सब्र कर लेना चाहिए।' उसने जवाबी चिट्ठी में अपने बेटे को आशीर्वाद भेजा, लेकिन एक शर्त के साथ: 'हमारे लिए सिविल मैरिज काफ़ी नहीं है। हम हिंदू तरीके से शादी चाहते हैं जिसके बाद रिसेप्शन भी होगा। हम ऐसा नहीं करेंगे तो हमारे रिश्तेदार और दोस्त क्या कहेंगे?'

कुछ महीनों बाद राजकुमार और बलजीत कौर शताब्दी एक्सप्रेस से दिल्ली से चंडीगढ़ पहुंचे। उनके स्वागत के लिए सगे–संबंधियों, दोस्तों और पुलिस अधिकारियों की भीड़ इकट्ठा थी। उन्हीं के बीच

देवी लाल और उसकी पत्नी के लिए अनजान, बलजीत के माता–पिता और उसके दो भाई भी अपने गांव से उसका स्वागत करने आए हुए थे। जैसे ही दोनों ट्रेन से निकले, उन्हें सब मालाएं डाल–डाल कर गले लगाने लगे। अपने मां–बाप, अपनी बहनों और उनके पतियों को प्रणाम कराने के लिए राजकुमार भीड़ को चीरता हुआ और अपनी पत्नी को लगभग घसीटता हुआ लाया। उसने उनके पैर छुए और उन्हें गले लगाया। जानकी ने बलजीत के सिर पर हाथ लहराया और उसे आशीर्वाद दिया, 'सत पुत्री होवें।' बलजीत हंस पड़ी, 'माता जी, हमारे लिए एक ही काफ़ी होगा। सात को तो मैं संभाल भी नहीं पाऊंगी। आइए, मेरे माता–पिता और भाइयों से मिलिए।'

बलजीत के पिता रिटायर्ड कर्नल थे। वो और उनके बेटे, जो बलजीत की ही तरह लंबे–चौड़े थे, अपने गांव में कई खेतों की देखभाल करते थे। वो देवी लाल के परिवार से कहीं ज़्यादा अमीर लगते थे, वो अपने गांव से चंडीगढ़ तक टोयोटा में आए थे। 'चलें शिवालिक चल कर कॉफ़ी पिएंगे और बातचीत करेंगे,' बलजीत के पिता ने सुझाव दिया। होटल में उन्होंने शादी की रस्म की ज़रूरत के बारे में बातचीत की। 'हम मंदिर में रस्मों के मुताबिक़ शादी करेंगे,' देवी लाल ने कहा। 'हम सिखों का आनंद करज करेंगे,' बलजीत की मां बोली, 'वर्ना हमारे रिश्तेदार हमें कभी माफ़ नहीं करेंगे।' जानकी ने समझौते की बात की: 'हम दोनों ही रस्में क्यों न कर लें? एक दिन मंदिर में फेरे, दूसरे दिन गुरुद्वारे में आनंद करज।'

'क्यों नहीं?' बलजीत ने सहमति प्रकट की। 'बड़ा मज़ा आएगा, एक जोड़े की तीन–तीन बार शादी! है ना, राजू?'

राजकुमार फ़ौरन तैयार हो गया, तारीखें तय कर दी गईं।

जब बैरा देवी लाल के पास बिल ले कर आया, तो कर्नल सिद्धू ने उसे उसके हाथ से छीन लिया। 'हम बेटियों के घर से कुछ नहीं लेते हैं। ये हमारे रिवाज के ख़िलाफ़ है।'

कर्नल सिद्धू ने बिल अदा किया और अपनी गाड़ी में उन्हें मोहाली ले गए। 'ये मेरा छोटा सा ग़रीबख़ाना है,' देवी लाल ने कहा। 'मेरे पास इससे बेहतर कुछ नहीं। मेरी कुटिया को अपने चरणों से पवित्र कीजिए।'

सिद्दू युगल मकान को देखकर निराश तो हुए लेकिन उन्होंने ऐसा ज़ाहिर नहीं होने दिया। 'बड़ा प्यारा छोटा सा घर है,' मिसेज़ सिद्धू ने कहा। 'बड़े घर तो सिरदर्द होते हैं। मेरा बस चले तो दर्जनों कमरों की हवेली के बजाय दो बैडरूम के फ़्लैट में रहूं। आप ख़ुशक़िस्मत हैं कि ऐसे घर में रह रहे हैं जिसे आसानी से संभाला जा सकता है।

मिसेज़ सिद्धू के लहजे से देवी लाल और जानकी को अंदाज़ा हो गया कि बलजीत के मां–बाप के ख़्याल में उनकी बेटी ने अपने से नीचे स्तर के लोगों में शादी की है। बाद में होने वाली दोनों शादियों के स्टाइल से ये बात और पुख़्ता हो गई। देवी लाल द्वारा आर्य समाज मंदिर में आयोजित हवन बहुत सादगी भरा था जिसमें रिश्तेदार और परिवार के क़रीबी दोस्त शामिल हुए थे। सिद्धुओं की हवेली में होने वाला आनंद करज निहायत शानदार था जिसमें पूरा गांव, दूर के रिश्तेदार और दोस्त तक शामिल थे, जिनमें से कुछ तो कनाडा और यू के तक से आए थे। उन्होंने राजकुमार को गुलाबी अचकन और चूड़ीदार पहनाया और उसकी कमर से कृपाण लटकाई। वो अपनी सिख पोशाक में राजसी लग रहा था। उसके बाद होने वाली दावत में एक हज़ार से ज़्यादा लोग मौजूद थे। शाम को हवेली रंग–बिरंगी रोशनियों से जगमगा दी गई। बलजीत और राजकुमार को सिद्धुओं द्वारा भेंट की फूलों से सजी मारुति में बिठाया गया। बाक़ी दहेज पीछे एक ट्रक में आ रहा थाः कलर टीवी, फ़्रिज, वाशिंग मशीन, और बलजीत और देवी लाल के परिवार के लिए कपड़ों से भरे स्टील के ट्रंक। जब कारों का ये कारवां गांव से निकल कर

चंडीगढ़ के लिए चला, तो जानकी ने अपने पति से पूछा, 'हम अपने छोटे से घर में इतना सारा सामान कहां रखेंगे?' देवी लाल ने लापरवाही से हाथ हिलाते हुए कहा, 'चिंता मत करो। उन्हें सरकारी बंगला मिल गया है। उसमें चार बेडरूम हैं, एक ड्रॉइंग–डाइनिंग रूम है, सर्वेंट क्वार्टर है, और एक बग़ीचा और उसकी देखभाल के लिए माली है। हम ख़ुशक़िस्मत हैं कि हमारे बेटे ने ऐसी लड़की चुनी। ईश्वर ने हमारे लिए जो किया है, उसके लिए हमें कृतज्ञ होना चाहिए।'

बलजीत और राज कुमार ने आनंद करज के बाद अपनी पहली रात जानकी विला में गुज़ारी। जानकी ने उनके बिस्तर पर गुलाब की पत्तियां बिखेर दी थीं और सारे कमरे को फूलों से भर दिया था। वो जानती थी कि उनके शारीरिक संबंध हैदराबाद में ही बन चुके होंगे, लेकिन फिर भी वो यही सोचना चाहती थी कि उसका बेटा अपनी पत्नी का कौमार्य भंग अपने ही घर में करेगा। 'बस अब मुझे अपनी गोद में एक पोता चाहिए,' देर रात को सोने से पहले उसने अपने पति से कहा।

अगली सुबह राजकुमार अपनी नई मारुति में अपने मां–बाप को अपने और बलजीत के सरकारी बंगले पर ले गया। जानकी बंगले को देख कर ख़ुश हो गई और उसकी इच्छा होने लगी कि मोहाली के बजाय यहीं रह रही होती, क्योंकि मोहाली में तो पार्थीनियम की भरमार थी जिसकी वजह से उसे सांस की बीमारी भी हो गई थी। लेकिन यहां पर बॉस बलजीत थी। वो अपने को मिले हुए नौकरों और कांस्टेबलों पर हुक्म चला रही थी। वो जानकी को घर दिखाने के लिए ले गई जबकि राजकुमार बरामदे में बैठा अपने पिता से बात करता रहा। 'तुम चार कमरों का क्या करोगी?' जानकी ने डरते–डरते पूछा। 'एक हमारे लिए है, एक मेरे माता–पिता और भाईयों के लिए जब कभी वो हमसे मिलने आना चाहें, एक मेहमानों के लिए और एक आपके और पिता जी के लिए जब कभी भी आप

अपने घर की चिंताओं से दूर कुछ दिन यहां गुज़ारना चाहें,' बलजीत ने जवाब दिया। उधर, देवी लाल ने ढके–छुपे शब्दों में राजकुमार को जानकी की पार्थीनियम से एलर्जी के बारे में बताया। 'डॉक्टर का कहना है कि उसे कहीं और रहना चाहिए क्योंकि कांग्रेस घास या पार्थीनियम या ये जो भी बला है इससे होने वाली बीमारी का कोई इलाज नहीं है। मैं सुखना झील या चंडी मंदिर के पास कहीं एक कमरे का फ़्लैट देख रहा हूं, और जानकी विला को मैं किराए पर उठा दूंगा।' राजकुमार कुछ नहीं बोला। साफ़ ज़ाहिर था कि वो कुछ भी कहने से पहले अपनी पत्नी से मशवरा करेगा। देवी लाल उससे इस बारे में बात करना चाहता था कि किस तरह घर में मर्द को अपनी हुकूमत चलानी चाहिए लेकिन जैसे ही उसने दरवाज़े से भीमकाय और रणबांकुरी बलजीत को आते देखा, उसे लगा कि उसके बेटे के पास कोई चांस नहीं है।

कुछ दिन बाद, बलजीत गाड़ी लेकर जानकी विला पहुंची। माताजी, आपने मुझे नहीं बताया कि आपके चारों तरफ़ उगी कांग्रेस घास की वजह से आपको सांस की बीमारी है। मैं अब आपको एक दिन भी यहां नहीं रहने दूंगी। मैं कुछ पुलिसवालों के साथ एक ट्रक भेजूंगी ताकि आप अपने साथ जो सामान लाना चाहें ले आएं। आप जानकी विला को ताला लगाकर हमारे यहां आ जाएं। आप अपने नौकर को भी चाहें तो साथ ले आएं, मैं उसे सर्वेंट क्वार्टर में एक कमरा दे दूंगी। इस तरह हमें भी आसानी हो जाएगी। हम तो दिन भर बाहर रहा करेंगे। आप हमारे घर की देखभाल भी कर लिया करेंगी।'

जानकी समझ गई कि उसकी ज़रूरत एक इज़्ज़तदार चौकीदार की हैसियत से थी। रोज़ाना सुबह को नाश्ते के समय वो अपने बेटे और बहू से पूछती थी कि वो लंच और डिनर में क्या लेंगे। जब वो खाते तो वो नज़र रखती ताकि उन्हें कोई शिकायत नहीं

हो। जब वो ऑफ़िस से लौटते— अक्सर उन्हें लौटने में शाम को देर ही हो जाती थी— तो देवी लाल और जानकी थोड़ी देर उनके साथ बैठते, और फिर अपने—अपने बेडरूम चले जाते जहां वो रात का खाना जल्दी ही खा लिया करते थे। वो समझ गए थे कि उनका बेटा और बहू खाने से पहले एक या दो ड्रिंक लिया करते थे लेकिन वो उनके सामने नहीं पीते थे। तंबाकू की गंध से जो उनके कमरे में तैरती हुई आ जाती थी, वो ये भी समझ गए थे कि उनके बेटे ने सिगरेट पीना भी शुरू कर दिया है। सुबह को ख़ाली होने वाली ऐश—ट्रे से निकले सिगरेट के टुकड़ों पर लगी लिपस्टिक से ये भी लगता था कि सिख होने के बावजूद बलजीत भी सिगरेट पीती है। देवी लाल और जानकी का मानना था कि उनका बेटा और बहू क्या कर रहे हैं, ये उनकी सिरदर्दी नहीं है। वैसे भी वो बहू—बेटे के रौब में थे। रोज़ाना सवेरे जब राजकुमार और बलजीत अपनी स्मार्ट ख़ाकी वर्दी पहन कर बाहर आते, तो देवी लाल और जानकी ख़ुशी से फूले नहीं समाते थे; वो दोनों ऐसे लगते थे जैसे ख़ुद ईश्वर ने ही उन्हें एक दूसरे के लिए बनाया हो।

एक सुबह, जब वो दोनों बोनट पर लाल बत्ती लगी अपनी पुलिस गाड़ी में बैठने को घर से निकले, तो जानकी ने देखा कि उसकी बहू कितनी सुडौल हैः विशाल वक्ष, पतली कमर और चौड़े कूल्हे जो उसकी ख़ाकी पतलून में से निकले पड़ रहे थे। 'बड़ी ह्रष्ट—पुष्ट है,' उसने अपने पति से कहा जिसने जवाब दिया, 'इंग्लिश में इसे सैक्सी कहते हैं। वो ढेरों स्वस्थ बच्चे जन सकती है।'

'एक या दो काफ़ी होंगे, जानकी ने जवाब दिया।' पहले एक बेटा, और फिर, बेटा या बेटी कुछ भी। और फिर फ़ुल स्टॉप।' वो हंसी और परिवार नियोजन का वो नारा दोहराने लगी जो बरसों पहले उसने अपने पति से सुना थाः 'छोटा परिवार सुखी परिवार।' वो ख़ुश थी, और अब सांस लेने में भी उसे आसानी हो रही थी।

राजकुमार और बलजीत फ़ौरन ही परिवार नहीं शुरू करना चाहते थे। बच्चों की देखभाल शुरू करने से पहले वो अपने काम को अच्छी तरह समझ लेना चाहते थे। इसलिए शादी के बाद भी कंडोम का इस्तेमाल करते रहे जैसा कि उन्होंने हैदराबाद में पहली बार शारीरिक संबंध बनाते समय किया था। पहली कुछ बार के बाद, ज़्यादातर बलजीत ही शुरुआत करती थी। वो घुटनों तक की नाइटी पहनती थी, और वो जब भी झुकती थी— उसके बड़े-बड़े और चिकने कूल्हे नंगे हो जाते थे। उसकी बड़ी-बड़ी और परिपक्व छातियां उसके महीन कपड़ों से हमेशा दिखती रहती थीं। अगर राजकुमार इससे भी उत्तेजित नहीं होता था, तो वो गुडनाइट किस की मांग करती और उसे इतना लंबा खींच देती कि राजकुमार उसका मतलब समझ जाता था। सैक्स के दौरान वो राजकुमार से ज़्यादा जोश में रहती थी। राजकुमार को जल्दी से अपने तकिए के नीचे से कंडोम निकालना पड़ जाता था और वो एक-दो मिनट के अंदर ही स्खलित हो जाता था, जबकि बलजीत प्यासी ही रह जाती थी। वो उसे समझाती कि वो इतनी कामातुर क्यों रहती है। 'देखो, मैं एक किसान घराने की पक्की जाटनी हूं,' वो हांफते राजकुमार से कहती। 'तुम शहर के पले-बढ़े कारोबारी परिवार के खत्री हो। हम लोग तुम से ज़्यादा कामुक होते हैं। बल्कि, सच तो ये है कि तुम लोग किसी भी शारीरिक काम में हमें नहीं हरा सकते।' इस टिप्पणी से चिढ़कर, राजकुमार और जोश में आने की कोशिश करता। 'मैं तेरी ऐसी-तैसी कर डालूंगा, सैक्सी जाट कुतिया?' वो अपने शरीर के ज्वार-भाटे के बीच कहता। 'ठीक है, अगर दम है तो मेरी ऐसी-तैसी कर डालो,' वो चुनौती देती। लेकिन वो कभी उसकी ऐसी-तैसी नहीं कर पाता था। बलजीत को कभी ऑर्गेज़्म नहीं हुआ।

उन दोनों की चंडीगढ़ में नियुक्ति और कंडोम के साथ सैक्स करते रहने के दो साल बाद, दोनों के मां-बाप ने इशारों-इशारों

में बच्चे की मांग शुरू कर दी। शुरू–शुरू में बलजीत मुस्कुरा कर टाल देती थी, 'ऐसी जल्दी क्या है? हमारे पास बहुत समय है।' लेकिन ख़ुद उसकी मां सबसे ज़्यादा पीछे पड़ी हुई थीं। उन्होंने उससे कहा, 'जवान औरतें स्वस्थ बच्चे जनती हैं, अधेड़ औरतों के बच्चे अक्सर बीमार पैदा होते हैं। और अगर तुम अपने पति को अब बेटा दे दोगी तो तुम्हारी जवानी ढलने के बाद वो भटकेगा नहीं। जवानी पलक झपकते चली जाती है, पुत्तरा।'

बात बलजीत की समझ में आ गई। उसने अपने पति से बात की। राजकुमार ने थोड़ी देर सोचा, फिर कहा, 'क्यों नहीं? अगर तुम तैयार हो, तो मैं भी तैयार हूं।' उसने कंडोम ख़रीदने बंद कर दिए। सैक्स में ज़्यादा मज़ा आने लगा। बलजीत मैडिकल किताबें पढ़ने लगी, वो भी जिसमें गारंटी दी गई थी कि महावारी के बाद अगर कुछ ख़ास दिनों में गर्भ ठहरे तो बेटा ही पैदा होगा। उसने राजकुमार को इस बारे में बताया। उसने पूरा सहयोग दिया, कभी–कभी तो वो लगातार चार रातों तक अपनी ड्यूटी बजाता था। बलजीत ने एक स्त्री रोग विशेषज्ञ से मशवरा किया। उसे फ़िट क़रार दिया गया। 'अगर तुम गर्भ निरोधक गोलियां ले रही हो या तुम्हारे पति काफ़ी समय से कंडोम का इस्तेमाल कर रहे हैं, तो गर्भ ठहरने में थोड़ा समय लग सकता है। धैर्य रखो,' डॉक्टर ने उसे समझाया।

चार महीने और बग़ैर कामयाबी के गुज़र गए। बलजीत को चिंता होने लगी। बिना राजकुमार को बताए, उसने स्थानीय गुरुद्वारे में ग्रंथ साहिब का सात दिन का श्लोकोच्चारण करवाया और मुफ़्त लंगर के लिए चंदा दिया। उससे कोई फ़ायदा नहीं हुआ। एक बार फिर अपने पति को बताए बिना उसने कृष्ण मंदिर में हवन और पूजा कराई। ये भी नाकाम रही। 'हमारे साथ गड़बड़ क्या है,' एक शाम ड्रिंक करने के दौरान उसने अपने पति से पूछा। 'हम बिना गर्भनिरोधक के जानवरों की तरह लगे पड़े हैं, लेकिन बाबा लोग का पता ही

नहीं है। मैं एक डॉक्टर से मिली थी, उसने बताया कि मैं तो ठीक हूं। तुम्हारा क्या हाल है?' उसने गुस्से से जवाब दिया, 'मेरा क्या हाल है? मैं एकदम ठीक हूं। मैं हर साल मैडिकल टैस्ट कराता हूं। अपने एम.ओ. के मुताबिक़ मैं बिल्कुल स्वस्थ हूं।' दरअसल, राज कुमार पहले ही टैस्ट के लिए अपने वीर्य का नमूना भेज चुका था जिसका निष्कर्ष ये था कि स्पर्मैटोज़ोआ बिल्कुल स्वस्थ और नारी अंडकोशों में जाने को बेताब थे।

बलजीत को याद आया कि वो एक बार दिल्ली में एक मुस्लिम संत की दरगाह पर गए थे और वहां उसने क़ब्र के चारों तरफ़ संगमरमर की जाली से रंगीन धागे बंधे देखे थे। जब बलजीत ने मुजाविर से पूछा कि उन धागों का क्या मतलब है तो उसने बताया था, 'मन्नत। इबादत करने वाले ये धागे इस नीयत के साथ बांधते हैं कि अपनी ख़्वाहिश पूरी होने के बाद वो ख़ैरात में कुछ देंगे। आमतौर से यहां आने वालों में औलाद की चाहत लिए औरतें ज़्यादा होती है। बीमार लोग भी शिफ़ा के लिए आते हैं और फ़ातेहा पढ़ते हैं।' उस समय बलजीत ने ये बात बेयक़ीनी भरी मुस्कुराहट के साथ सुनी थी। अब वो यक़ीन करने के लिए तैयार थी।

चंडीगढ़ के आसपास बहुत सी दरगाहें थीं। बलजीत उनके पास से कई बार गुज़री थी लेकिन अंदर कभी नहीं गई थी। जूनियर अफ़सरों के लिए ट्रेनिंग स्कूल के रास्ते में, पिंजौर में मुग़ल गार्डन्स के सामने एक टीले पर भी एक दरगाह थी। वो इस जगह के बारे में पहले से ही उत्सुक थी क्योंकि उसने उसे एक साधारण सी क़ब्र के रूप में देखा था, लेकिन अब उसके ऊपर एक बढ़िया हरे रंग की गुंबद थी और बाहर एक चबूतरा था जिस पर लकड़ी की बेंच पड़ी हुई थीं। एक शाम ट्रेनिंग स्कूल का निरीक्षण करने के बाद, उसने ड्राइवर से वहां गाड़ी रोकने को कहा और वो मक़बरे के अंदर चली गई। अचानक कहीं से उलझी, काली दाढ़ी और मुंडी मूंछ वाला

एक नौजवान हरी लुंगी और कुर्ता पहने उसके सामने नमूदार हुआ और उसे सलाम करने लगा, 'सलाम, बीबी।'

'तुम कौन हो?' बलजीत ने पूछा।

'हुज़ूर, मैं इस मज़ार का मुजाविर हूं। जो भी पीर साहिब की क़ब्र पर अपनी श्रद्धा पेश करने आता है, मैं उसकी तरफ़ से इबादत करता हूं।'

'पीर साहिब कौन थे?'

'मैं उनके बारे में ज़्यादा तो नहीं जानता, जी, पर हां, इतना मालूम है कि वो नेक शख़्स थे और जो कोई भी उनके पास मदद के लिए आता था, वो उसकी तमन्ना को ज़रूर पूरा करते थे। मुझे हाल में ही वक़्फ़ बोर्ड ने यहां नियुक्त किया है। बहुत कम तन्ख़ा मिलती है, और ये जगह भी बड़ी वीरान है। यहां जब भी कोई आ जाता है, तो मुझे सुकून मिलता है। वर्ना मेरा दिल बेक़रार रहता है। यहां आने के लिए मैं आपका शुक्रगुज़ार हूं।'

बलजीत ने सिर से पैर तक उसका मुआयना किया। मोटे–मोटे होंठों और हवस भरी आंखों वाला ये आदमी शक्ल से ही बदमाश दिखाई देता था। वो बार–बार अपनी काली दाढ़ी में उंगलियां फेरता हुआ बलजीत को सिर से पैर तक देख रहा था, और रास्ते में उसकी आंखें उसके सीने पर ज़रूर रुकती थीं। 'बीबी, आप चाहें तो मैं आपके लिए फ़ातेहा पढ़ दूं, और फिर पीर साहिब आपकी मुराद को पूरा करेंगे।'

बलजीत ने सिर हिलाया। नौजवान घुटने मोड़कर और पैर चूतड़ों के नीचे फंसा कर बैठ गया और हथेलियों को इस तरह चेहरे के क़रीब ले गया जैसे उनकी रेखाएं पढ़ रहा हो। वो गुनगुनायाः 'बिस्मिल्लाहिर्रहमानिर्रहीम, अल्हम्दु लिल्लाहि रब्बिल आलमीन....' उसने हाथ अपने चेहरे पर फेरे और फिर पूछा, 'आपकी क्या ख़्वाहिश है?'

बलजीत ने बिना हिचकिचाए कहा, 'औलाद, बेटा हो तो बेहतर है।'

नौजवान पीर की क़ब्र की तरफ़ मुड़ गयाः 'या पीर! अल्लाह से, जो सारी मुरादें पूरी करने वाला है, इस औरत को बेटा देने की दुआ कीजिए।'

बलजीत ने अपना बैग खोलकर बीस रुपये का नोट निकाला और उस आदमी को दे दिया।

'एक मिनट ठहरना। प्रसाद लेकर जाना,' उसने कहा और अपने एक कमरे के क्वार्टर की तरफ़ दौड़ गया। वापस आया तो उसके पास एक पुड़िया थी। उसमें इलायची दाने थे। बलजीत ने उसे दोनों हाथों से लिया, और जब वो चलने लगी, तो मुजाविर ने नसीहत की, 'बीबी, अगर आप चाहती हैं कि आपकी मुराद पूरी हो, तो पीर साहिब के पास फिर आना ताकि आपको अल्लाह का करम हासिल हो सके। और अल्लाह के इस तन्हा ख़िदमतगार को कुछ सुकून मिल जाए।'

बलजीत ने गाड़ी में बैठकर ड्राइवर से घर चलने को कहा। उसने थोड़ा सा प्रसाद खाया। वो सीला हुआ और ज़रूरत से ज़्यादा मीठा था और उसका अजीब सा स्वाद था। उसने पुड़िया कार से बाहर फेंक दी। दरगाह जाने के बारे में उसने राजकुमार को नहीं बताया।

एक हफ़्ते बाद वो दोबारा वहां पहुंच गई। इस बार वो ख़ुद अपनी गाड़ी चलाती हुई गई थी, भांडा फोड़ने वाली लाल बत्ती के बिना। मुजाविर उसे देखकर ख़ुश हो गया। उसने फ़ातिहा पढ़ने और उसे इलायची दाने देने की रस्म फिर से दोहराई। इस बार बलजीत ने पचास रुपये का चढ़ावा दिया। 'अगर मेरी मुराद पूरी हो गई, तो मैं बहुत कुछ दूंगी,' चलते–चलते उसने कहा। उसने प्रसाद अपने मुंह में रखा लेकिन दरगाह से निकलते ही उसे थूक दिया।

बरसात का मौसम आ गया। उस साल चंडीगढ़ में कुछ ज़्यादा

ही बारिश हुई। कई सड़कों पर पानी भर गया। घुटनों–घुटनों पानी
में कई कारें फंस गई थीं। सड़क पर ज़्यादा ट्रैफ़िक नहीं था। बलजीत
ने अपनी कार निकाली और पुलिस ड्राइवर से ये कह कर चलने
को मना कर दिया कि वो पास वाले सैक्टर में एक दोस्त से मिलने
जा रही है। बारिश हो या न हो, उसे पीर साहिब के पास तो हर
हालत में जाना ही था। बारिश में गाड़ी चलाते हुए, वो बाबा फ़रीद
की पंक्तियों को याद कर के मुस्कुरा दी:

ऐ फ़रीद, रास्ता कीचड़ भरा है

और माशूक़ का घर दूर है

मैं अगर जाऊं तो कपड़े भीग जाएंगे

न जाऊं, तो बेवफ़ाई होगी;

कपड़े भीगते हैं तो भीग जाएं

बारिश भेजने वाला तो अल्लाह है

मैं अपने माशूक़ से मिलने ज़रूर जाऊंगा

मैं बेवफ़ाई नहीं करूंगा, चाहे कुछ हो जाए।

बारिश और तेज़ हो गई। पास से गुज़रती गाड़ियां उसके
विंडस्क्रीन पर गंदे पानी के छपाके मारती चली जाती थीं। उसके
पास छतरी नहीं थी और जब वो मज़ार में घुसी तो उसके कपड़े
भीग चुके थे। वहां कोई नहीं था। वो गेट पर खड़ी होकर पुकारने
लगी, 'कोई है?'

दाढ़ी वाले आदमी का चेहरा उसके क्वार्टर के दरवाज़े पर दिखाई
दिया। 'अभी आया,' उसने चिल्लाकर कहा और फिर से ग़ायब हो
गया। एक मिनट बाद वो सिर पर टाट का बोरा ढके और हाथ
में प्रसाद की पुड़िया लिए खुले आंगन को दौड़कर पार कर के मज़ार
तक आया। 'यही सच्चा प्यार है,' उसने फ़ातिहा के लिए घुटनों के
बल बैठते हुए कहा। 'पीर साहिब के पास इस कीचड़–पानी में आने
के लिए वो आपकी मुराद ज़रूर पूरी करेंगे।'

फ़ातिहा के बाद उसने प्रसाद की पुड़िया दी। बलजीत ने उसे सौ रुपये का नोट दिया। "बीबी, बेहतर होगा कि आप प्रसाद यहीं खा लें और कपड़े सूखने के बाद ही यहां से जाएं।"

बलजीत ने थोड़ा सा प्रसाद मुंह में डाल लिया। इसका मज़ा भिन्न था। उसे शक हुआ कि इस बदमाश ने उसमें कुछ मिला तो नहीं दिया है। शायद थोड़ी सी भंग, या फिर अफ़ीम। उसने पर्वाह नहीं की। थोड़ी देर बाद वो ऊंघने लगी। 'मुझे बड़ी थकान महसूस हो रही है,' वो बड़बड़ाई।' मैं यहां लेट सकती हूं?'

'जरूर। कुछ लोग तो यहां सारी–सारी रात पड़े सोते रहते हैं।

बलजीत क़ब्र के नज़दीक लेट गई। थोड़ी देर में वो सो गई। थोड़ी देर बाद उसे महसूस हुआ कि वो आदमी उसके शरीर को सहला रहा है। उसे अच्छा लग रहा था। नौजवान ने उसकी शलवार की गांठ खोल कर उसे पिंडलियों तक उतार दिया। बलजीत को बुरा नहीं लगा। फिर उसने उसकी शर्ट कंधों तक उठाई और उसकी ब्रा खोलकर उसकी छाती मुंह में ले ली। वो किसी भूखे शेर के बच्चे की तरह चूसने लगा और उसकी चूचियां सख़्त हो गईं। वो उसके सारे चेहरे और गर्दन को चूम रहा था। उसकी दाढ़ी और ऊपरी होंठ का बढ़ा हुआ शेव उसे अच्छा महसूस हो रहा था। फिर उसने अपने खुरदुरे हाथों से उसकी जांघों को सहलाया और उन्हें फैला दिया। उसे कपड़ों की सरसराहट सुनाई दी और फिर वो उसमें प्रविष्ट होकर अपना शरीर उसके शरीर के साथ रगड़ने लगा। वो भी भीग चुकी थी। उसका लिंग राजकुमार के मुक़ाबले कहीं बड़ा था, इतना कि वो उसे अपने पेट तक जाता महसूस हो रहा था। शुरू में उसकी रफ़्तार कम थी, लेकिन फिर उस पर जैसे पागलपन सवार हो गया। बलजीत अब तक ऐसे आनंद से बेख़बर थी। उसे एक ऑर्गेज़्म हुआ, और फिर दूसरा। लेकिन वो अभी तक नहीं निबटा था। उसके तीसरे ऑर्गेज़्म के साथ ही हल्की सी गुर्राहट के साथ

वो भी स्खलित हो गया। वो जल्दी से उस पर से हट गया। उसी ख़ुमार की कैफ़ियत के दौरान बलजीत ने महसूस किया कि उसने शलवार ऊपर करके दोबारा गांठ लगा, और ब्रा ठीक करके शर्ट भी नीचे कर दी। उसने आधे घंटे बाद ही आंख खोली। 'मैं सो गई थी,' उसने झूठ बोला। 'उम्मीद है मुझे माफ़ कर दिया जाएगा।'

'अल्लाह माफ़ करने वाला है,' उसने जवाब दिया। 'बीबी उम्मीद है फिर आपका दीदार होगा। आपकी मुराद पूरी होने के लिए काफ़ी दुआ दरकार है।

बलजीत ने वादा किया कि वो कुछ दिन में फिर आएगी। कार की तरफ़ जाते हुए वो लड़खड़ा रही थी। उसके कपड़े अभी भीगे हुए ही थे। बूंदाबांदी अभी रुकी नहीं थी। उसने खिड़की का शीशा नीचे किया और फूहार को अपने चेहरे पर पड़ने दिया।

वो घर पहुंची, तो राजकुमार के मां–बाप ड्राइंग रूम में बैठे चाय पी रहे थे। 'बेटे, तुम्हारे कपड़े तो भीग गए हैं। बारिश में कहां चली गई थीं? कपड़े बदल कर चाय पी लो, वर्ना ठंड लग जाएगी।'

'रास्ते में कार ख़राब हो गई थी। ठीक करने के लिए मुझे बारिश में बाहर निकलना पड़ा। मैं अभी कपड़े बदल कर आती हूं। राज आ गया?'

'उसने ये बताने के लिए फ़ोन किया था कि उसे आने में देर हो जाएगी,' देवी लाल ने जवाब दिया।

बलजीत दौड़ी–दौड़ी अपने कमरे में गई। उसने भीगे कपड़े उतारे, अपना बदन सुखाया और नया शलवार–कमीज़ पहन लिया। सुस्ती भगाने के लिए उसने ठंडे पानी से मुंह धोया, बालों में कंघी की, ताज़ा लिपस्टिक लगाई, गले और कंधों पर यू–डी–कलोन लगाया और चाय पीने सास–ससुर के पास आ गई। 'ठंड दूर भगाने को मैं थोड़ी देर आराम करूंगी। राज आ जाए तो उसे मुझे जगाने के लिए कह देना,' उसने चाय के बाद कहा और अपने कमरे वापस

आ गई। वो लेटी और जल्दी ही गहरी नींद सो गई। दो घंटे बाद राज की वापसी तक वो ऐसे कमल की तरह ताज़गी भरी हो रही थी जो सूरज के सामने अपनी पत्तियां खोल रहा हो।

उसने व्हिस्की निकाल ली। 'आज बुरी तरह बारिश में भीग गई मैं। मुझे एक तगड़ा पैग देना,' वो बोली। राजकुमार ने उसके लिए बड़ा और अपने लिए हमेशा की तरह छोटा पैग बनाया। बलजीत को व्हिस्की इतनी अच्छी कभी नहीं लगी थी। उसको सुरूर आ गया। वो बदमस्त हो रही थी। वो हमेशा से ख़ुशमिज़ाज थी लेकिन आज जैसी कभी नहीं। राजकुमार को लगा कि वो उससे उम्मीद करेगी कि वो अपना वैवाहिक कर्तव्य पूरा करे। उसने किया भी, और दोनों को काफ़ी समय बाद इतना आनंद आया।

बलजीत को पीर साहिब की और कृपा हासिल करने की ख़्वाहिश होने लगी। वो जानती थी कि वो बहुत बड़ा ख़तरा मोल ले रही है। ठीक दरगाह के सामने घाटी में सी.आर.पी. का ग्रुप सैंटर था जहां जूनियर पुलिस वाले प्रशिक्षण लेते थे। वो सब उसे जानते थे। पंजाब और चंडीगढ़ पुलिस के लोग भी उसे पहचानते थे। लेकिन वो एक ऐसी शेरनी हो रही थी जिसके मुंह इंसानी ख़ून लग गया हो। एक हफ़्ते बाद वो फिर से दरगाह पहुंच गई। मुजाविर ने देखा कि उसने अपनी कार एक ऐसे पेड़ के नीचे खड़ी की है जो सड़क से दिखाई नहीं देता। वो जल्दी से एक बोर्ड निकाल कर लाया और उसे मकबरे के दरवाज़े पर लगा दिया। उस पर उर्दू, गुरुमुखी, हिंदी और अंग्रेज़ी चार भाषाओं में लिखा थाः 'आज मुजाविर छुट्टी पर है। मेहरबानी करके अपना नज़राना पीर साहिब की क़ब्र के नज़दीक लकड़ी के डिब्बे में डालें।' उसने बलजीत का इस्तक़बाल हवस भरी मुस्कुराहट के साथ कियाः 'बीबी, आपको यहां तशरीफ़ लाए एक मुद्दत हो गई है। मैं तो समझ रहा था कि आप अपने इस ख़ादिम को भूल चुकी हैं। इस तरफ़ तशरीफ लाएं,' उसने कहा।

बलजीत उसके पीछे–पीछे उसके क्वार्टर तक गई। उसने दरवाज़ा खोला और बलजीत को अंदर ले गया। वहां सामान के नाम पर एक चारपाई थी जिस पर एक गंदी सी रज़ाई और एक तरफ़ उससे भी गंदा तकिया था, एक कोने में एक मटका रखा था जिसके किनारे से एक धातु का मग लटक रहा था और ताक़ में एक चिराग़ रखा हुआ था। तक़रीबन पहाड़ी की ऊंचाई पर एक खिड़की और उसे बंद करने के लिए लकड़ी का एक तख़्ता था। मुजाविर ने बलजीत को चारपाई पर बैठने को कहा और दरवाज़े को बाहर से बंद करने लगा। उसने एक ताला और चाबी ले ली थी। बलजीत को दरवाज़े में ताला लगने की आवाज़ आई और फिर वो खिड़की के रास्ते वापस आया और खिड़की को बंद कर दिया। उसने चिराग़ रोशन किया। गंदे से कमरे में मद्धम सी रोशनी फैल गई। फिर, ज़्यादा चक्कर में पड़े बग़ैर, वो उसके पास बैठ गया। उसने उसे बांहों में लिया और उसके होंठों पर होंठ रख दिए। उसकी दाढ़ी और मूंछें उसके चुभने लगीं। उसने उसे धकेलते हुए कहा, 'तुम्हारे बाल बहुत चुभते हैं।' वो हंसा और अपना हाथ उसकी टांगों के बीच ले जाकर सहलाने लगा। फिर वो उसकी शलवार की गांठ टटोलने लगा। उसने शलवार खोलने में उसकी मदद की और उसे नीचे कर दिया। उस आदमी ने शलवार पूरी उतार डाली। वो समझ गई और उसने अपनी क़मीज़ और ब्रा उतार कर एक तरफ डाल दी। अब वो एक दम नंगी थी। 'सुब्हानल्लाह!' मुजाविर ने कहा। 'कोई हूर भी इतनी हसीन नहीं हो सकती।' फिर उसने अपना कुर्ता भी उतार दिया। उसका सीना चौड़ा और बालों भरा था। उसने अपनी लुंगी की गांठ खोली और उसे उतार कर फेंक दिया। बलजीत ने पहले कभी ख़तना किया हुआ लिंग नहीं देखा था। उसने उसके फूले, चिकने सिर को सहलाया। बिना कुछ कहे, मुजाविर उसे लिटा कर उसके ऊपर सवार हो गया, और उसने अपने दोनों हाथ चारपाई

146

के दोनों तरफ़ टिका लिए। बलजीत ने टांगें फैला लीं और वो उसमें प्रवेश कर गया। 'जन्नत का मज़ा आ रहा है, 'उसने बलजीत के चेहरे पर चुंबनों की बौछार करते हुए कहा। आधे घंटे तक वो जारी रहे, फिर बलजीत कराहने लगी। उसने अपने नाख़ून उसकी खोपड़ी में गड़ाते हुए कहा, 'तुम मुझे मारे डाल रहे हो,' और उसे ऑर्गेज़्म हो गया। पसीने में नहाया हुआ मुजाविर बलजीत के दूसरे ऑर्गेज़्म तक जारी रहा, और फिर बलजीत को अपने अंदर उसका गर्म लावा बहता महसूस हुआ।

वो उठा, और मटके से पानी लेकर उसने अपना लिंग और आसपास के बाल धोए। बलजीत अपनी नग्नता के साथ जहां थी वहीं लेटी रही। वो वापस आकर उसके पास लेट गया। उसे लगा कि वो अभी और चाहती है और खुद उसे भी कोई एतराज नहीं था। एक घंटे बाद वो उसके लिंग से खेलने लगी। वो फिर से जोश में आ गया, और दोनों ने वही काम फिर से दोहराया। इस बार एक घंटा लगा और फिर वो दोनों थक गए। दरवाज़े और खिड़की की दरारों से दिखाई दे रहा था कि दिन ढल रहा है। मुजाविर ने जल्दी से कपड़े पहने, खिड़की खोली और झांक कर देखा कि आसपास कोई है तो नहीं। फिर वो खिड़की से बाहर कूद गया और उसने दरवाज़े का ताला खोल दिया। बलजीत ने कपड़े पहने और कार की तरफ़ चल दी। मुजाविर ने नोटिस बोर्ड हटाया और पीर साहिब की क़ब्र के लिए चिराग़ जला दिया।

बलजीत तीन बार मज़ार पर गई। वो जानती थी अगर उसने जल्दी ही ये बंद नहीं किया, तो इस बात में ज़्यादा समय नहीं लगेगा कि उसे कोई देख ले और वजह समझ जाए। ये न सिर्फ़ उसकी शादी का बल्कि शायद उसके कैरियर का भी अंत होगा। वो आख़री बार दरगाह गई, तो उसने मुजाविर के साथ उसकी कोठरी में दो घंटे बिताए। वहां से जाने से पहले वो उसके साथ पीर साहिब

की क़ब्र के पास बैठी और जब वो फ़ातिहा पढ़ रहा था तो उसने पीर साहिब से माफी मांगी। उसने मन ही मन में कसम खाई कि वो दोबारा कभी दरगाह पर नहीं आएगी।

अगले महीने उसे माहवारी नहीं हुई।

उसने न तो राजकुमार को बताया, और ना अपने सास–ससुर को। उसे पूरा यकीन नहीं था कि वो गर्भ से है, लेकिन पक्का करने के लिए उसने लगातार तीन रातों तक राजकुमार के साथ संभोग किया।

लगातार दूसरी बार उसे माहवारी नहीं हुई। एक दिन सुबह को जानकी ने उसे उबकाई करते सुना। उसने सीधे सवाल किया, 'बेटा, क्या तुम उम्मीद से हो?'

'पक्का नहीं पता, माता जी। लगातार दो महीने से मुझे माहवारी नहीं हुई है। मैं जाकर डॉक्टर से मिलूंगी।'

डॉक्टर ने उसका परीक्षण किया और बताया कि वो गर्भ से है। राजकुमार बेटे की उम्मीद से ख़ुश हो गया। वो किताब के बताए हुए उन्हीं दिनों में सैक्स कर रहा था जिनमें सैक्स करने से बेटा पैदा होने की गांरटी दी गई थी। गर्भ के चौथे महीने के बाद से बलजीत ने सैक्स बंद कर दिया। हालांकि डॉक्टर ने उससे कहा था कि एकाध महीना और सैक्स करने से भी गर्भपात का कोई खतरा नहीं है, लेकिन वो पूरी सावधानी बरतना चाहती थी। राजकुमार भी थोड़ा सुस्त पड़ गया था क्योंकि उसे लग रहा था कि उसने अपना काम पूरा कर लिया है।

बलजीत के लिए पुलिस की वर्दी पहनना मुश्किल हो गया था। उसने छह महीने के प्रसव अवकाश की दर्ख़ास्त दे दी। उसके अंदर पल रहे बच्चे ने हिलना और लातें मारना शुरू कर दिया था। वो अपने पेट को सहलाती और उसे धैर्य रखने को कहा करती थी।

डिलीवरी का समय करीब आया, तो जानकी को घबराहट होने

लगी। उसे डर था कि इतिहास कहीं ख़ुद को दोहरा न दे। अगर राजकुमार और बलजीत की पहली संतान बेटी हुई तो क्या होगा? उसने इस बारे में अपने पति से बात की और पूछा कि क्या उन्हें कृष्ण मंदिर में पूजा करनी चाहिए। देवी लाल को ईश्वर के दिए सारे वरदान और अभिशाप अच्छी तरह याद थे। कुल मिलाकर उसकी ज़िदगी अच्छी रही थी, लेकिन ये ईश्वर के इम्तेहान का बिल्कुल सही समय था। उसने दावा किया, 'हम चाहे पूजा करें या न करें, तुम देख लेना हमारा पोता ही पैदा होगा।'

ठीक समय पर, नौवें महीने के अंत में बलजीत को प्रसव पीड़ा होने लगी। उसका पति उसे पी.जी.आई. अस्पताल के मैटरनिटी वार्ड ले गया। दो घंटे बाद, उसकी डिलीवरी हो गई। उसे बेटा पैदा हुआ था।

बलजीत ख़ुश थी कि उसका दरगाह जाना कामयाब रहा था। राजकुमार और जानकी भी ख़ुश थे। लेकिन सबसे ज़्यादा ख़ुश देवी लाल था। अब उसे ईश्वर के दयावान होने में कोई शक नहीं रह गया था।

शहतूत का पेड़

विजय लाल सवेरे जल्दी उठने का आदी था। वो कौओं की पहली कर्कश कांव–कांव से जाग जाता था, और जब वो अपनी स्टडी की खिड़की के पर्दे हटाता था तो उसे सामने सड़क की टिमटिमाती रोशनियों के अलावा कुछ नहीं दिखाई देता था। घटते चांद की आख़री कुछ सुबहों में उसकी कालोनी के चौरस लॉन के पास अपार्टमेंट के ब्लाक मद्धम चांदनी में नहाए दिखते थे। ये एक खूबसूरत मंज़र था। लेकिन इस समय के अलावा हर वक़्त वो ऐसे झुके हुए, गंभीर और निर्जीव दिखाई देते थे जैसे अधेड़ उम्र की ऐसी औरतें जिन्होंने अपना ख्याल रखना बंद कर दिया हो। पिछले कुछ साल से सूर्यास्त से पहले के एक–दो घंटे ही बस ऐसा वक्त होता था जब उसे बाहर देखने पर जो दिखाई देता था उस पर उसे झुंझलाहट नहीं होती थी।

उसकी खिड़की के साथ एक बड़ा सा शहतूत का पेड़ था, जो उस समय लगाया गया था जब ये अपार्टमेंट बने थे। ये पेड़ लगभग पचास साल पुराना था, यानी तकरीबन विजय लाल की ही उम्र का। विजय का इस पेड़ के साथ एक ख़ास रिश्ता बन गया था। तक़रीबन जाड़ों भर पेड़ पर पत्ते नहीं रहते थे और इसकी शाखाएं किसी विशालकाय सेही के पंखों जैसी दिखाई देती थीं। इन महीनों में इस पर सिर्फ कौए और गौरेया ही आती थीं। उनकी कांव–कांव

और चहचहाना उसका प्रभात गीत होता था। मध्य फरवरी में किसी समय, आमतौर से अठारह फरवरी को, मृत सी दिखाई देने वाली भूरी शाखाओं में से नन्हीं–नन्हीं सी हरी कोंपलें फूटती दिखाई देती थीं। पिछले कुछ सालों से वो इस घटना का इंतजार किया करता था और बड़ी सावधानी से इसे अपनी डायरी में नोट करता था। पहली बार दिखाई देने के एक हफ्ते बाद ये हरी कोंपलें हरे पत्तों में तब्दील हो जाती थीं। और बसंत ऋतु के गर्मी में बदलने तक पेड़ पर इतने घने पत्ते हो जाते थे कि शाखाएं तक दिखनी बंद हो जाती थीं। फिर उस पर तरह–तरह की चिड़ियां आने लगती थीं। पूरब के आसमान में सफेदी आने और सड़क पार की मस्जिद के ऊंचे मीनार की फ़जर की आवाज आने से पहले ही धब्बेदार उल्लुओं का एक परिवार हंगामा खड़ा कर देता था–चिटिर–चिटिर–चैटर–चैटर– और सोए हुए कौओं और गौरेयों को जगा देता था। फिर बारबेट की बारी आती थी। वो धीमी आवाज में कूक–कूक–कूक से शुरुआत करती थीं और फिर लगातार कत्रूक–कत्रूक का तेज शोर करने लगती थीं। ज्यादातर शामों को बारबेट जैसी ही शर्मीली कोयल पत्तों की आड़ में छुपी सूरज के छुपने और मस्जिद से मुग़रिब की अजान होने तक लगातार बोलती रहती थी। अंधेरा फैलते ही धब्बेदार उल्लू फिर से अपना शोर शुरू कर देते थे, जो विजय के लिए इस बात का संकेत होता था कि उसके पीने का समय हो गया है।

मार्च में रंगों के त्यौहार होली के आने तक शहतूत का पेड़ अपने पूरे शबाब पर आ जाता था। इसके अदृश्य फूल हल्के हरे रंग के कनखजूरे जैसी शकल के मीठे जूस भरे फलों में तब्दील हो जाते थे। फिर तो इंसानों और तोतों में जैसे मुकाबला शुरू हो जाता था कि कौन उन्हें पहले हासिल कर ले। आवारा बच्चे उन्हें तोड़ने के लिए डंडे और पत्थर फेंका करते थे। एक हफ्ते के अंदर पेड़

फलों से खाली हो जाता था। पेड़ से सबसे करीबी ब्लाक के लोग तेज धूप से अपनी कारों को बचाने के लिए पेड़ के नीचे पनाह लेने आ गए आवारा कुत्तों को वहां से भगा दिया करते थे। चूंकि विजय सवेरे उठने का आदी था और घर पर ही अपना काम करता था, इसलिए उसे अपनी बीस साल पुरानी बदमिजाज फिएट कार एनी को सबसे छायादार शाखा के नीचे खड़ा करने में कोई दुशवारी नहीं होती थी। हांलाकि उसकी कार पर दिन भर चिड़िया हगती रहती थीं लेकिन दिन भर कार ठंडी रहती थी। गर्मी के महीनों में शहतूत के पेड़ के साथ विजय का संबंध ज्यादा मजबूत हो जाता था। सवेरे जब वो एनी को लेने के लिए जाता था तो 'हाइ' कह कर, और वापसी पर 'चीयरियो' कह कर वो पेड़ का अभिवादन करता था।

शहतूत का पेड़ विजय की जिंदगी का एक जरूरी हिस्सा बन गया था। वो इसकी शाखाओं में से उठते चिड़ियों के शोर से सुबह को जागता था और वहीं से जब उल्लू सूर्यास्त का ऐलान करते थे तो वो अपना पहला ड्रिंक लेता था। जब पेड़ की शाखाएं नंगी हो जाती थीं तब वो अपने ऊनी कपड़े निकालता था और जब उन पर घने पत्ते आ जाते थे तो वो अपना एयर–कंडीशनर चलाना शुरू करता था। ये एक आरामदेह और सादा रुटीन था।

फिर एक दिन शहतूत के पेड़ ने विजय को लगभग मार ही डाला, और उसकी जिंदगी के रुटीन को बिगाड़ कर रख दिया।

*

जून का महीना था, तापमान चालीस को पार कर चुका था। गर्मी से बचने का एक तरीका ये था कि एयर–कंडीशंड कमरे में ही ठहरा जाए। इससे बेहतर एक तरीका ये था कि एक–घंटे स्विमिंग पूल में गुजारे जिससे शाम तक ठंडक का अहसास रहे। हालाकि दिन

मे सोने के बाद विजय को बड़ा आलस आ रहा था, लेकिन उस बेतहाशा गर्मी भरी शाम को वो किसी तरह घर से निकल पड़ा और शहतूत के नीचे खड़ी अपनी कार तक पहुंचा। मौसम गर्म और शांत था। हवा नाम को भी नहीं थी, एक पत्ता तक नहीं हिल रहा था। आसमान एकदम साफ़ था। लगता था जैसे ये तूफान से पहले की खामोशी हो। अचानक विजय की नजर पश्चिम की तरफ पड़ी तो उसने धूल की एक भूरी सी दीवार बढ़ती देखी, जिसके ऊपर चीलें चक्कर लगा रही थीं। साल के इन दिनों में आंधियां आना एक आम बात थी। जबरदस्त आंधियां आती थीं और पेड़ों और टेलीग्राफ़ के खंभों को जड़ से उखाड़ फेंकती थीं, और जाते–जाते भी धूल की तहों के रूप में अपने निशान छोड़ जाती थीं। उसने अभी अपनी गाड़ी को मुश्किल से दस गज रिवर्स किया था कि आंधी का एक जबरदस्त झोंका आ गया। उसे एक जोरदार आवाज सुनाई दी, जैसी बिजली के कड़कने की होती है, और वो विशाल शाखा जिसके नीचे वो अपनी कार खड़ी करता था, धड़ाम से आ कर जमीन पर गिरी। उसे ऐसा महसूस हुआ जैसे उसके पैरों के नीचे भूकंप आ गया हो।

विजय ने गाड़ी का इंजन बंद कर दिया और कई मिनट तक कार में ही बैठा रहा। कॉलोनी के दोनों चौकीदार दौड़े–दौड़े देखने आए कि वो ठीक तो है। बिना खिड़की के शीशे खोले उसने हाथ के इशारे से उन्हें हटा दिया, और ये साबित करने के लिए कि वो घबराया नहीं है, उसने एनी को घुमाया और बाहर ले गया। उसके हाथ कांप रहे थे। थोड़ी देर के लिए कहीं और चले जाना ही बेहतर था।

तूफान जितनी तेजी से आया था उतनी ही तेजी से चला गया। पेड़ों की शाखाएं सड़कों पर बिखरी पड़ी थीं। मथुरा रोड पर एक ऑटो–रिक्शा पलट गया था और उसके इर्द–गिर्द लोग इकटठा हो

गए थे। ये जानने के लिए कि ड्राइवर बचा या नहीं, विजय ने गाड़ी की स्पीड कम की, लेकिन फिर इरादा बदल दिया। जब तक वो क्लब के पूल तक पहुंचा, ठंडी, सुंदर हवा चल रही थी। एक घंटे तक वो पूल में अकेला ही था। जब दूसरे सदस्य और उनके बच्चे आना शुरू हो गए, तो वो पूल से निकल कर किनारे पड़ी एक कुर्सी पर दराज़ हो गया। उसने अपना चेहरा तौलिया से ढक लिया और तूफान से हुए विनाश के बारे में सोचने लगा।

वो बाल–बाल बचा था। यहां पूल के किनारे कुर्सी पर पसरा होने के बजाय, वो कुचली हुई खोपड़ी और जिस्म की सारी टूटी हड्डियों के साथ किसी अस्पताल के मुर्दाखाने में भी हो सकता था। लेकिन वो जिस ढंग से बचा था वो और भी ज्यादा सोच में डालने वाला था। उसे एक दिन भी ऐसा याद नहीं था जब उसकी पुरानी फिएट ने गर्म होकर स्टार्ट होने में आधे मिनट से कम समय लिया हो, लेकिन आज वो तुरंत स्टार्ट हो गई थी। कुछ सेकंड की भी देरी होती, तो वो और एनी दोनों कुचल गए होते। क्या ये ईश्वर की इच्छा थी कि वो कुछ समय और जिंदा रहें?

विजय न तो ईश्वर को मानता था, ना नियति को। उसने कभी इन चीजों की तरफ ज्यादा ध्यान नहीं दिया था। लेकिन अब देना पड़ रहा था। उसके दिमाग में बाल–बाल बचने की भूली–बिसरी कहानियां आने लगीं। उसने जिन ऐसी घटनाओं के बारे मे पढ़ा था उनमें से कुछ तो बड़ी ही अजीब थीं। उनमें से एक घटना डबलिन से लंदन के हीथ्रो एयरपोर्ट जा रहे एक जहाज की थी। जहाज लंदन पहुंचने ही वाला था कि उसमें आग लग गई। पायलट ने मिल हिल नाम के देहाती इलाके में एक एयर स्ट्रिप पर आपातकालीन लैंडिंग करने का फैसला किया। नीचे उतरते हुए एक घर की चिमनी से टकरा कर जहाज के दो टुकड़े हो गये। सारे यात्री और स्टाफ के लोग मारे गए, लेकिन एक एयरहोस्टेस जो जहाज के सबसे पीछे

वाले भाग में बैठी थी वो बच गई। वो जलते हुए जहाज के झटके से एक घर के बगीचे में बने स्विमिंग पूल में जा गिरी। ना उसकी कोई हड्डी टूटी, और ना ही उसके शरीर पर कोई खरोंच तक आई। उस अकेली को क्यों बचाया गया, और किसने बचाया?

कुछ साल बाद एक और आदमी के साथ ये घटना हुई कि वो लंदन अंडरग्राउंड के भीड़भाड़ भरे प्लेटफार्म पर खड़ा हुआ था। जब ट्रेन सुरंग में से निकल कर आई, तो वो पटरियों पर गिर पड़ा। जैसे ही ट्रेन के पहिए उस आदमी के शरीर से छुए, ट्रेन अचानक रुक गई। प्रशासन ने ट्रेन के ड्राईवर को उसके चौकन्नेपन के लिए इनाम देने का फैसला किया, लेकिन वो ईमानदार आदमी था, इसलिए उसने इनाम लेने से इंकार कर दिया। उसने कहा कि ट्रेन उसने नहीं रोकी थी, शायद ट्रेन में किसी ने चेन खींच दी हो, हालांकि वो ये नहीं समझ पा रहा था कि कोई चेन क्यों खींचेगा क्योंकि बंद डिब्बों से कोई नहीं देख सकता था कि आगे पटरियों पर क्या है। इस बारे में छानबीन की गई, लेकिन किसी भी यात्री ने चेन खींचने की बात नहीं मानी। वो किस का अनदेखा हाथ था जिसने समय रहते ट्रेन को अचानक रोक दिया था? उस आदमी की जान क्यों बख्शी गई? क्या इसलिए कि उसे किसी अधूरे काम को पूरा करने के लिए समय देना था? या ये उसके किसी अच्छे कर्म का फल था?

लेकिन दिमाग को सब से ज्यादा चकराने वाला मामला विजय के अपने देश का था। एक आदमी एक संकरी पहाड़ी सड़क पर भीड़ भरी बस में सफर कर रहा था। वो सबसे पीछे की सीट पर खिड़की के पास बैठा था। चूंकि पतझड़ का मौसम था और ठंड हो रही थी, इसलिए उसने शाल लपेटी और सो गया। कई घंटे बाद उसकी आंख खुली तब खुली जब उसे किसी चिकनी सी चीज के अपने टखने पर लिपटे होने का अहसास हुआ। वो एक छोटा

सा सांप था जिसने उस आदमी की गर्म टांगों को जाड़े बिताने के लिए चुन लिया था। आदमी चिल्लाने लगा। बस को जल्दी से रोका गया। ड्राइवर, कंडक्टर और यात्री दौड़ते हुए बस के पिछले भाग की तरफ़ भागे लेकिन उस आदमी के टख़ने पर लिपटे सांप को देखकर ठिठक गए। किसी की समझ में नहीं आ रहा था कि क्या किया जाए। ड्राइवर का धैर्य जवाब दे गया तो उसने कहा कि वो आदमी धीरे-धीरे बस से बाहर आए और अपनी टांग धूप में कर के सड़क के किनारे मुंडेर पर बैठ जाए। इस तरह सांप उसकी टांग को छोड़ कर अंधेरी और गर्म जगह की तलाश में चला जाएगा, और फिर वो आदमी अगली बस पकड़ कर आ जाए। उस आदमी ने ऐसा ही किया। बस चली गई। सांप ने भी वैसा ही किया जैसा ड्राइवर ने कहा था: वो बल खाता हुआ पहाड़ी से उतरता चला गया। वो आदमी अगली बस पर सवार हो गया। एकाध मील ही आगे जाकर बस वालों ने देखा कि सड़क की मुंडेर टूटी हुई है। उनसे पहले वाली बस पहाड़ी के नीचे एक खड्ड में उल्टी पड़ी थी। बस में से कोई भी जिंदा नहीं बचा था। उस बस में से बचने वाला अकेला आदमी वही था जो टखने पर सांप लिपट जाने की वजह से बस से उतर गया था।

विजय बार-बार इन घटनाओं के बारे में सोचता रहा। वो बदहवास सा हो रहा था। शाम हुई तो वो क्लब से चला गया। अपनी कॉलोनी पहुंचने पर उसने कार को गेट के एकदम अंदर खड़ा किया और ये देखने चल दिया कि शहतूत के पेड़ को कितना नुकसान हुआ है। टूटी हुई शाखा से एक गहरी दरार सी बन गई थी जिसकी वजह से खोखली जड़ साफ दिखाई देती थी। गिरी हुई शाखा को ईंधन के लिए काटकर टुकड़े कर दिए गए थे। और उसके पत्ते बकरियों को खिलाने के लिए तोड़ लिए गए थे। पक्की जमीन पर ढेरों छोटी-छोटी टहनियां बिखरी पड़ी थीं। किसी ने भी पेड़ के

नीचे अपनी कार खड़ी करने की हिम्मत नहीं की थी। हालांकि विजय अंधविश्वासी नहीं था, लेकिन उसने भी अपनी कार पेड़ के करीब नहीं खड़ी की। उसने अपनी खिड़की के करीब एक और जगह ढूंढ ली। इस बार तो शहतूत का पेड़ उसका और उसकी कार का कुछ बिगाड़ने में नाकाम रहा था, लेकिन उसे ऐसा लग रहा था कि जैसे वो पेड़ अब उसका दुश्मन बन गया है। अपने मकान में दाखिल हो कर लाइट के स्विच को टटोलते वक्त उसे ये ख्याल आया कि पेड़ अब बूढ़ा हो चुका है, और शायद अपने साथ उसे भी ले जाना चाहता है।

अगली सुबह तक चारों तरफ फ़्लैटों में चर्चा का विषय यही था कि किस तरह विजय एक निश्चित मौत से चमत्कारिक रूप से बचा था। सारे लोग एनी को शहतूत के पेड़ के नीचे मुख्य स्थान पर खड़ा देखने के आदी थे, अब वो उसे विजय के घर से लगा खड़ा देख रहे थे, बिना किसी खरोंच के, एकदम सही–सलामत। उसके पड़ोसी उसे मुबारकबाद देने और तफसील पूछने आने लगे। हर बार घटना को दोहराते हुए वो उसे और ज्यादा नाटकीय बना देता था। 'सब ऊपरवाले की मर्जी थी', उसके कुछ पड़ोसियों ने आसमान की तरफ इशारा करते हुए कहा। 'उसके खेल भी निराले हैं। जिसका मुहाफिज ईश्वर हो, उसका कोई बाल भी बांका नही कर सकता।' एक सफेद बालों वाली परदादी, जिन्हें विजय सौ साल के करीब मानता था, बोलीं, 'न तो कोई अपने समय से पहले जा सकता है, न ही कोई अपने समय के बाद एक पल जी सकता है।' ज्यादातर का मानना था कि विजय ने जरूर अपने पिछले जन्म में कोई अच्छा काम किया होगा और ये उसका इनाम था। ईश्वर तुम्हारा रक्षक है, उन्होंने कहा। ईश्वर अच्छा है और दयालु है। ये सुनकर विजय के चेहरे पे हल्की मुस्कान आ गई क्योंकि उसको एक मशहूर फिल्मी गाना याद आ गयाः

ऊपर वाला – वेरी गुड वेरी गुड
नीचे वाले – वेरी बैड वेरी बैड

बड़ा बेवकूफ़ी भरा गाना था। लेकिन उसे जो महसूस हो रहा था वो भी कम बेवकूफी भरा नहीं थाः आज सुबह तक, वो खुद को नास्तिक मानता था, और हालांकि अब भी वो आस्तिक नहीं बना था, लेकिन खुद को ईश्वर द्वारा चुना हुआ समझ रहा था।

अगले दिन के अखबारों में आंधी से आई तबाही की तस्वीरें मुखपृष्ठ पर थीं। चाणक्यपुरी में नीम का एक विशाल पेड़ जड़ से उखड़ गया था। पेड़ सड़क के आर–पार पड़ा हुआ था और उसके नीचे एक मारुति दबी पड़ी थी। जो दब कर धातु की एक कुचली हुई चादर भर रह गयी थी। सौभाग्य से कार में कोई नहीं था। दिल्ली यूनिवर्सिटी के कैंपस में एक पीपल सड़क के आर–पार पड़ा था और उसके नीचे तीन कारें कुचल गई थीं। चार आदमी और दो औरतें बुरी तरह से घायल हुए थे और अस्पताल ले जाए गए थे। इन्हीं में से एक कार में एक छोटा बच्चा बिल्कुल सही–सलामत बच गया था, उसे एक खरोंच तक नहीं आई थी। तूफान ने पांच जानें ली थीं: एक पेड़ के नीचे सो रहे दो मजदूर, एक होर्डिंग के ढहने से मरे दो साइकिल सवार, और एक बूढ़ी औरत जो एक गिरते यूकैलिप्टस से अपने पालतू पीकिनीज़ को बचाने के लिए दौड़ी, और खुद उसके नीचे कुचल गई। ये मौतें अपने आप में बड़ी खबरें थीं, लेकिन विजय के दोस्तों में उसके बाल–बाल बचने की खबर सबसे बड़ी थी। उसके दोस्त सुबह–शाम नई–नई कहानियां लेकर आ रहे थेः उन लोगों की जो समय से एयरपोर्ट नहीं पहुंच सके और मिस किया हुआ जहाज दुर्धटनाग्रस्त हो गया, या वो ट्रेन मिस की जो आगे जाकर पटरियों से उतर गई।

विजय जितनी ही ये खबरें सुनता था, उतना ही उसे यकीन होता

जा रहा था कि वो कुछ खास है, आम इंसानों से कुछ अलग। इससे उसकी बदहवासी में और भी इजाफा हो रहा था, क्योंकि जहां तक उसे याद पड़ता था, उसके साथ कभी कुछ खास नहीं हुआ था।

विजय के ब्लाक से ये बात पड़ोसी खान मार्केट तक पहुंच गई। दुकानों में उसकी अविश्वसनीय किस्मत के चर्चे होने लगे।

विजय को ज्यादातर दुकानदार जानते थे, क्योंकि उसे लगभग हर शाम मार्केट में देखा जा सकता था। वो दुकानों की विंडो में झांकता, फुटपाथ पर रखी मैगजीनों को उलट–पलट कर देखता, एक के बाद एक किताबों की दुकानों में जाकर शेल्फ पर रखी किताबों को देखता, लेकिन शायद ही कभी कोई किताब खरीदता था– किताबें बहुत महंगी हो गई थीं और वैसे भी, अखबारों में फ्रीलांस लिखने की वजह से, उसे समीक्षा करने के लिए ही इतनी किताबें मिल जाती थीं कि वो उन्हें पढ़ नहीं पाता था। एंटीक की दो दुकानों में, वो हिन्दू देवी–देवताओं की मूर्तियां, याकूत की मालाएं और पीतल की कलाकृतियां देखता था, उनकी कीमतें पूछता था लेकिन कभी कुछ खरीदता नहीं था। फल–सब्जी वाले के यहां वो हैरत से मुंह फाड़े विशालकाय कोरियन सेब, छोटे–छोटे शहद जैसे मीठे जापानी तरबूज, बंगलौर की एवोकाडो नाशपातियां, ताजा ब्रॉकली, बेबीकॉर्न, एस्पेरेगस और आर्टिचोक को देखता रहता। इनके खरीदार आमतौर पर यूरोपियन और अमरीकी राजनयिक और पत्रकार होते थे जिन्हें, विजय के ख्याल से, जरूरत से ज्यादा तन्खाहें मिलती थीं और ये लोग मार्केट की कीमतें बिगाड़ते थे।

विजय को खान मार्केट के दुकानदार पसंद नहीं थे। उन्हें बस पैसा कमाने की धुन थीः यहां शहर की किसी भी दूसरी मार्केट से महंगी चीजें मिलती थीं। कुछ और कारणों से भी विजय के पास इन लोगों के लिए समय नहीं था। ज्यादातर दुकानदार पाकिस्तान

से आए शरणार्थी थे– अपने एक लेख में उसने उन्हें कम पढ़े–लिखे नए रईस बताया था जिन्होंने पाकिस्तान के लिए अपनी नफरत को सारे मुसलमानों के खिलाफ पक्षपात में बदल दिया था। वो किसी ना किसी हिन्दू कट्टरवादी संस्था के समर्थक थे। उन्होंने मिलकर मार्केट के पिछवाड़े एक मंदिर बना लिया था जो उनके धार्मिक विश्वासों का प्रतीक था। बजाहिर ये श्रीकृष्ण के नाम पर बना श्री गोपाल मंदिर था, और वेदी पर कृष्ण और उनकी सखी राधा की आदमकद मूर्तियां स्थापित की गई थीं। लेकिन मार्केट के दुकानदारों ने कोई खतरा नहीं लेते हुए दूसरे देवी–देवताओं को भी मंदिर में स्थान दिया था। इस तरह प्रवेश–द्वार के एक तरफ वानर–देवता हनुमान थे, और दूसरी तरफ शेर पर सवार दुर्गा देवी थीं। अंदर, बाईं तरफ की दीवार पर शिरडी के साईं बाबा थे, जिनके दाढ़ी थी, और जो टांग पर टांग रखे अंतरिक्ष मे कुछ देख रहे थे, और उन्हीं के पास घुंघराले बालों के प्रभामंडल वाले पुटटापर्ती के साईं बाबा आशीर्वाद में अपना मोटा सा हाथ ऊंचा किए हुए थे। काले ग्रेनाइट से बना एक शिवलिंग भी था, और उसी के पास वाले खाने में शिव की पत्नी पार्वती और उनके हाथी जैसे सिर वाले बेटे गणेश थे। 'हर हिन्दू का अपना देवी–देवता' इस मार्केट का आदर्श था। वो एक जिसे सभी परम देवी मानने पर सहमत थे, वो धन की देवी लक्ष्मी थीं।

विजय को ना तो मंदिर में स्थापित अनेक देवताओं की जरूरत थी, और न खान मार्केट में मिलने वाली चीजों की। वो वहां से बस सिगरेट का एक पैकेट और दो पान खरीदा करता था। वो एक पान मुंह में रखता था, और दूसरा डिनर के बाद खाने के लिए जेब में, फिर वो सिगरेट जलाता था और अपनी घंटे भर की चहलकदमी पर निकल पड़ता था। कोई उससे पूछता था कि वो क्यों रोजाना शाम को खान मार्केट में घूमता है, तो वो कहता, रौनक

देखने के लिए। मुझे खुश लोगों को देखना अच्छा लगता है। 'फिर वो उर्दू शायर जौक का शेर पढ़ता थाः मैं दुनिया के बाजार से गुजरता हूं, लेकिन मुझे कुछ खरीदना नहीं है।'

विजय जैसे और भी लोग थे जो रोजाना शाम को खान मार्केट की रंग—बिरंगी रोशनियों, बढ़िया कारों, और एक दुकान से दूसरी दुकान जाते फैशनेबल लोगों की रौनक देखने आते थे। विजय नियमित रूप से आने वाले कई लोगों को जानता था। और कुछेक से मुस्कुराहटों का तबादला भी कर लेता था, लेकिन कभी किसी से बात नहीं करता था। एक लड़की खास तौर से ऐसी थी जिसकी तरफ विजय का ध्यान जाता था। वो रोजाना नहीं बल्कि हफ्ते में दो या तीन बार आती थी, और रौनक देखने नहीं बल्कि खरीदारी करने। उसकी गाड़ी शोफर चलाता था, और मार्केट के एक किनारे पर मंदिर के सामने खड़ी कर देता था। वो कार से हमेशा एक प्लास्टिक का बैग लेकर निकलती, सड़क पार करती और मंदिर के पास से गुजर कर एक और मार्केट में चली जाती जिसमें एक शराब की दुकान थी। थोड़ी देर बाद वो शराब की बोतलों से भरे बैग को कार में डालने के लिए वापस लौटती थी। फिर वो काले कैनवस का एक और बैग निकालती, और धीरे—धीरे टहलती हुई दुकानों के पास से गुजरने लगती। वो किताबों की हर दुकान की विंडो पर रुकती जरूर थी, लेकिन वो सिर्फ बुक शॉप के ही अंदर जाती थी, जो बाकी दुकानों से ज्यादा बढ़िया थी और वहां दिन भर पाश्चात्य शास्त्रीय संगीत चलता रहता था। इस बात से विजय के दिल में उस लड़की के लिए गर्मजोशी आ जाती थी क्योंकि ये उसकी भी पसंदीदा दुकान थी। हालांकि विजय वहां से बस कभी—कभार अपनी साप्ताहिक मैगजीनें ही खरीदता था। जब तक वो लड़की दुकान में रहती थी, वो दुकान के अन्दर नहीं जाता था। वो आमतौर पर आधे घंटे बाद दुकान से निकलती थी, तब तक विजय दुकान के बाहर ही चहलकदमी

करता रहता था, और फिर वो उसके पीछे–पीछे फल–सब्जी वाले और कसाई की दुकान तक घूमता रहता था।

कार तक वापस लौटने पर, वो बैग ड्राईवर के हवाले कर देती, और बोनट से लगकर सिगरेट जला लेती। मंदिर से निकलते हुए लोगों की नजरों से बेपरवाह, वो सिगरेट पीते हुए अपने चारों तरफ देखती रहती। सिगरेट पी चुकने के बाद, वो उसे अपने सैंडल से कुचल देती – विजय ने देखा था कि वो हमेशा गहरे लाल रंग के एक ही सैंडल पहना करती थी– और ड्राईवर को आदेश देती: 'चलो।' दो दरवाजे बंद होते और हौंडा सिटी पार्किंग से निकल कर सड़क पर दौड़ने लगती।

विजय समझ नहीं पाता था कि उस का ध्यान खान मार्केट आने वाले दूसरे लोगों के मुकाबले इस लड़की पर क्यों ज्यादा जाता है। ये बात सच थी कि सिगरेट पीने वाली भारतीय औरतों की तरफ उसका ध्यान जल्दी चला जाता था: वो आजाद औरतें थीं, जो बिना किसी झंझट के आसानी से शारीरिक संबंध बना सकती थीं। लेकिन उसने पार्टियों में बहुत सी ऐसी औरतें देखी थीं जो बड़े आराम से सिगरेट और शराब पीती थीं लेकिन उनकी तरफ तो वो आकर्षित नहीं हुआ था। इस लड़की में ऐसा क्या खास था? उसके कटे हुए स्याह बाल थे, और इतने घने बाल उसने शायद की कभी देखे हों, और हालांकि ये बात सही थी कि उसे औरतों के छोटे बाल अच्छे लगते थे, लेकिन उस लड़की को पसंद करने की सिर्फ यही एक वजह तो नहीं हो सकती थी। जहां तक खूबसूरती का सवाल था, उसका चेहरा अच्छा था, सुडौल छातियां थीं और इस तरह बाहर को निकले हुए प्रभावशाली कूल्हे थे जैसे दावत दे रहे हों, लेकिन मार्केट में उससे ज्यादा खूबसूरत कितनी ही लड़कियां आती थीं तो फिर वो क्यों उसके पीछे घूमा करता था? और ऐसा क्यों था कि वो उसे देखना तो चाहता था लेकिन इससे ज्यादा करीब जाना

और बातचीत करना नहीं चाहता था? ऐसा लगता था जैसे उसे किसी चीज के बर्बाद हो जाने का डर हो। ये दीवानापन उसके लिए एक रहस्य था। वो लड़की भी सलवार–कमीज पहनती थी, लेकिन न तो वो बिंदी लगाती थी और ना ही मांग में सिंदूर लगाती थी। शुरू में तो उसे लगा कि वो मुसलमान या ईसाई है, लेकिन फिर उसने देखा कि उसके गले में मंगलसूत्र भी होता है। जाहिर है कि वो हिन्दू थी और शादीशुदा थी। वो ये भी नहीं समझ पाया था कि वो भारत में कहां की रहने वाली है: वो पंजाबी, राजस्थानी, यू.पी. या महाराष्ट्र कहीं की भी हो सकती थी। उसने उसके नाम तक का अंदाजा लगाने की कोशिश की: उषा, आरती, मेनका। कभी–कभी शाम को पीने के बाद, वो उसके बारे में सोचता तो अपने अंदर एक गर्मजोशी और नर्मी का अहसास करता था। लेकिन उसका पीछा करने के अलावा कुछ करने का ख्याल उसको कभी नहीं आया।

जिस दिन शहतूत के पेड़ ने उसे मार डालने की नाकाम कोशिश की थी, उसके कुछ दिन के अंदर ही, हालात बदल गए।

विजय ने उस लड़की को अपने समय से कुछ पहले मार्केट में देखा। वो हमेशा की तरह कुछ कदम की दूरी से उसका पीछा करता रहा। वो बुक शॉप के अंदर चली गई। और बिना कुछ सोचे वो भी दुकान के अंदर घुस गया। वो किताबें छांटने का बहाना करता रहा, कभी वो कोई किताब उठाता, उसकी प्रशंसा पढ़ता, फिर उसे रखकर दूसरी किताब उठा लेता, और इस तरह वो धीरे–धीरे उसकी तरफ बढ़ता जा रहा था। फिर उसने उसे दुकान की मालकिन से पूछते सुना, 'मैं एक पन्द्रह साल के लड़के के लिए एक मुनासिब बर्थडे गिफ़्ट की तलाश मे हूं।'

'इस उम्र के लिए हमारे पास काफी किताबें हैं,' मालकिन ने जवाब दिया। दुकान की मालकिन एक लंबी और आकर्षक लड़की थी जो नाक में लौंग पहनती थी। उसे देखकर विजय को अपनी जवानी

के दौर की एक लड़की याद आ जाती थी जिसे उसने चाहा था, लेकिन शादी की बात आते ही वो रोमांस खत्म हो गया था।

'उसकी रुचि किन चीजों में है?' उसने लड़की से पूछा। 'स्टैंप, फोटोग्राफी, वन्य जीवन, शिकार, कम्प्यूटर?'

'कह नहीं सकती। वो सभी कुछ पढ़ता है। शायद अच्छा फिक्शन. ...... वन्य जीवन पर।'

'–जॉय एडमसन की 'बॉर्न फ्री' कैसी रहेगी, जो उसने अपनी पालतू शेरनी एल्सा के बारे में लिखी है?'

'ये किताब तो शायद वो दो साल पहले पढ़ चुका है।'

विजय अचानक बोल पड़ा, 'किपलिंग की *जंगल बुक* क्यों नहीं? उसमें तो सब तरह के जानवर हैं: शेर खां नाम का चीता, बालू नाम का भालू। और सबसे बढ़कर भेड़िया–लड़का मोगली।'

लड़की उसकी तरफ मुड़ी, 'आप मजाक कर रहे हैं। वो तो बचकाना किताब है। वो तो उसने तभी पढ़ ली थी जब उसने इंग्लिश पढ़ना सीखा था'। अपनी फटकार के असर को कम करने के लिए वो मुस्कुरा भी दी।

विजय भी अड़ा रहा। 'नरभक्षी बाघों से मुकबालों के बारे में जिम कॉर्बेट की किताबें कैसी रहेंगी?'

'वो कॉर्बेट की सारी किताबें पढ़ चुका है,' लड़की ने झट से जवाब दिया।

विजय ने फिर भी हार नहीं मानी। वो जोखिम लेने के मूड में हो रहा था। 'मैं शर्त लगा सकता हूं उसने जेरल्ड डरल की 'माई फैमिली एंड अदर एनिमल्ज' नहीं पढ़ी होगी।'

दुकान वाली लड़की ने भी उसका साथ दिया। 'ये किताबें खूब बिकती हैं, मैडम। मुझे यकीन है उसे ये किताब जरूर पसंद आएगी।'

तो इस तरह वो शाम डैरेल की किताब के नाम रही। दोनों लड़कियों ने किताब सुझाने के लिए विजय का शुक्रिया अदा किया। उसे अजीब

सी खुशी का अहसास हो रहा था। लड़की ने किताब की कीमत अदा की, और चलते–चलते विजय की तरफ घूम कर कहा, 'आपका बहुत–बहुत शुक्रिया। गुड नाइट'

'मुझे खुशी हुई', वो स्कूली लड़कों की तरह खिल गया।

उस शाम दूसरे ड्रिंक के बाद, विजय उस लड़की के बारे में सोच कर बेचैन हो गया। पहले वाला नाजुक और शांत अहसास गायब हो चुका था। क्या उसने उससे बात कर के गलती की थी? अब वो पहले की तरह खामोशी से उसका पीछा नही कर सकता था। उनके बीच की अदृश्य दीवार गिर चुकी थी और अब वो उसे ज्यादा करीब से जानना चाहता था। उसने फैसला किया कि वो ऐसा ही करेगा। उसे अहसास था कि वो लगभग बीस साल की होगी, यानी उससे तकरीबन पच्चीस साल छोटी। वो ये भी जानता था कि उसे तगड़ी फटकार लग सकती है, लेकिन जिंदगी खतरे न लेने के लिए बहुत छोटी है। खतरा उठाने के अहसास से वो उत्तेजित हो गया।

तीन दिन बाद फिर विजय का उससे सामना हुआ। वो समझ नहीं पाया कि लड़की ने उसे पहचाना या नहीं। उसने हिम्मत कर के उसका अभिवादन किया और उससे पूछा, 'तो आपको डरल कैसा लगा?'

वो मुस्कुराई और बोली, 'हैलो! बहुत मजा आया– हम दोनों को ही। सुझाव देने के लिए शुक्रिया।'

'आप यहीं कहीं रहती हैं?' उसने पूछा। 'अक्सर आपको यहां देखता हूं।'

'ज्यादा दूर नहीं। मुझे यहीं से शापिंग करना पसंद है। यहां हर चीज मिल जाती है, और यहां का माहौल भी अच्छा है। और आप?'

'मैं सड़क के पार वाले फ़्लैटों के ब्लाक में रहता हूं। कैदखाने जैसा छोटा सा किताबों से भरा फ़्लैट। मेरी और कोई आदतें नहीं

हैं। बड़ा नीरस आदमी हूं। आप किसी दिन चाय वगैरा के लिए तशरीफ़ लाएं तो मुझे खुशी होगी।'

'शुक्रिया, लेकिन आज नहीं,'उसने रूखेपन से जवाब दिया। 'मैं फिर कभी आपकी दावत कुबूल करूंगी। आपसे मिलकर अच्छा लगा।' उसने उससे मिलाने के लिए हाथ बढ़ा दिया। विजय ने पहली बार उसे छुआ था। उसे उसके मुलायम, गर्म हाथ का अहसास अच्छा लगा। वो उसे और थोड़ी देर पकड़े रहना चाहता था लेकिन लड़की ने उसे प्रोत्साहन नहीं दिया। उसने धीरे से अपना हाथ छुड़ाते हुए कहा, 'फिर मिलेंगे। दुकानें बंद होने से पहले मैं खरीदारी कर लूं।' और वो लोगों की भीड़ में खो गई।

अपने नए शौक की तलाश में विजय का सामना एक और हैरत से हुआ। एक शाम वो पौधों की तलाश में मस्जिद नर्सरी में घूम रहा था। उसके घर के पास इस तरह की तीन नर्सरी थीं। हालांकि वो कुछ खरीदता नहीं था, क्योंकि इन पौधों लायक उसके फ़्लैट में जगह ही नहीं थी। लेकिन उन्हें देखना, और उनके नाम और कीमतें जानना उसे अच्छा लगता था। मस्जिद नर्सरी में, जिसका ये नाम पास में मस्जिद होने की वजह से पड़ गया था, सबसे ज्यादा फूल और कैक्टस थे। वो नर्सरी में घूम रहा था कि अचानक उसे वही लड़की मस्जिद की तरफ़ जाती हुई नजर आई। वो पैदल आई थी, उसकी कार का कहीं नामो–निशान नहीं था। उसने दरवाज़े के पास अपने सैंडल उतारे और अंदर चली गई। विजय तो सोच रहा था कि वो हिंदू है, फिर वो मस्जिद में क्या कर रही थी? शायद वो गलती पर था। लेकिन मुस्लिम औरतें तो नमाज पढ़ने मस्जिद में नहीं आती हैं। हो सकता है उसका बेटा मदरसे में कुरान पढ़ता हो और वो उसे लेने आई हो। विजय आधे घंटे से ज्यादा नर्सरी में ही घूमता रहा। मग़रिब की अज़ान की आवाज आने लगी। लोग

166

आए, और अपने जूते अंदर ले गए, और करीब पंद्रह मिनट बाद वापस चले गए। अंधेरा फैलना शुरू हो गया। विजय अपनी उत्सुकता पर और काबू नहीं रख सका। वो मस्जिद के दरवाजे पर पहुंच गया। चौखट के पास बस उस लड़की के लाल सैंडल रखे हुए थे। उसने झांक कर अंदर देखा। मिंबर के पास एक आदमी बैठा कुरान पढ़ रहा था। उस के दाईं तरफ एक छोटा सा दरवाजा और था। शायद वो मेन दरवाजे से आई और साइड वाले दरवाजे से निकल गई थी, और अपने सैंडल भूल गई थी। विजय थोड़ी देर तो ठिठका, फिर उसने सैंडल उठाए और उन्हें अपने घर ले गया।

उसे एक अजीब सा फ़तेह का अहसास हो रहा था—जैसे किसी वैज्ञानिक को चुंबकीय पत्थर पर अपनी रिसर्च में कोई नई कामयाबी मिली हो जिससे आम धातु को सोना बनाया जा सकता हो। अब उसके पास एक ऐसा बहाना था जिससे वो उसको अपने घर बुला सकता था, और उसका नाम–पता जान सकता था। उसने वो सैंडल किताबों के उस शैल्फ में एक खाली जगह में रख दिए जहां चमड़े की जिल्दें चढ़ी 'इन्फर्नो,' 'डॉन क्विक्जोट' और 'रुबाइयात' रखी थीं, जिन्हें वो अपनी कीमती मिल्कियत मानता था। विजय लाल के साथ सब कुछ अजीब सा हो रहा था।

अगली तीन शामों को उसने मार्केट में घूमने में ज्यादा समय लगाया। अब खान मार्केट की रौनक उसके लिए काफी नहीं थी। वो इंतजार करता रहा, लेकिन वो कहीं नजर नहीं आई। उसने सिगरेट के दो पैकेट और पान खरीदे। थोड़ी देर वो बेचैनी से टहलता रहा। घर लौटा तो वो एकदम हताश था।

चौथे दिन किस्मत उस पर मेहरबान थी। वो 'आउटलुक' और 'इंडिया टुडे' लेकर बुक शॉप से वापस आ रहा था कि वो थैले में किराने का सामान लिए उसे अपनी तरफ आती दिखाई दी। वो नंगे पैर थी। विजय ने ठीक उसके सामने रुककर उसका अभिवादन किया।

'गुड ईवनिंग।'

'हैलो,' उसने हल्की सी मुस्कुराहट के साथ जवाब दिया।

'आप के लाल सैंडल कहां गए?' उसने पूछा।

उसने अपने नंगे पैरों को इस तरह देखा जैसे उन्हें पहली बार देख रही हो, और जवाब दिया, 'वो खो गए। लेकिन आपको कैसे मालूम कि वो लाल थे?'

'मेरी नजर बड़ी तेज है। इन गंदी सड़कों और फुटपाथों पर आपको नंगे पैर नहीं चलना चाहिए। पैरों में कोई कंकर या शीशे का टुकड़ा चुभ सकता है। आपके पास और जूते तो होंगे?'

'ना। लेकिन शायद मुझे ख़रीद लेने चाहिए।'

आप अपना पैसा बचा सकती हैं। आपके सैंडल मेरे घर पर हैं।'

उसने चौंक कर उसके चेहरे को देखा। 'आपके घर?' उसने जवाब दिया। 'इत्तेफ़ाक से मैं उस वक्त मस्जिद नर्सरी में था जब मैंने आपको सैंडल उतार कर मस्जिद में जाते देखा। शायद आप उन्हें भूल गईं और साइड वाले दरवाजे से निकल गईं। मैं उन्हें उठाकर अपने घर ले आया। मैंने उन्हें बहुत संभाल कर रखा है। आप उन्हें वापस नहीं लेंगी?'

'बिल्कुल लूंगी,' उसने जवाब दिया। उसकी भवें सिकुड़ गई थीं। 'मैं शॉपिंग करने के बाद उन्हें लेने अपने ड्राइवर को भेज दूंगी। आप कहां रहते हैं?'

'नहीं,' वो दृढ़ता से बोला। 'मै आपके सैंडल आपके अलावा किसी को नहीं दूंगा। मै आपको बता चुका हूं, मैं सड़क पार ही रहता हूं। और फिर, आप ड्राइवर को भेजना भूल भी सकती हैं। मुझे लगता है कि आप बहुत भुलक्कड़ हैं।'

उसे डर था कि वो उससे दूर रहने को कह देगी। लेकिन शायद उसे विजय की बातें अच्छी लगी थीं, इसलिए वो मुस्कुरा दी। 'भुलक्कड़

तो हूं मैं। मेरी चूल थोड़ी सी हिली हुई है। थोड़ी सी सनकी और मूडी।'

'बहुत खूब। तो आप मेरे साथ चल रही हैं ना?'

उसने हंसते हुए इकरार में सिर हिला दिया। वो उसके साथ उसकी कार तक आया। उसने अपने ड्राइवर गाड़ी को घुमाने और उसे और साहब को सामने वाले फ़्लैटों तक चलने को कहा। कार में उन्होंने कोई बात नहीं की क्योंकि विजय ड्राइवर को बताता रहा कि गाड़ी को पार्क करने के लिए किधर मोड़ना है। 'थोड़ी देर ठहरो,' गाड़ी से निकलते हुए वो ड्राइवर से बोली। विजय ने अपने फ़्लैट का दरवाजा खोला और उसे अन्दर बुलाया।

उसने कमरे में चारों तरफ देखा। 'किताबें ही किताबें। आपने ये सब पढ़ी तो नहीं होंगी।'

'नहीं, इन्हें पढ़ने के लिए तो पूरी जिंदगी भी कम है। मुझे बस किताबों से घिरे रहना अच्छा लगता है। बैठिये,' उसने सोफे की तरफ इशारा करते हुए कहा। 'मैं आपके सैंडल लाता हूं।'

वो बैठ गई। उसने महंगी बुखारा कालीन पर रखे अपने गंदे पैरों को शर्मिंदगी से देखा। 'मुझे डर है कि आपकी कालीन गंदी हो जाएगी,' वो बोली।

'फिक्र मत कीजिए, ये इससे ज्यादा बुरे दिन भी देख चुकी है,' विजय ने उसे भरोसा दिलाया। 'आप यहीं बैठिए, मैं बस अभी आया।'

विजय वापस आया तो उसके साथ जूते नहीं थे बल्कि पानी का एक तसला था और कंधे पर पड़ा तौलिया था।

'ये किसलिए है?' उसने घबरा कर पूछा।

'अभी पता चल जाएगा,' उसने जवाब दिया। 'जरा देखिए आपके पैरों की क्या हालत हो रही है–धूल–मिट्टी से बिल्कुल काले हो चुके हैं। पैरों को तसले में डाल दीजिए, मैं धो देता हूं।'

वो एक बार फिर से चौंक गई थी, लेकिन उसने उसकी बात मानकर अपने पैर तसले में डाल दिए। पानी गर्म था। वो एक मूढ़ा खींच कर उसके पास बैठ गया। 'आराम से बैठिए,' उसने नर्मी से कहा। उसने नीले सोफे पर सिर टिका कर आंखें बंद कर लीं। वो उसके पैरों पर साबुन लगाने और उन्हें स्पंज से साफ करने लगा। वो अपना काम बड़े आराम से कर रहा था। फिर तसले को हटा कर उसने उसके पैरों को बारी–बारी से अपने घुटनों पर रखा और उन्हें तौलिया से अच्छी तरह रगड़ा। 'हसीन पैर हैं,' उसने उसके पैरों को अपने अंगूठों से दबाते हुए कहा। 'अब आप अपनी आंखें खोल सकती हैं। अब देखिए आपके पैर कितने साफ़ और मुलायम हो गए हैं।'

उसने आंखें खोलीं, और मटमैले पानी से भरा तसला और साफ़–सुथरे पैर देखे। उसके दाएं पांव में पड़ी पतली सी पाजेब और अंगूठे में पड़ी चांदी की रिंग भी चमचमा रही थी। 'आप बड़े शरीफ़ आदमी लगते हैं। लेकिन आप मेरे लिए ये सब क्यों कर रहे हैं?' उसने पूछा। 'मैं तो आपका नाम तक नहीं जानती।'

'धीरे–धीरे सब जान जाएंगी,' उसने खिलखिलाते हुए कहा। उसने गंदे पानी और झागों से भरे तसले को बाथरूम ले जाकर कमोड मे डाला और फ़्लश चला दिया। फिर उसने हाथ धोए और लाल सैंडल ले कर वापस आ गया। फिर से मूढ़े पर बैठकर उसने सैंडल उसके पैरों में पहना दिए। 'अब इन्हें मस्जिदों के दरवाजों पर मत छोड़ती फिरना। फिर नहीं मिलेंगे। शायद अगली बार मैं भी नहीं लौटाऊं, क्योंकि ये मेरे लिए खुशनसीबी लेकर आए हैं।'

'क्या मतलब? ये कौन सी खुशनसीबी ले आए आपके लिए?'

'आप मेरी इस गुफा में आईं। उम्मीद करता हूं कि ये आखरी बार नहीं है।'

वो शर्माई, और उसने अपने माथे पर आ गई लट को समेटा।

'मैं आपका नाम तक नहीं जानती,' उसने उसकी आंखों में आंखें डाल कर देखते हुए कहा।

'विजय। और आपका?'

'करुणा'

'करुणा, यानी दया। बहुत प्यारा नाम है। लेकिन करूणा क्या?'

'करुणा, बस,' उसने रूखेपन से जवाब दिया।

'मैंने इसलिए पूछा कि मैं एक उलझन में पड़ गया हूं। आपका हिंदू नाम है, तो फिर आप मस्जिद में क्या कर रही थीं?'

'कितने दकियानूसी हैं ना हम लोग? खैर, अगर आपके लिए ये जानना इतना ही अहम है, तो मैं इसलिए गई थी कि मैंने पहले कभी कोई मस्जिद अंदर से देखी नहीं थी।' फिर वो अचानक उठ खड़ी हुई। 'अब मुझे घर जाना चाहिए' इस सब के लिए बहुत–बहुत शुक्रिया। लेकिन मैं अब भी ये नहीं समझ पा रही कि आपने इतना कष्ट क्यों उठाया। वो दरवाजे तक उसे छोड़ने आया। 'बाई,' बिना पलट कर देखे उसने तेजी से निकलते हुए कहा। विजय को उसकी कार के स्टार्ट होने और उसके ब्लॉक से निकलने की आवाज सुनाई दी।

ये लड़की भी अजीब ही है, विजय सोच रहा था। वो जरूर थोड़ी सी खिसकी हुई है। वर्ना क्यों शोफर वाली कार में चलने वाली एक लड़की अपने लिए एक जोड़ा सैंडल ख़रीदने के बजाय नंगे पैर घूमती फिरेगी? यकीनन उसका एक अमीर शौहर और बच्चे होंगे। तो फिर उन्होंने उसकी इस सनक पर क्यों ध्यान नहीं दिया?

लेकिन विजय लाल के लिए इससे भी ज्यादा ना समझ में आने वाली चीज ये थी कि उस लड़की के बारे में जानने की इच्छा क्यों अचानक उसके अन्दर पैदा हो गई है। उसके बारे में कुछ कहा

ही नहीं जा सकता था– पले तुष्टा, पले रुष्टा। आमतौर से वो ऐसे लोगों को बर्दाश्त नहीं कर पाता था, और बरसों के अकेलेपन ने उसे और भी चिड़चिड़ा बना दिया था। लेकिन करुणा के अजीबोगरीब बर्ताव के बावजूद उसके लिए उसका लगाव बढ़ता ही जा रहा था। वो पूरी तरह से समझ नहीं पा रहा था कि वो चाहता क्या है: क्या वो इतने में ही खुश था कि करुणा उसके करीब हो, वो उससे बातें करता रहे, और कभी–कभार चोरी से उसे छू भर ले? या वो उसके साथ जमकर सैक्स करना चाहता था, जो उसने बरसों से नहीं किया था? वो समझता था तो बस इतना कि जिस दिन वो उसे नहीं देखता था वो दिन रूखा और अधूरा सा लगता था। अब वो सोच रहा था: खोए–पाए सैंडल वाले मामले से वो मेरी भावनाओं को जान गई होगी। क्या वो रजामंद होगी?

वो रोजाना खान मार्केट जाता था, और बुक शॉप में नई किताबों को बेदिली से देखता हुआ इधर–उधर भटकता रहता था। वो किताबों की दूसरी दुकानों, फल–सब्जी वाले और कसाई की दुकान में भी झांक लेता था। लेकिन वो कहीं नहीं दिखाई देती थी। फिर एक दिन वो यूं ही टहलता हुआ मार्केट के पिछवाड़े कृष्ण मंदिर की तरफ चला गया। संध्या की आरती का समय था। मंदिर में अगरबत्ती की महक भरी हुई थी, और घंटियों की गूंज के बीच से भक्तों के जय जगदीश हरे गाने की आवाज आ रही थी। वो पहले कभी भी किसी मंदिर, बल्कि किसी भी पूजास्थल के अन्दर नहीं गया था, लेकिन उस दिन मंदिर में जाकर अंदर क्या होता है देखने के लिए जैसे वो खिंचा चला गया। आंगन के एक तरफ भक्तों के जूते चप्पल रखे हुए थे। एक आदमी स्टूल पर बैठा उनकी रखवाली कर रहा था। दूसरी पंक्ति में एक लाल सैंडल का जोड़ा रखा था जिसे विजय अच्छी तरह पहचानता था। वो आरती खत्म होने और हाथों में प्रसाद लिए भक्तों की भीड़ के निकलने तक आंगन में इंतजार करता रहा।

जैसे ही वो भीड़ से निकली, उसने उसका अभिवादन किया।

'आप यहां क्या कर रही हैं?' उसने पूछा। 'एक दिन मस्जिद में, एक दिन मंदिर में।'

'हैलो।' उसने जवाब दिया। 'आप यहां कैसे टहल रहे हैं?'

'मैंने लाल सैंडल देख लिए थे लेकिन मैं उन्हें चुरा नहीं सका। डंडे वाले आदमी की बाज जैसी नजरें उन पर लगी हुई थीं। तो मैंने सोचा कि मैं इनके मालिक का इंतजार करूं और उसे चाय या कॉफी की दावत दूं।'

'आप ऐसा नहीं कर सकते,' उसने सीधे जवाब दिया। 'मुझे कहीं और जाना है।' उसने जल्दी से अपनी घड़ी देखी। 'हाय रे। मैं आधा घंटा लेट हो चुकी हूं।' उसने अपने सैंडल पहने और सड़क के पार अपनी कार की तरफ दौड़ गई।

चमत्कारिक रूप से मौत से बचने के एक महीने बाद, विजय ने एक और चमत्कार के बारे में सुना लेकिन उसे देख नहीं पाया, हालांकि ये चमत्कार उस के घर के पास ही खान मार्किट के श्री गोपाल मंदिर पर हुआ था। एक शाम जब वो लापता करुणा से मिल पाने की उम्मीद में वहां गया, तो उसने लोगों की एक कतार देखी जो मंदिर से शुरू होकर पूरे मार्किट के गिर्द घूमती हुई जा रही थी। कतार में हर किसी के पास एक टिन का डिब्बा, प्याला, लोटा या थर्मस जरूर था। उसे मार्केट के रुटीन में पड़ रहा ये विघ्न अच्छा नहीं लगा, और फिर इस तरह उसे अपनी चाहत को देखने में भी दिक्कत आती। वो कतार को तोड़ता हुआ बुक शॉप की तरफ चला गया। बुक शॉप किसी वजह से बंद थी। निराश होकर वो किताबों की एक और दुकान पर चला गया जिसका मालिक एक भद्दा और स्वस्थ आदमी था जिसकी मर्दाना ताकत के विज्ञापनों में आने वाले आदमियों जैसी घुमावदार मूंछें थीं। विजय ने उसका

173

नाम हकीम तारा चन्द रखा हुआ था। दुकानदार ने दोस्ताना ढंग से उसका अभिवादन किया और हमेशा की तरह पूछा, 'कुछ कॉफी–शॉफी, चाय–शाय?' विजय ने हाथ के इशारे से उसका शुक्रिया करके मना किया और पूछा, 'ये सब क्या हो रहा है? ये सब लोग कौन हैं?'

"अंध विश्वास, सर,' हकीम तारा चन्द ने सिर हिला कर लेकिन प्यार भरी मुस्कुराहट के साथ कहा। 'सुना है कि देवता भक्तों का दूध पी रहे हैं। ये सारे लोग देवी–देवताओं को अपनी भेंट चढ़ाने के इंतजार में खड़े हैं।'

'क्या? पत्थर और धातु की मूर्तियां दूध पी रही हैं?' विजय मार्किट में करुणा को ना पाकर पहले ही निराश था, इस बात पर तो उसे बे–यकीनी से ज्यादा चिढ़ हो गई।

विजय का लहजा सुनकर हकीम ताराचन्द हक्के–बक्के रह गए और उनका अंदाज खेदपूर्ण हो गया। 'जैसा कि मैंने कहा, सर–अंध विश्वास। मैं जानता हूं कि आप इन चीजों में विश्वास नहीं रखते, मैं भी नहीं रखता.... लेकिन हम लोगों से ये अधिकार तो नहीं छीन सकते ना कि वो जिस चीज में चाहें विश्वास करें? आज सुबह मेरी पत्नी दूध का जग लेकर मंदिर गई थी। उसने वो दूध गणेश जी की मूर्ति पर पलट दिया, और सारा दूध गायब हो गया। दूध कहां गया, क्यों गया, भगवान ही जाने।'

'दूध वालों के मजे आ गये होंगे,' विजय ने व्यंग्य कसा। 'ये सब किसने शुरू किया?'

'मुझे नहीं मालूम। लेकिन एक हिंदी अखबार में है कि श्रीस्वामी ने दावा किया है कि दूध की भेंट स्वीकार करने के लिए उन्होंने ही गणेश जी का आह्वान किया है।'

'श्री स्वामी। वो बदमाश जिसके खिलाफ दर्जन भर मुकदमे चल

174

रहे हैं और जो कई बार जेल की हवा भी खा चुका है?'

हकीम तारा चन्द ने हाथ जोड़ते हुए जवाब दिया, 'माफ करना, लेकिन मैं उस आदमी के लिए ऐसी बात नहीं कह सकता जिसे इतने लोग पूजते हैं— राष्ट्रपति, प्रधानमंत्री, पैसे वाले, फिल्म स्टार। हमारे कितने ही नेता उनके पास सलाह लेने जाते हैं। उनमें कुछ बात तो होगी ही...... वैसे मैं इन चीजों में विश्वास नहीं करता।'

'उसके बारे में कहा जाता है कि वो अरब के शेखों को लड़कियां सप्लाई करता है।'

'तौबा। हो सकता है अखबार ऐसा कहते हों। मुझे नहीं मालूम।'

विजय को लगा कि हकीम ताराचन्द इस मुद्दे पर और बात नहीं करना चाहते, इसलिए उसने विषय बदल दियाः 'अच्छा जी, फिर मिलेंगे।' उसने घर जाने का फैसला किया, लेकिन फिर सोचा कि शायद करुणा मंदिर में मिल जाए। पूजास्थलों में उसकी कुछ खास ही रुचि लगती थी। विजय के ख्याल से वो खुद तो दूसरों की तरह दूध नहीं चढ़ाएगी, लेकिन शायद इस मंजर को देखना जरूर चाहेगी। वो लोगों की कतार के पास से गुजरता हुआ आगे के मोड़ से मुड़कर मंदिर के सामने पहुंच गया। कतार में लगे लोगों के पहनावे से लगता था कि वो मध्यवर्गीय और शिक्षित हैं। अपनी लाठी हिलाता हुआ, इधर से उधर टहलता हुआ, वर्दी पहने एक सीनियर पुलिस अफ़सर भी था। वो शायद सुप्रिंटेंडेंट स्तर का अफ़सर था। उसके माथे पर एक बड़ा सा लाल तिलक था, जो बता रहा था कि वो अपनी भेंट चढ़ा चुका है। उसके साथ उसके चार कांस्टेबल भी थे, जो क़तार के पास तेज़ी से चल रहे थे, और लोगों को धैर्य रखने की सलाह दे रहे थे। 'सब की बारी आएगी,' अफ़सर उत्सुक भक्तों को दिलासा दे रहा था। 'धैर्य रखो, चमत्कार अभी कई दिन चलेगा।' विजय ने सोचा उससे पूछे कि उसे कैसे मालूम, लेकिन वो पुलिस

अफ़सर के साथ पंगा नहीं लेना चाहता था।

डिब्बों में से छलक जाने वाले दूध को आवारा कुत्ते चाट लेते थे। सात–आठ साल का एक बच्चा एक उछलते, ज़ोर–ज़ोर से दुम हिलाते और दूध की कुछ बूंदों के लिए भौंकते पिल्ले को भगाने की कोशिश कर रहा था। बच्चे ने कुत्ते को लात मार कर भगाने की कोशिश की तो उसका कुछ दूध बिखर गया। पिल्ले ने ख़ुश हो कर दूध को चाट लिया, और फिर आभार प्रकट करने के लिए दुम हिलाने लगा।

'तुम ये दूध श्रीगणेश को नहीं चढ़ा सकते। इसे कुत्ते ने अशुद्ध कर दिया है,' बच्चे के पीछे खड़ा एक आदमी गुर्राया। 'जाओ दूध वाले से एक जग दूध और लेकर आओ।' बच्चा ज़ोर–ज़ोर से रोने लगा। उसने सारा दूध ज़मीन पर पलट कर पिल्ले को ज़ोर से एक लात मारी और फिर और दूध लाने चला गया।

इस हंगामे से थोड़ी देर के लिए विजय का दिमाग़ भटक गया, फिर विजय श्री गोपाल मंदिर की तरफ़ बढ़ गया। मार्केट और मंदिर के बीच वाली सड़क का रास्ता तीन कांस्टेबलों ने रोका हुआ था। जब कुछ लोग चढ़ावा चढ़ा कर मंदिर से निकलते थे, तो पुलिस वाले सारा ट्रैफ़िक रोक कर क़तार में से दर्जन भर के क़रीब लोगों को सड़क पार कर के मंदिर में जाने देते थे। विजय क़तार के अंत तक आ गया। ठीक उसके सामने, सड़क पार करने की बारी के इंतज़ार में करुणा खड़ी थी। उसके हाथ में एक बड़ा सा प्याला था।

'मुझे लग रहा कि आप यहां ज़रूर मिल जाएंगी,' आगे बढ़ कर उसका हाथ पकड़ लेने की इच्छा को किसी तरह दबाते हुए उसने कहा।

'हैलो!' उसने ताज्जुब से उसे देखते हुए कहा, और फिर मुंह फेर लिया। पुलिस वाले जिन्होंने सड़क का सारा ट्रैफ़िक रोक रखा

था, वो क़तार के लोगों को आगे बढ़ने को कह रहे थेः 'चलो, चलो, चलो।' लगभग बीस भक्त जिनमें करुणा भी थी तेज़ी से सड़क पार कर के मंदिर की तरफ़ बढ़ गए।

विजय का जोश जितनी तेज़ी से चढ़ा था उतनी ही तेज़ी से बैठ गया। उसने गुडबाई करने या ये कहने की भी ज़हमत गवारा नहीं की थी कि जब तक वो अपना चढ़ावा चढ़ा कर आए तब तक वो इंतज़ार करे। ये तक नहीं कहा कि वो उसके साथ मंदिर में चले— हालांकि वो मंदिर जाया नहीं करता था, लेकिन अगर वो कहती तो वो ज़रूर चला जाता। वो क़रीब एक घंटे तक उसके बाहर आने का इंतज़ार करता रहा। दस—दस बीस—बीस के जत्थों में लोग मंदिर में जा रहे थे और खिले हुए चेहरों के साथ लौट रहे थे। लेकिन जिस चेहरे की तलाश विजय को थी उसका कहीं पता नहीं था। उसे करुणा का मस्जिद से ग़ायब होना याद आ गया। शायद वो मंदिर के किसी साइड दरवाज़े से निकल गई थी।

उसके पीने का वक़्त हो चुका था, और ये एक ऐसा अमल था जिसका वो पाबंदी से पालन करता था। लेकिन आज वो घर नहीं गया। वो कार की तलाश करने लगा। पुलिस ने सारी कारों को सड़क पर खड़ा करने का आदेश दिया था ताकि भक्तों की भीड़ के लिए जगह बची रहे। क़तार थी कि ख़त्म होने का नाम ही नहीं ले रही थी, लगातार लोग आ कर क़तार में जुड़ते चले जा रहे थे। विजय उलझा हुआ सा भीड़ में से गुज़रता चला जा रहा था।

उसे करुणा की कार नहीं मिली, और जब उसकी समझ में नहीं आया कि अब क्या करे, तो वो एक पान वाले के खोखे के पास आ कर खड़ा हो गया। उसका मूड बिगड़ चुका था। किसी से लड़ बैठने का मन हो रहा था उसका। पान वाला अपनी दुकान पर खड़े गेरुवा कुर्ते पहने कुछ लड़कों से चमत्कार के बारे में खूब बढ़—चढ़ कर बातें कर रहा था।

'लाला जी, तुम्हारे देवता मूडी हैं,' विजय ने पान वाले से कहा, 'मेरे घर के बाहर एक पत्थर के गणेश जी हैं। मैंने उनके दांतों और सूंड में एक कप दूध लगाया लेकिन उन्होंने एक बूंद भी नहीं पी।'

'चमत्कारों के लिए विश्वास ज़रूरी होता है,' एक लड़का बोला। 'विश्वास से तो पहाड़ भी हिल जाते हैं। भगवान कृष्ण ने अपने गांव को बादल के फटने से बचाने के लिए पूरे पहाड़ को अपनी उंगली पर उठा लिया था। हनुमान ने संजीवनी बूटी के लिए पहाड़ को जड़ से उखाड़ लिया था। तो अगर भगवान सारी जातियों के लोगों के चढ़ावे स्वीकार कर रहे हैं, ऊंची जाति से नीची जाति तक सब के—मलेच्छों तक के, तो इसमें असाधारण क्या है। ये वास्तव में चमत्कार ही तो है।' वो अपने भाषण से खुश दिखाई दे रहा था।

'इसीलिए तो भारत महान है,' एक और लड़का बोला। फिर उसने उर्दू शायर इक़बाल की पंक्तियां पढ़ीं : 'यूनान, मिस्रो रोमां सब मिट गए जहां से, कुछ बात है कि हस्ती मिटती नहीं हमारी।'

विजय को गुस्सा आ गया। 'यूनान, मिस्र और रोम अपने अतीत की तरह आज भी फल—फूल रहे हैं, सिर्फ़ भारत ही जहालत और अंधविश्वास के ढेर तले दबा हुआ है। पत्थर और धातु का दूध पीना हमारे बढ़ते पिछड़ेपन का ताज़ा सुबूत है। हमारे देवता इससे बेहतर तमाशा नहीं दिखा सकते!' विजय ने ऊंची आवाज़ में कहा।

'बकवास बंद करो!' माथे पर जाति सूचक तिलक लगाए लड़का बोला। बक—बक करनी है तो कहीं और जा कर करो, हमारे मंदिर के इतने नज़दीक नहीं। तुम मुसलमान हो क्या?'

जल्दी ही बहस झगड़े में बदल गई। विजय चिल्लाया, 'तुम सब चूतिया हो, तुमने भारत को दुनिया के आगे हंसी का पात्र बना दिया है!'

लड़के ने विजय का कॉलर पकड़ लिया, और चिल्लाया, 'साले, तू हमें चूतिया कह रहा है! फाड़ के रख दूंगा तेरी!'

पान वाला जल्दी से अपनी सीट से कूद कर आया और उसने दोनों को अलग किया। 'बाबू जी, मेरी दुकान के सामने हंगामा मत कीजिए,' उसने विजय से कहा 'प्लीज़ घर जाइए। ये अपना सिगरेट का पैकेट लीजिए। इसे मेरी तरफ़ से भेंट में ले लीजिए। भगवान आप पर दया करे और आप को गुस्सा काबू में रखना सिखाए।'

विजय अपमानित महसूस कर रहा था। लड़के उसकी आधी उम्र के थे। इस तरह गुस्सा कर के ख़ुद उसी ने अपना अपमान करा लिया था।

विजय को कुछ चीज़ों से ख़ास नफ़रत थी, जिनमें धार्मिक अंधविश्वास, ज्योतिष, कुंडली बांचना, अंक–ज्योतिष, और भविष्य बताने वाले ऐसे ही अन्य दूसरी तरीक़े सबसे ऊपर थे। लेकिन आम तौर से वो दुनिया के बेवक़ूफ़ों के साथ शांति बनाए रखता था। उसका मानना था कि गधों को भी अपना दृष्टिकोण रखने और उसके बारे में रेंकने का हक़ है। इसलिए पान वाले की दुकान पर इस तरह फट पड़ने पर उसे हैरत थी, ख़ासकर इसलिए कि नौबत हाथापाई तक पहुंच गई थी जिसे वो क़तई पसंद नहीं करता था। उसकी समझ में नहीं आ रहा था कि उसे क्या हो गया था।

उसे करुणा पर भी हैरत थी। ये बड़ी अजीब बात थी कि एक शिक्षित, आधुनिक लड़की जो खुलेआम सिगरेट और शराब पीती हो और बज़ाहिर धार्मिक पक्षपात से मुक्त हो वो संगमरमर और कांसे की मूर्तियों पर दूध डाले, इस उम्मीद के साथ कि वो उसे पी लेंगे। शायद वो तफ़रीहन ऐसा कर रही थी। अख़बारों में एक ख़बर आई थी कि दो लड़कियों ने गणपति की व्हिस्की का चढ़ावा चढ़ाया था जिस पर बहुत हंगामा हुआ और लड़कियों को माफ़ी मांगनी पड़ी थी। करुणा ऐसा ही काम कर सकती थी।

गणपति के दूध पीने और पान वाले की दुकान पर झगड़े के बाद कई दिन तक विजय ख़ान मार्केट नहीं गया। और बाद में जब वो गया, तो ये तय करके गया कि बस वो मार्केट में घूमेगा लेकिन न तो किसी दुकान के बाहर रुकेगा और न अंदर जाएगा। वो ऐसी हर जगह से बचना चाहता था जहां उसे भक्तों पर गुस्सा आए और फिर शर्मिंदगी उठानी पड़े। उसने सिगरेट और पान के लिए भी एक और पान वाला ढूंढ लिया।

मार्केट जाना शुरू करने के बाद चौथी शाम वो ख़ान मार्केट के उस कम भीड़भाड़ वाले भाग से गुज़र रहा था जहां एक बैंक था और जो उस समय तक ग्राहकों के लिए बंद हो चुका था, कि उसने किसी की आवाज़ सुनी, 'जय हो!' उसने पलट कर देखा तो वहां दाढ़ी और कंधों की लंबाई तक बालों वाला एक आदमी था। उसके पास पीतल की एक प्लेट थी जिसमें फूल, कुमकुम का पाउडर और एक छोटा सा चांदी का दिया था।

'शनि देवता के लिए कुछ,' उस आदमी ने प्लेट आगे बढ़ाते हुए कहा। विजय को याद आया कि आज शनिवार है और ये भिखारी बाबा शनि को शांत करने के लिए भीख मांग रहा है। उस जैसे और भी बहुत से थे जो रेल्वे स्टेशन, बस स्टैंड और सड़क के चौराहे जैसी जगहों पर सीधे–सादे लोगों से पैसा ऐंठते थे। विजय उन सीधे–सादे लोगों में से नहीं था। लेकिन विजय उसे भगाता, उससे पहले ही भिखारी ने एक ऐसी बात कह दी कि विजय को रुकना पड़ गया।

'तुम्हारे दिमाग़ में कोई है, शायद कोई लड़की। तो समस्या क्या है? वो हां नहीं कर रही है? मैं तुम्हें एक ऐसी चीज़ दूंगा कि वो तुम्हारी हो जाएगी। अपनी मुट्ठी बंद करो।'

न चाहते हुए भी विजय ने अपनी मुट्ठी बंद की और अपना हाथ आगे बढ़ा दिया।

'अब अपना हाथ खोलो,' उस आदमी ने कहा। विजय ने ऐसा ही किया। उसकी हथेली के बीचोंबीच एक बड़ा सा काला रिंग था। 'देखोः ये राहु है, अशुभ ग्रह। मैं इसे मिटा सकता हूं। मुझे दक्षिणा दो, दस रुपया चलेगा, तो मैं तुम्हें ऐसा अचूक तरीक़ा बताऊंगा जिससे तुम्हारे मन की कामना पूरी होगी।' थोड़ी देर के लिए वो ख़ामोश हुआ और अपनी काजल लगी आंखों से एकटक विजय को देखता रहा, फिर वो आगे बोला, 'जनाब, मैं जानता हूं कि आप ज्योतिष में या हाथ की रेखाओं में विश्वास नहीं रखते। लेकिन मैं आपके चेहरे को खुली किताब की तरह पढ़ सकता हूं। अपनी मनोकामना पूरी करने के लिए आप एक बार मेरी भविष्यवाणी और फ़ार्मूले को आज़मा कर तो देखिए? दस रुपये से न तो आप ग़रीब हो जाएंगे न मैं अमीर बन जाऊंगा।'

बिना कुछ सोचे–समझे विजय ने दस रुपये का नोट निकाला और उस आदमी की पीतल की ट्रे में रख दिया।

'चलिए किसी शांत सी जगह चल कर बैठते हैं,' शनि वाले ने राय दी। उन्हें जो एकमात्र सुनसान जगह मिली वो जन शौचालय और मार्केट की बाउंडरी वाल के बीच में थी। जगह बदबूदार लेकिन एकांत थी। भिखारी ने अपनी ट्रे दीवार पर और दस रूपये का नोट अपनी जेब में रखा और विजय से दायां हाथ फैलाने को कहा।

आकर्षण का केंद्र बनना सबको अच्छा लगता है। विजय को भी लग रहा था, हालांकि हर रेखा, अंगूठा और उंगलियां पढ़ने के लिए भिखारी जिस तरह से उसके हाथ को थपथपा और मसल रहा था, उसमें कामुकता का पुट मौजूद था।

'आपकी ज़िंदगी में दो शादियां हैं,' बाबा ने घोषणा की।

'तो मुझे जल्दी करनी चाहिए। अभी तक मेरी शादी नहीं हुई

है और मैं अब जवान भी नहीं हूं,' विजय ने कहा।

'शादी और सैक्स के लिए मर्द कभी बूढ़ा नहीं होता है,' बाबा ने विजय को भरोसा दिलाया, और आगे बोला, 'मुझे एक बड़ा सा दो मंज़िला मकान और बहुत सी कारें दिखाई दे रही हैं।'

'सुन कर अच्छा लगा। मैं एक कमरे के फ़्लैट में रहता हूं और मोटर साइकिल चलाता हूं,' विजय ने झूठ बोला।

भिखारी ने हिम्मत नहीं हारी, 'पैसा है, बहुत पैसा है, नाम है, शोहरत है।'

विजय ने फिर फटकार लगाई : 'दोनों चीज़ें मिल जाएं तो बहुत अच्छा है। मेरा बैंक बैलेंस बहुत कम है और मेरे ब्लॉक और इस मार्केट से आगे कोई मुझे जानता नहीं है।'

'जल्दी ही फ़ॉरेन भी जाना होगा,' भिखारी बोलता रहा।

'कब? अमेरिकन एंबैसी और ब्रिटिश हाई कमीशन दोनों वीज़ा के लिए मेरी दर्ख़ास्त को रद्द कर चुके हैं। नाम, शोहरत, पैसा, विदेश यात्रा को छोड़ो। मेरी मौजूदा समस्या के बारे में भी कुछ बता सकते हो?'

'जन्मदिन और जन्म की जगह?' अपनी जेब से एक पेंसिल और छोटी सी नोटबुक निकालते हुए ज्योतिषी बाबा ने पूछा। विजय ने दोनों चीजें बताईं। उसने कई आड़ी–तिरछी रेखाएं खींचीं। अपनी उंगलियों पर उसने कुछ गिना, और अपने बनाए चौखटों और त्रिभुजों में कुछ संख्याएं लिखीं। फिर उसने अपनी आंखें बंद कीं और घोषणा की, 'उसका नाम क से शुरू होता है।'

विजय आश्चर्यचकित रह गया। 'तुम्हें कैसे मालूम?'

'ये सब आप के ग्रहों में लिखा है। वो बेरुख़ी दिखाती है लेकिन असल में वो आपसे प्यार करती है। अब मैं आपको एक ऐसा जादुई फ़ार्मूला बताऊंगा जिससे वो आपके लिए बेक़रार हो जाएगी और

आप उसके लिए।' भिखारी ख़ामोश होकर अर्थपूर्ण ढंग से विजय को देखने लगा।

'मैं तो पहले ही उसके लिए बेक़रार हूं,' विजय ने बेसब्री से कहा।

'लेकिन आपको और भी बेक़रार होना पड़ेगा, फिर वो भी बिल्कुल बेशर्मी से आपके लिए सांसें भरेगी। मैं गारंटी देता हूं। इसके पचास रुपये लगेंगे। अगर मेरा फ़ार्मूला नाकाम हो गया, तो मैं अपनी जेब से और पचास रुपये डाल कर आपके पचास रुपये लौटा दूंगा। मैं आपको अपना कार्ड दूंगा, जिसमें मेरा नाम, पता सब है। अगर मेरा फ़ार्मूला फ़ेल हो जाए, तो आप मुझे डाक से कार्ड भेज देना, मैं आपका पैसा लौटाने ख़ुद आऊंगा।' उसने एक गंदा सा विज़िटिंग कार्ड निकाला। कार्ड के ऊपर ॐ लिखा था और नीचे गणपति का चित्र था और उसका नामः नाथा सिंह, विश्व–प्रसिद्ध ज्योतिष–ज्ञानी, ज्योतिषी, प्रेम संबंधों के स्पेशलिस्ट।

विजय ने ओखली में तो सिर दे ही दिया था, तो उसने सोचाः चलो, अब मूसल से क्या डरना। इस ने लड़की के नाम का पहला अक्षर तो सही बताया है। हो सकता है कुछ ऐसा कर ही दे कि वो ज़्यादा मेहरबान हो जाए।

'ठीक है, ये लो पचास रुपये, लेकिन अगर फ़ार्मूले ने काम नहीं किया, तो मैं तुम्हारे पीछे पुलिस लगा दूंगा। ठीक है?'

'ठीक है, जनाब, ठीक है। सौ बार ठीक है। मेरा फ़ार्मूला अचूक है।' फिर वो आवाज़ धीमी करके कानाफूसी जैसे अंदाज में बोला, 'आपको बस इतना करना है, जनाब, कि दो बाल तो आप अपनी झांट से तोड़ें और दो उसकी झांट से, उन्हें मिक्स करें, फिर एक जोड़ा ख़ुद निगल लें और दूसरा चाय के साथ पीने के लिए उसे दे दें। आप दोनों सुलगने लगेंगे। गारंटी से।'

विजय के मुंह से बोल नहीं फूट रहे थे। उसने बे–यक़ीनी के साथ शनि वाले को देखा।

'आपको मेरे फ़ार्मूले पे शक है?' भिखारी ने उसे चुनौती दी। उसने अपनी लंगोट पर हाथ फेरा और दावा किया, 'झांट की ताक़त को कम मत आंकना। ये काम शक्ति बढ़ाने वाली दुनिया की सबसे ताक़तवर दवा है।'

विजय का ख़ून खौल गया लेकिन उसने अपने गुस्से को क़ाबू में रखा। वो एक और झगड़ा नहीं करना चाहता था। 'ये कैसा फ़ार्मूला है?' वो बोला। 'मैं उसके गुप्तांग अपने सामने कैसे खुलवा सकता हूं?'

'कोशिश करो तो खुलवा सकते हो,' शनि वाले ने अपनी पीतल की प्लेट उठाते हुए कहा, और वहां से चल दिया।

अब विजय को अहसास हुआ कि उसे ये जानने के लिए साठ रुपये ख़र्च करने पड़े कि वो भी उतना भी बड़ा चूतिया है जितने वो लोग जो गणपति को दूध पिला रहे हैं। पास–पास खड़ी कारों के बीच से रास्ता बनाता हुआ वो सीधे हकीम तारा चन्द के पास जा पहुंचा।

'ऐसे ठगों से होशियार रहा कीजिए, लाल साहिब,' उसने हंसते हुए कहा। 'वो सचमुच साधु नहीं है, बस एक आम ठग जो लोगों की कमज़ोरियों से फ़ायदा उठाता है।'

शायद हकीम तारा चन्द ने विजय को शनि वाले से बात करते और उसे पैसा देते देख लिया था। शर्म के मारे विजय के कान तक सुर्ख़ हो गए। उसे ऐसा लग रहा था जैसे वो सरे–बाज़ार नंगा हो गया हो। वो शर्म से ज़मीन में गड़ा जा रहा था।

विजय ने पिछले कुछ दिनों की घटनाओं के बारे में सोचा और बहुत उदास हो गया। उसने अपने मूड के बारे में अपनी डायरी में लिखाः 'मुझे सारी दुनिया पे बेतहाशा गुस्सा आ रहा है' और आगे

लिखा, 'मुझे ख़ुद पे बेतहाशा गुस्सा आ रहा है।' ख़ान मार्केट अपनी रौनक खो चुकी थी, वो अगले कई दिन वहां जाने से बचता रहा। लेकिन करुणा से बदले लेने की भावना उस पे हावी हो गई। क्या वो जानती है कि उसने उसका क्या हाल कर दिया है?

एक हफ़्ते बाद, एक शनिवार की शाम, वो करुणा के मिल जाने की उम्मीद के साथ फिर मार्केट में गया। वो करुणा के ख़ास ठिकानों–किताबों, फल–सब्ज़ी, क़साई की दुकानों पर–गया। वो कहीं नहीं मिली। आख़िर वो अपनी मैगज़ीनें लेने और दुकान की मालकिन से करुणा के बारे में पता करने बुक स्टोर पर पहुंचा। उसने बड़ी समझदारी से इस विषय को शुरू किया। 'वो लेडी जिन्होंने आप से डरल की किताब ख़रीदी थी, क्या वो हाल में इधर आई हैं?'

'आप का मतलब करुणा चौधरी? हां, अभी एक दिन वो अपना हिसाब करने आई थीं। कह रही थीं कि उनके पति का किसी और शहर में ट्रांसफ़र हो गया है–कहां, ये नहीं बताया।'

विजय के मुंह से बोल नहीं फूटे। उसने अपनी मैगज़ीनें संभालीं और घर की तरफ़ चल दिया। उसे लग रहा था कि अब वो उसे कभी नहीं देख पाएगा। और चौधरी नाम से भी कोई सुराग़ नहीं मिल रहा था। चौधरी पूरे मुल्क में होते हैं, पंजाब, असम से लेकर दक्षिण भारत तक, और वो हिन्दू, मुस्लिम, सिख, यहां तक कि ईसाई भी होते हैं। उसकी तलाश ऐसी ही साबित होती जिस तरह मजनूं ने लैला की तलाश में रेगिस्तान की ख़ाक छानी थी। और वो ख़ुद को ऐसा ही महसूस कर रहा था–बीमारे–इश्क़–मजनूं। वो ख़ुद को एक बूढ़ा बेवकूफ़ महसूस करने लगाः वो चौवन साल का था। उसने ख़ुद को तसल्ली देने की कोशिश की–कि ये एक ऐसी लगावट थी जो वक़्त के साथ धुंधला जाएगी। जिंदगी में और लड़कियां आएंगी। या नहीं आएंगी।

अभी उसके पीने का समय दूर था। लेकिन उस लड़की को

भुलाने के लिए जो उसके हाथों से निकल चुकी थी उसने अपने लिए एक तगड़ा जाम बनाया और टीवी चला लिया। उसे उस के चक्कर में पड़ना ही नहीं चाहिए था। वो रिमोट के बटन दबाता रहा और एक के बाद एक चैनल बदलता रहा। लेकिन कोई भी चैनल उसे कुछ सैकंड से ज़्यादा पसंद नहीं आया। अचानक लाइट चली गई और पूरे अपार्टमैंट कॉम्प्लैक्स में अंधेरा फैल गया। सूरज डूब चुका था लेकिन शाम के धुंधलके में उसे शहतूत के पेड़ की छवि दिखाई दे रही थी, जिसके पत्ते गिरने शुरू हो चुके थे। अचानक फैले अंधेरे की वजह से उसकी शाखाओं पर बैठे धब्बेदार उल्लुओं ने अपना बेसुरा राग अलापना शुरू कर दिया, चिटिर–चिटिर–चैटर–चैटर।

अगली सुबह अपार्टमैंट कॉम्प्लैक्स के ज़्यादातर लोग देर तक सोते रहे। इतवार का दिन था। जब विजय लोधी गार्डन से टहल कर लौटा तो बाहर लॉन में सिर्फ दो औरतें थीं। उन्होंने देखा कि विजय ने अपनी एनी को उसकी पुरानी जगह, शहतूत के पेड़ के नीचे खड़ा किया है।

आभार

मेरी कहानियों को अधिक पठनीय और दिलचस्प बनाने के लिए मैं रवि सिंह और दिया कार हाज़रा के प्रति अपना आभार व्यक्त करता हूं।